思美人

壹

山鬼

Song of Phoenix

莫言题

梁振华 著

新世界出版社
NEW WORLD PRESS

[目录]

思美人

Song of Phoenix

第一章 · 山鬼

若有人兮山之阿，
被薜荔兮带女萝。
——《九歌 · 山鬼》

“我，是屈原。你，是谁？”

晨雾氤氲的草地上，望眼即是盛开如披彩流霞般的繁盛花朵，绵延似长长漫漫的汐潮，一袭卷着一袭，漫过山峦，向着远方扑去，直抵那视线将息未息的尽处。

森峭的悬崖向着深谷中直切下去，仿佛能看得到那冥冥中的刀刃锋利而决绝，执意在谷底的深潭中激起怆然的咆哮。

咆哮之中，却隐隐悠悠地荡出一缕笛音，一声攀着一声，似分明，又复恍惚，只觉流雪回风般渺渺从天际传来。

崖边，一袭白色深衣的袍角软软垂在朝露盈盈的花瓣间，依稀可见袍上穿插蟠叠的双人对舞鸟兽纹经，细长清晰，在日光下栩栩如生。袍子的主人是一名丰神朗朗、面目清俊的少年，宽大的深衣将他的双脚没在了花草之下，山风掠过，袍裾翻叠，更显得他长身鹤立。然而，此时的他整个人只如木胎泥塑一般，直愣愣地站在那里，眼望着清明笛音传来的方向，口中欲启还闭，似是失了魂魄。阵阵冷冽的山风裹挟着谷底激溅上来的冰凉潭水吹打在他身上，他却是不觉、不动，亦似不知，仿佛自开天辟地以来，他便已伫立在这里。

良久，少年终于轻吁一声，似是堪堪回了魂，眸中的惊异与渴望再也掩饰不住。笛音的源处此刻隐在了深谷下激荡出的氤氲水雾之中，一时间教人看不真切。只听得那音调清丽幽婉，恍若孑然呜咽，又似娓娓道来，其中更缠绕着一丝挥之不去的凄凉，令人怜意顿生。

他望着那片雾，已是挪不开眼睛，目光落处，水雾竟仿佛有了灵犀，借着风意，渐渐向两边散去。少年的呼吸不觉急促起来，那殷殷如星光般的目光，就这样不顾一切地投了进去。一缕清寒的绿色，他立刻辨认出薜荔、女萝那消瘦的叶片和流水状盘绕的曲线，目光便惴惴向着更深处探去。拂过叶缘处凝结又欲滴落的水珠，穿过云意春深的雾气，终见一抹侧影自深处浮现，斜坐于崖边，低低垂首，瀑布般的长发如墨如云地自她身边卷落垂下，发梢温婉的青丝被风吹得翩然翻起，自透出一股令人心悸的美。

少年呆立当场，如遭雷击，只有眼底的光芒依旧亮如星辰。他双手微颤，缓缓抬起，片刻又颓然落下，好似一身勃发的英气此刻全都胆怯了，恐怕惊扰了画中人，终究要随那雾霭散去。

“我，是屈原。你……是谁？”少年又一次喃喃问出了这句已在他胸中百转千回的话语。

日光耀眼，清风徐来，江水如丝如绸地徐徐荡漾。兰舟划过凌波，倒影映在水中粼粼而动。

船中有浓郁的酒香在空气中渐渐弥散开，船身随水波轻晃，悬挂于舱内篷壁上的一轴画卷也相应地微微摇摆。画中一名女子斜倚在山石之上，身披薜荔、女萝为衣裳，下摆石兰、杜衡作罗裙，长裙曳地，腰若扶柳。

她的身下伏着一只通体暗红几乎呈墨色的纹豹，在这凶悍野性之气的衬映之下，更显得女子肤若凝脂，口若含丹，只教观者痴痴凝神，如坠梦中。画者落笔看似写意洒脱，却暗含了坚韧笔劲。卷轴左上首落着他的款印：屈原。正上首三个劲草之笔：山鬼图。

画卷之下，篷舱的正中摆着一张矮矮的乌木漆桌。桌上零落散置一些银盏和铜荚，几个描金双鸟双兽纹漆盘中的瓜果小食已经见底。显然，筵席已至阑珊。

沿着桌边，闲闲是五六个青年，皆是身着续衽钩边的深衣袍服，一瞧便是楚国贵族中最为盛行的款式。只有席首的位置空空，主人已不知跑到哪里去了。客人们各自惬意，或是围桌跽坐，或已和衣半躺在近旁的雕花漆木小案之上醉意正浓。但是无一例外的是他们的眼神总是忍不住逡巡在那幅画卷之上。

篷舱的边缘，斜靠着一名身穿月白色长袍的青年，手捧半盏残酒，愣愣地望着江中出神。江风从舱口处灌进来，拂在微微发烫的面颊上，他闭上眼，感受着脸上划过的阵阵清寒。此人正是屈原。

“果然是个妙人，无怪屈兄念念，此女只应梦中有啊！”一名半躺在案子上的青年醉眼蒙眬地笑着说。

一句话终于挑开了众人的沉默，又有人问道：

“难道屈兄自始至终都未和她说上一句话吗？”

“未曾有过。”屈原睁开眼，遥望着远处江面，目光清明简净，脸上也辨不出悲喜。江风逆着吹来，水上的波纹微微起伏，一层层来到他的眼前，接着便又忽然加速掠过船舷而去。

“我自少年时便常与她在梦中相见，似是故人，却又每每都如初逢一般不得要领……”他将目光投向画卷，脑中不由自主地忆起那如赤子般清澈温暖的微笑。

见他犹自出了神，船中众人适时发出一片默契的嗟叹之声。

“可惜！可惜！”

“求而不得最是难耐啊……”

“屈兄梦中都有如此好艳福，我等真是自愧弗如！”

“哈哈哈哈……”

微微蹙眉，屈原不再说话，只是侧头看向舱外。随着年纪的增长，他已是越来越瞧不上这帮人，家世里所谓的王公贵胄，又有谁能出屈家之右？若是能把酒论上一论诗书歌赋或国政要事还则罢了，可如今他们唯一谙熟拿手的便只剩下饮酒享乐。如此，出自再显赫的门楣又有何用？

“敢问屈公子，既然这梦中佳人已有多年，那公子梦中的自己是否随着年岁见长而有所变化？”

这个问题似是挑起了屈原的兴趣，他凝神片刻，答道：

“弟这样一说倒也有趣，此刻忆起，似是梦中的自己在渐次长大，而山中女子却一直清容未改。”

那人抚掌大笑：“看来此女乃是得道之鬼，有一身年华永驻的本事，难得还有白首不离之心。屈兄也真是好福气，少时有个美艳无双的妙姐姐梦中相伴。如今年华正好，又是佳人入梦还不休。待及老矣，还可有个丽色无双的小妖精寐中承欢。屈兄啊屈兄，你这一遭，真可谓是‘山中有情鬼，旖旎入梦来’啊！哈哈哈哈！”

屈原初听到“年华永驻”“白首不离”之时，心中方有微动，岂料此人越说越是轻薄，终露出一副纨绔子弟的嘴脸。他微一蹙眉，抄起桌上一个勾连谷纹的铜酒樽缓缓将自己的耳杯斟满，再不搭话。至此，众人方讪讪收声，各自依样续一点残酒，默默喝了起来。

片刻，一个沙哑低沉的声音响起：

“好一个入世而卓立、出尘而脱俗，如此逍遥入梦之事终究只能成全在山中之鬼身上了。值此乱世，早已是渐渐之石，不皇朝矣！”

屈原闻言，整个人陡然一震，立身循声望去，见一青年身着赭色骑射胡服倚在篷舱深处，与周遭一众广袖深袍的贵胄公子甚是不合，唯有腰间一束小有寸许的竹节琉璃师比略略抬显了身份，这种带钩显示并非市井平民。

屈原敛一敛心神，平淡道：“梦中之事，与众位消遣而已，无明兄言重了。”

江面上的夕光折射在无明脸上，把他面部的线条勾勒得分明，连同少年额上本不该出现的几道皱纹一起烘托出来，更显出几分刚毅深沉的味道。他也不恼，只是微微笑笑，抬起手中耳杯轻啜了一口，将手放在琴上随意抚了几节音律。但随即便无以为继，似是心有烦忧，终究放下酒，起身向船尾踱去。

屈原沉吟片刻，见众人皆已醉意深浓，便执了耳杯也闲闲出了船舱。舱外江上已是落日垂垂，大片的云霭被夕阳染成了赤金颜色，只见无明长身鹤立于船尾，一身长不过膝的胡服配以短靴，在这流光披霞的天空下显得尤为英挺。

“无明兄适才之语，灵均有所不解。山鬼之说虽是梦境，却贵在经年，于这世间又何尝不是一种缘分？”说罢，屈原将手中耳杯递了过去。

无明亦不推辞，从容接过，也不饮，只执在手中，双眼依然遥望着远去的江水，嘴角却带上了一丝苦笑。江风吹来，溽热中带着几分暮晚的凉意。许久，无明朝向西边晚阳落下的方向，仰头饮了半盏，余下的半盏，抬手在风中一划、一倾，晶莹的酒浆自盏中珠迸而出，每一滴中都似蓄了一枚小小的夕阳，转瞬间便滚落在江面，再不见踪影。

“国既破魂安所兮，壮士几时宁归。唯归途之辽远兮，江与山之难移。鸟返乡兮狐首丘，拔剑四顾兮心何忧。”他的声音低沉而肃杀，苍凉沉郁之感顿生，蓦地令屈原心惊不已。

正待细问，他却又开口了："生逢此世，王侯尚不久矣，红尘佳梦，岂不成空？日月山川，耿耿星河，佳人入梦，哪样可谓长久？个中冷暖悲喜，当是敝帚自知。不知屈兄如何，无明反倒时常羡慕身边那些浑噩之辈，整日吟诗弄月美姬对酒，早已都是空空皮囊，便也不必再着意别的什么空不空了。"

屈原在自己的震惊中沉默着，眼前的无明浑然不似平日里一起雪月风花之辈，他的心中分明翻滚奔突着一条滔滔大河。屈原体会着他话语中深沉的痛楚与绝望，一时竟找不到话来回应。只得默默将无明手中耳杯再次斟满。

无明浅浅一笑，微举了举杯，换了副轻松自嘲的语调："羁留楚地这三年，若说知音，恐怕唯有灵均一人耳。"

往日里，那一众王侯贵胄对着屈原只有曲意逢迎，甚是无趣。难得一人能如此不拘写意，屈原自觉幸甚，也叹了句：

"嗟我何人！独不遇时当乱世！"

无明一时痛快大笑，举杯道："所见略同！若有来生，当不负卿！"

"来生？无明兄说笑了。逍遥此生还来不及呢，管什么来生？来，你我共饮此杯！"说罢，屈原仰头一饮而尽。

无明执了耳杯，似是有话未吐，但片刻终是忍住了，一仰首，将杯中酒悉数喝了下去。

日头缓缓升起。巍峨的宫殿、纷杂交错的民居屋梁，及至街巷下面凌乱横陈着的木质货摊和摊位旁伸着懒腰的狸猫土狗，楚国郢都的大小街巷，终于被清早的阳光镀满了一层赤色。

今日的郢都不同于往日，日头已经高悬，喧嚷的早集却始终不见动静，连平日在街巷里热闹贩卖的店家也都不知去向，整条街上不见一家铺面开张。而通往城外的道路却是被熙攘的人潮填满了，人们如被一股日常生活之外的力量所吸引，纷纷涌向城边一座兀然雄立于地面的庞然建筑。

此刻，那巍峨的九层高台便是整个楚国的目光之所集。高台的底部，是按照宫殿形制设计的回廊。廊下，通体黑漆的木质立柱围成正方，把祭台包拢在中央，两重分立着支撑起回廊上方木瓦交错的顶棚。精致的瓦当被红漆镂空的木栏衬着，浮刻有凤鸟展翅飞翔的仪态，细细看去，不同瓦当上的凤鸟都呈现出各自不同的姿态。从做工精细的回廊向后看去，祭台的整体风格忽然变得粗犷雄壮起来，直通云天的石板台阶占据了全部空间，除了台阶边缘卫士手中猎猎的旌旗，再无任何遮挡视野的廊顶屋棚。

站在台下，顺着层层叠叠的石阶一路望上去，还未及那遥远的最高处，观者的目光已快要融在灼灼天光之中了。幸有顶端那玄武与暗赤两色搭配的祭坛供案，将眼看便要飘散零落的目光拉拢于台上。再定一定神，台下的人们便可以在那里辨认出两条衣着奇异的人影，正是此次祭礼的主祭巫师。

两名巫师中，身材高挑、体格精健的一位，此刻正笔直地站立于供案之侧，头戴前为马首、后为鸽形的委貌冠，身上着了一件右衽式的瘦长束腰巫衣，双足精赤。虽然全副表情都掩在了面具之后，但那冷漠傲视的挺拔身姿，仍隐隐透着庄重而不可侵犯，一看便知是此次的主祭祀官大巫师。另一名巫师则略显矮胖，面上虽也覆着兽首面具，却似是有些老态。

以祭坛为起点，台阶的正中，一条宽有尺余的赭色长毯自上而下直铺而就，从空阔无人的台顶一直铺展到台下熙熙攘攘的楚国百姓所在之处。台阶两侧裸露的石板上，王军战士林立，长戟赤甲，威武逼人，神情肃穆。

平民百姓围聚在离祭坛台阶底座十几丈远的地方。上百名卫士列成军阵，手中青铜长戟斜交，把潮水般的平民与空旷高耸的祭台分割开来。早在日出之前，已经有众多平民摸黑前来，只为占一个前排的好位置，一睹楚国大君的风采。

日头渐高，远处祭台入口处些微的风吹草动，都能在这些期待万分、翘首而望的百姓中引起一阵喧嚣与呼叫。

高台旁侧的永巷里，稳稳行来一众贵胄，身上的玄端与玄冠素裳相配。如此多位高权重之人，此时举止端庄谨慎、面目郑重，与道路两侧嘈杂窃语的民众形成了鲜明的对比。

“后面那些大人，很有几个在官衙中见过，都是大官啊！”人群中有人道。

“那前一排的岂不是大君了？！”听风就是雨的人们开始躁动起来。

“大君岂会现在就现身！你们莫要乱了规矩，遭大君的责罚！”一个老者训斥道。

见众人果然低了声势，老者满意地点点头，抚了抚下颌上的几缕银色胡须，当下语气里便多了些许自得：

“这祭礼，我已观过不知多少遍。大人物，少不得也认得几个。咱们的大君哪，此时还没出来，率首的这些都是朝堂上的重臣、红人。喏，你们看，中间那三个，便是位列百臣之首的昭和、景颇和屈伯庸。这昭、景、屈三家，是咱们大楚最显赫的家族。他们三人走在一起，那就好比是我楚国大鼎的三足；大君在朝堂上站得稳，少不得要靠这三只鼎足撑住。三足凑齐了、立好了，这楚国才能繁荣强大。要是中间哪两只相互靠得太近或者太远，甚至相互使了绊子，那这大鼎就非倒不可，咱们大楚国也就该遭殃喽！”老者说得兴起，周围一群青年也听得如痴如醉。

场中，身着大士玄端的昭、景、屈三人缓缓走上祭台高处，择靠近顶端平台的位置分别站立停当。只见昭和一脸正气、挺拔如松，自是立得一丝不苟，腰间繁复系了大带、革带，挂了蔽膝、佩绶，贵气顿生。而景颇却略显得有些疲惫，一身贵服似是成了负担，不断抬手擦拭着额头上渗出的细密汗珠。屈伯庸则是一身武将打扮，右手紧紧按着腰间的青铜佩剑，身上披甲在阳光的照耀下熠熠生辉。虽然楚王的身影还没有出现，但祭台四下威严庄重的气氛已然渐生。

“我王之威，其盛如此，君未到，势已充塞天地！”这样想着，屈伯庸心中一阵欣慰。但就在此时，他又忽地胸口一紧，些许不祥的感觉涌了上来，不由得眉头紧锁。这并非是他第一次参加祭礼，却总觉得像是遗忘了什么，抑或是错置了什么。

他突然意识到，两位祭祀不但没有丝毫交流，反而彼此互不相看，似是根本不认识一样。转而却又在心中笑话起了自己：巫师之间不再互动，说明早已对流程了然于胸，是好事，又有什么不安的呢？可见是自己年纪大了，疑神疑鬼。

正这样暗自放松下来，忽然环顾四周，却没见到两个儿子的身影，于是低声喝问身边的侍从：

“屈由！屈原！我那两个竖子呢？！”

屈伯庸万万想不到的是，本应早早出现在祭礼现场的两个儿子，此刻却正策马奔行于郢都近郊到祭礼高台的小路上。长子屈由自幼练武出身，伏在马上犹如腾飞，身后只见阵阵尘土飞扬，便把自己那位满腹诗书的弟弟远远甩在了后面，待得回首时才发现，屈原还未跟上来，屈由无奈地摇摇头，只好勒转马头，向着来路疾寻而去。远远却看到屈原勒马止步，眯着双眼，伸着颈子，似在嗅着什么。

屈由也依样深嗅，但却依旧不解。

只见屈原满面醉色，骑马缓缓向一个乡野集市行去，只觉越接近那里，香气也愈发清晰起来。

随即，他们便听到了一阵婉转清越的歌声：

“后皇嘉树，橘徕服兮。受命不迁，生南国兮。深固难徙，更壹志兮。绿叶素荣，纷其可喜兮……”

屈由奇道：“这不是你的《橘颂》吗？”

屈原点点头，眼中亦有惊喜之色，当即下马，便欲向更深处找去。

屈由大急，拉住他道：“切莫误了祭祀大礼！”

屈原回首向哥哥一揖到地，口中道：“请哥哥先行一步，为原打个掩护，弟随后便到！”

说罢，也不等屈由反应，一转身便已消失在了熙攘的人群中。

屈由不由愕然，随即苦笑一声，快马加鞭，飞驰而去！

拨开人群，屈原艰难地挤进了内围，方知是个百戏班在此驻演。不大的空地上，几名清秀的女子正在配乐伴舞，吸引了所有人目光的，是正中一位绿衣女子。屈原凝神望去，正遇上她一个拧身，回首作态，霎那间瀑布般的长发飘垂而下，窈窕身姿媚而不妖，俯仰之间竟是一派随性自由之相，细品之下，却又饱含深情，仿佛整颗心都寄托在那词与乐之中了。

更与一般舞者不同的是，这女子未着戏服，只一身寻常布衣，裁得飘逸，洗得净白，周身结挂上几条兰草，平添了几分山野间的灵性。屈原看得心动，越发想看清那女子的容颜，只是那一段细瘦白皙的手腕挂着一串五行珠，一直在上下舞动；待等到两手终于拿开，显露出来的，却是一张小巧精致的巫戏面具。

屈原兴致更浓，索性站定。这曲调舞姿间的深深情致，不仅把《橘颂》诗中的情味诠释得淋漓尽致，还分明多了些原作所没有的味道。屈原就这么痴痴地看着，如坠梦中，竟早已把祭礼的事情抛在了脑后。

“……愿岁并谢，与长友兮。淑离不淫，梗其有理兮。年岁虽少，可师长兮。行比伯夷，置以为像兮。”

女子一个伶俐窈窕的拧腰定住，一曲舞罢，围观众人哗地叫好，屈原才如梦初醒。只见那女子微微一欠身，声若银铃道：

“各位乡邻父老，百戏班这次来郢都，感谢各位的捧场。今天是端午节，我们姐妹特意做了些吉祥香囊，除灾辟邪，保佑平安。还请大家笑纳！”

话音未落，只见她把衣袖一甩，一个漂亮的翻转，便从身后捞起一只木碗。同时，方才领头伴舞的那位女孩捧起一只竹篮，百戏班的其他人跟在身后，笑着向围观众人走去。

“除灾辟邪、岁岁平安喽。”百戏班的演员们喊着。人群中陆续有人掏钱放进木碗，女子则将篮子里的香囊捡出，双手递送给对方。当那张面具飘飘然移到屈原面前时，他瞬间被一股异香所裹卷，猛吸一口，心旷神怡，正是吸引他一路来此的味道。屈原不禁闭上了眼睛。

“公子！”

是那女子的声音。屈原一下子回过神，赶紧从怀中掏出钱来，伸出手要放，却忽又悬在了空中。

女子隔着面具看着屈原，仿佛微微笑了一下，伸手从篮中摸出一只香囊递到屈原面前：“公子若肯赏个小钱，这香囊便送给公子了。”

屈原一手接过香囊，握着贝币的手却不松开，道：“姑娘，我想问你一个问题。”

面具后的眼神不置可否地看着屈原。

“敢问姑娘所跳《橘颂》舞，是何人所教？”

那女子一愣，随后微微扬起头，换上一副不动声色的语气：“这与公子何干？”

“此舞与《橘颂》配得极妙，一步一势尽得诗中灵韵，必是得了高人指点。”

“公子谬赞了，这舞只是小女子临时起意，和着诗境便跳了出来。”女子回道。

屈原摇摇头：“不可能。”脸上略有轻蔑之色。

悬在空中的拳头一松，屈原手中的几枚贝币掉入了木碗。“还请姑娘据实相告！”

“小女子并未撒谎，公子不信便罢。”话毕转头离开。

屈原脱口道：“一名江湖卖艺的女子，怎会懂《橘颂》？”

女子闻言一怔，随即猛回过身来：“卖艺的女子为何就不能懂？！”她强压着情感，但声音已明显带着些颤抖。一股瞬间燃起的委屈和羞愤冲得屈原慌了手脚。

屈原一时有些愣，刚想说点什么，那女子已经把刚才的几枚贝币从木碗中捞出，一把递到屈原面前。

“公子既是存了疑心，便请将赏贝收回去吧！”女子愤愤然地盯了屈原几秒，手一松，几枚贝币掉在了屈原脚下。

屈原猛然惊醒，赶忙快步追了上去，却正巧看见那女子愤愤不平地伸手将头上的面具摘下，赌气般狠狠甩了甩轻柔的长发。长发化作一道曼妙的弧线，从屈原的视线中划过，弧线过后，一副清丽脱俗的面容出现在屈原面前。

就在一瞬间，屈原怔住了，眼前似乎有一片白光，那光中有好几个世界、好几个女子、好几个屈原，带着吞没天地的轰响，在这毫无征兆的一瞥中清晰了。

出现在他面前的，正是梦中山鬼的容颜。

第二章·刺王

出不入兮往不反。

——《九歌·国殇》

下方，是万民静默地仰望；上方，是万里高空中没有一丝云翳。在这片虔诚的寂静中，低沉的编钟鸣响忽如水中波纹般一荡一荡地在空中蔓延开去，漫过玄武与暗赤的供案，漫过锋利明亮的长戟赤甲，一圈一圈地扩散着，散到了台下企望的民众中，散到了郢都空无一人的街巷中，散到了穹庐如洗、飞鸟掠过的无尽高空里，最终响彻云霄……

刹那间，天地都动了。王军低吼，手中万千长戟顿地，台下军阵重重铁甲交错变幻。

“吼！吼！吼！吼……”

台上台下，臣与民皆伏地而拜。

整个祭坛如一头熟睡已久的远古巨兽被唤醒了。

众人内心震动：王要来了！

屈伯庸心下暗沉，更借俯首之机，再次看向身后，却刚好见到长子屈由低头猫腰如一头矫捷的豹子一般蹿将过来。屈由本意是不动声色地混入群臣，尤其勿要让父亲发觉，却不料双脚甫一落地，抬眼便撞上了屈伯庸严厉的目光，心下不禁暗暗叫苦。

惊慌之余，屈由硬着头皮来到近处，垂首低低唤了句：“父亲。”

成长的岁月中，父亲身上的每一个细节变化他都了然于胸。那抿紧的嘴唇、额头微微暴起的青筋、因不断咬牙而发硬的下颚，都告诉他：父亲发怒了。

屈伯庸盛怒之下，低声责问：“灵均呢？快着他准备。余事回府再与你们计较！”

言毕，见屈由只是垂头伏在那儿，未有任何反应。

屈伯庸又低喝道：“还愣着干什么！”

“父亲，原他……”屈由的声音越发微弱，并带着一丝明显的颤抖，“弟弟他还未到……”

屈伯庸闻言双目怒张，一时竟说不出一句话来。

半晌，他深吸一口气道：“他到底在哪儿？”

这下，屈由可真是张口结舌，左右找不到说辞，总不能说弟弟去看百戏表演了吧。

屈伯庸见状双眉一挑，正欲发作，却听得四周的乐礼、军吼与戟击之声突然停止了，刹那间仿佛时间都已停止，高台上下万众俱寂。

只见子尚稳步行于台前，双臂高高伸向天空，声似鹤鸣九皋，传于四野：

“吉时已到！恭迎大君！”

随着这一声宣告，一仗编钟再次响起，伴随着悠扬埙声，高亢激越地回荡在天地之间。

楚王头戴羽冠，身着对龙对凤串枝纹的宽袖深袍，披着长长的五彩缯，在近侍木易的陪同下，自军阵的尽头向祭台威严缓步行来。

“王！王！王！”高台之下传来民众山呼海啸般的呐喊，声震山河。楚王稳步自长戟林立的军阵间穿过，所到之处，王军将士如得到无声命令般一排连着一排敛容屏气，肃然跪倒。待到走上九层高台，台上台下已是一片拜服。楚王环顾台下，一时间四时气备，意满乾坤，身后金丝点缀的五彩长裾在风中簌簌飞扬。

行至供案后，楚王目光如炬，扫视全场，在沸腾的天地间他猛然将双手举起，昂首向天。所有的呼啸与呐喊随着他的双手瞬间停歇，这一刻，只有他浑厚而有力的声音回荡在天地间：

“礼请龙神！佑我河山！”

刹那间，如同大地对天空的回声，山呼海啸的声音再次从高台之下响起：

“礼请龙神！佑我河山！”

王再次振臂：“镇恶除邪！国盛民安！”

万千将士与臣民随着他们的王一同高呼：“镇恶除邪！国盛民安！”

就在这天地煌煌然之时，屈伯庸看向他的长子屈由，还未及发声，屈由已抢先一个俯首，低声道：“父亲，由这就去将弟弟带回来，断不能教他误了祭礼大事！否则……”屈由咬咬牙，“请父亲唯由是问！”

言罢，不待他的父亲有所反应，屈由已抽身而去，亦如来时一般轻捷。

屈伯庸望着长子离去的身影，低声喝道：“你还要护他到何时！”

屈由退去的身形猛然一震，他是何等耳力，此刻却只是神色一暗，又如箭矢般激射而去。

郢都城外，那个尘土飞扬的乡间集市，屈原在一片喧闹声中怔怔地看着眼前的女子。细致乌黑的长发，面具下瑞雪初晴的脸颊因怒气而染上了一抹浅桃，肩若削成，腰若约素，头上简单的发髻斜插一根镂空素簪。虽只着布衣，然而那双盈盈的眼透出的沉静的光、桀骜的神，又怎是尘间应有？刹那如惊鸿出梦般地攫住了屈原的全副心神。

是她。

是她！

还有什么比这更重要吗？什么祭祀大礼、主持大臣，早已被年轻的诗人抛到九霄云外。

他惶惶急追几步，伸手拦在了绿衣女子身前。

“你，你干什么！”女子急急收了步子，险些便撞在了屈原身上，一张粉白小脸上青红交替，很是羞愤。

屈原却说不出话来，似是泥胎，只硬邦邦地站在原地，痴痴地望着她。

身旁原本还在表演的百戏班的戏子伙计和喝彩的人们也慢慢发觉了此处的不妥，遂渐渐围拢前来。

一名黄衣少女闪身挡在了屈原面前，娇喝道：“公子还请自重！”

屈原一惊，恍似梦中醒来，脱口道：“这位姑娘，很像我认识的一位故人。”

然而说者动情，闻者却是一哂：“呵，公子看似儒雅，怎地说话如此轻薄，莫不是觉得我们乡野戏班的戏子人微品贱，好欺负不成？”

屈原虽腹有万千诗书文章，此刻又怎能把这离奇境遇和盘托出，又有谁会信？

“姑娘错怪我了，灵均并无此意……只是，只是……”

黄衣少女妙目一瞪：“只是如何？若真如公子所言，敢问您口中那位与莫愁姐姐相似的故人现在何处？姓甚名谁？”

少女还欲再说，被身后的绿衣女子一拉衣袖：“好了，青儿，别与他再费口舌。”

屈原却是眼睛一亮，一揖到地：“原来姑娘名为莫愁，在下屈……在下灵均！”

绿衣女子将脸别过一旁，冷冷道：“公子请回！莫愁本是戏班之人，无意与旁人来往。”

“难道你真的不认识我吗？”屈原心中纷乱激荡，双眼灼灼地看着莫愁，一字一句认真地道，“莫愁姑娘，在下所言非虚，姑娘确与我一故人形神俱似，只是这位故人只在我梦中出现，所以并未得知名讳。今得见姑娘姿容清丽，并身带异香，正恰如梦中情状，灵均真三生有幸！”言罢，又是一揖到地。

一番话说得恳切，岂料却引来莫愁的冷笑：“梦里？想必公子梦中颇多良人！莫愁命若纸薄，着实担不起公子的谬赞！青儿，我们走！”

眼见莫愁转身离去的侧影，梦中陪他经历过无数的夜晚，带去了无数期待与失落的景象又一次涌入脑中。

一袭清寒淡绿的素裙，细看之下才知竟是方才那簇女萝裹身而就，一条墨绿的草藤束腰，身侧垂下点点卷曲的俏皮枝蔓，越发显出身姿如柳。再向上看去，细致乌黑的长发松散地拢于肩侧，只衬得面若夹竹桃花，又似瑞雪初晴。她手中一把碧绿晶莹的长笛垂握于腰际，一双秋水盈盈的眸子似两汪清潭，望过来，目光沉静。

似是凝视了亘久，少女轻轻握了握手中的碧色长笛，随即像一只轻盈矫捷的飞蝶翩然翻落在花豹结实的背脊上，任它起身走向崖边。

“别走！你……到底是谁？”屈原失声，踉跄着向前追去。他看见了悬崖漆黑的边缘，那四只钢铁般的豹爪已稳稳地扣地，锋利的爪甲在裸露的生黑岩石上画着缓慢却有力的圆圈，似是等待，似是蓄力。

少女忽然回首，唇边泛起一丝温暖的笑意。那笑意仿若青萍之末的微风，含着千言万语，极尽曲折，逶迤不尽，只是唇角那一点微小的弧度，于屈原却是穿石裂玉般的溃击，他当下呆若泥塑，失去了所有言语、所有办法。

少女再不看他，径自伏下贴向豹身。豹子似是会意，四爪着力，猛然腾空跃起，直扑进谷中那团水雾之中，不见了踪影。

此时，那片氤氲水雾中即将消失的人儿与眼前愤然离去的绿色倩影幻化在一起，让他几乎忘记呼吸。

“别走！”屈原像从前的千百回一样，踉跄地向前追去。只是这一次，梦中的人儿没有消失，他握住了一只冰凉柔软的手。

莫愁大惊，没想到此人竟如此大胆！她用力将手抽了回来，看着周围窃窃私语的人群，顿感羞愤难当，贝齿紧咬着失了色的下唇，双颊一阵红一阵白，抬手便是一巴掌，结结实实地扇在了屈原的脸上。

“无耻！”

屈原蓦然受了这一巴掌，顿时松了手。他退开两步，甚感迷茫地看着莫愁。

身为屈家二公子，他自小才华出众，身世显赫，又怎能体会以卖艺为生的莫愁内心的敏感与脆弱？他只觉自己的热烈、真诚快要从胸腔里满溢了出来，然而触到莫愁冰冷厌恶的眼神时，却像是被兜头浇下一盆冷水，冷到了骨头缝里。

“为什么……”话音未落，一片巨大的阴影已罩了下来。只见一个高八尺有余的壮汉抱胸站在自己面前，面色狠戾，目光像带了刺的铁戈一般将屈原上下剜了个遍。

适才那名黄衣少女立刻上前道：“蒙远大哥，你来得正好，这无耻之徒对莫愁姐姐纠缠不休，刚才竟然还要动手轻薄！”

大汉听得“纠缠不休”已是面色沉郁，再听得“轻薄”二字，更是怒发冲冠，目眦欲裂。

屈原闻言色变：“并非这样……”

蒙远不等他说完，便已挥动胳膊，一拳打来。这一拳又狠又快，带着虎虎的风声和吼声便朝屈原面门上飞来。

“无耻鼠辈！”

屈原躲闪不及，眼看便要被结结实实地打中，说时迟那时快，身后忽然伸出一只手紧紧地抓住了蒙远的手腕。这只手看似单薄，却充满了惊人的力量，只是一格一挡之间已卸去了蒙远蛮牛般的力道，随后一拳正中其胸口。只听得一声闷哼，蒙远庞大的身躯竟然像个破布袋一般飞了出去，远远地撞在一棵树上，直撞得树干摇晃，满树的叶子簌簌地落了一地。蒙远趴在地上，一时竟爬不起来。

百戏班的人齐声惊呼，莫愁和青儿更是连忙跑过去想要将他扶起来。蒙远手捂胸口，面色惨白，额头布满了一层细密的汗珠，嘴角竟隐约带着血迹。他咬牙切齿地瞪着屈原身后，却再不敢上前。

屈原疑惑地回头，看到一张熟悉的脸：“大哥！”

屈由英挺的脸庞此刻因愤怒而略显狰狞，他收回拳头，鄙夷地睨了一眼百戏班众人，随即温和地看向屈原：“你受伤了吗？”

“脸上怎么了！”看到弟弟脸上的印迹，屈由的声调瞬间冷冽起来。

“谁干的？！”他吼道，三分寒光从眼中射出望向众人。

“是我！”只听得一声娇叱，一道碧绿色的身影冲将上来。屈由见是个年轻女子，眉头微蹙，当下并不还手，只是左右腾挪，一边用单手闪避格挡着莫愁的攻击，一边对屈原说：“灵均，快与我一同回去！”

谁知屈原非但没有应他，反而张开双臂纵身挡在他面前，似要护住女子。屈由一惊，立刻收住了动作。然而莫愁却是毫不顾忌，一拳打来，正中屈原脑后。屈原一声惨叫，向前扑地，手上一松，香囊也落在了地上。

见此情景，屈由心头火起，面上笼了一层寒冰。只见他左手轻轻一挡，便将莫愁再度袭来的拳头震飞，随即凌厉的一掌正中她的肩头，莫愁吃痛，闷哼一声倒飞了出去。

屈由正欲起身追去，不料衣襟却被屈原死死抓住。

“大哥！住手！”

屈由深吸一口气，身上凌厉逼人的气势渐渐退去。

“罢了！”

屈由将屈原扶起来，为他细心地拂去身上、脸上的尘土，整理好袍袖与领缘，平静地对他说：“弟，即刻与我回去吧。”

屈原却只是看向莫愁，见她在青儿的搀扶下蹒跚着从地上翻身爬起，身上满是泥土。她捂着自己的肩头，娥眉微蹙，似是十分痛苦，搭在肩头的素手上也隐约带着几缕血色伤痕。正是这只手，刚刚被他握在手中，那样冰凉而柔软。屈原的眼神充满了懊恼与心痛，他欲举步上前，却被屈由一把拉住。

“大哥！”他回头愤怒地看着自己的兄长。

屈由只平静地注视着他，问道：“她对你很重要？”

屈原痛苦地回答：“非常重要！”

屈由轻轻点点头，继续问道：“那你还要让她一同背负这欺君罔上的罪名？”

此话一出，屈原大震，他目光炯炯地看向屈由，后者却只是平静地望着他。

远处已有钟鼓齐鸣的乐声隐隐传来。二人对视片刻，屈原面色苍白地垂下头，屈由也松开了手。

屈原再次看向不远处的莫愁，深情的眼神如一束光在黑暗中追寻着最珍贵的希望。然而这目光并没有落在少女的眼中，屈原只能看到她与百戏班的成员相扶离去的背影，她连一个愤怒或厌恶的眼神都没有再留给他。

“我只用了一分力，她不会有事的。”屈由在他身后轻声说。

望着那倔强瘦弱的背影，屈原只觉得心尖猛然一缩，一时间，几乎有泪水要涌出来。

他沉默地捡起地上那枚香囊，珍重地收在贴身之处，随后径自走向自己的马。

屈由注视着弟弟沉默的侧影，又侧头看看已走远的那抹碧色背影，两个身影竟是同样的倔强与骄傲。

祭祀高台上，屈伯庸站在祭台的最高处，屈原跟随屈由悄悄向上，行至父亲身后。屈原越过父亲的肩膀，看到台上的楚王背身站立。两位巫师围绕楚王跳着古朴的舞步，楚国所有名门重臣皆在楚王身后一字排开，威武的军阵从祭台高处沿阶下列。祭台之下，万民山呼海啸之声仿佛要把他们的王从楚国的地面上直直地抬升入云端。

很快，钟鸣鼓乐之声高昂起来，两名巫师踩着逼人心魄的乐点，将身体转对着楚王注视的方向。他们双手高举，浑身颤抖地跪了下去。

矮个巫师将手中神杖在头顶转了三圈，随后将神杖递到了高个巫师手中。高个巫师接过神杖，高举于头顶。

霎时便有风将杖头的白色羽毛吹起来，远远看去，仿佛天上的白云正被他捧在手中。羽毛中，一小团炽白的光亮若隐若现。高个巫师从供案上拾起一只酒碗，抬头含下一大口，却并不咽下。只见他竖起神杖，鼓气一喷，一道酒雾自他口中射出，一触到杖头，便呼啦爆出一团火焰。火焰延绵为一道火舌，点燃了香炉中的神木。

刹那间，火焰蒸腾，楚王的身影在不断上升的热气中隐约变得高大飘升起来，仿佛有天界的神灵用幻影隔开了他与脚下的众生，并于一瞬之间附在了这年轻而魁梧的身体上。

“恭贺大君，龙神显灵了！”垂首侍立一旁的子尚用微微颤抖的声音喊道。

他随即转向台下，高声疾呼：“天佑大楚，国运昌盛，百姓安康！”

群臣及军士们齐声呐喊：“我王神武，国泰民安！”

“王！王！王！”台下万民沸腾，狂热的呼喊声响彻天空。

楚王奋力振起双臂，气沉丹田，微微仰首，仰天发出一声长啸。

人群更如着魔一般疯狂地欢呼躁动起来……

祭礼进入高潮。高台之上，两位巫师摇转神杖，再次围着供案和楚王舞动起来。二人的脚步越来越快，围着昂首站立的楚王画出了一个旋转的圆圈，如同从云端降下了一道旋涡，令人目眩神迷。

高个巫师一步跳至供案前，撑开手脚，作仰天呼喊状。他宽大的祭袍伸展开来，像一堵绸缎般发亮的黑墙，阻住了众人的目光。楚王刚好被挡在了那堵黑墙之后。

凭着军人的直觉，屈伯庸猛然察觉出一丝危险的气味。他本能地从人群最前端微微探出身子，想让自己的视线能够抵达楚王。就是这一探，刚好使屈伯庸的视线撞上了那巫师的眼神。

那眼神狠绝凶戾，正看向楚王和在他身边起舞的矮个巫师。

“不好！”屈伯庸心中大喊一声，下意识地冲了出去，同时已经拔剑在手。

此时台下仍是一片欢呼沸腾，靠得最近的众臣也还没明白发生了什么事，只见那道祭袍形成的黑墙忽然收起，众人立时被眼前的景象惊得目瞪口呆：供案前，楚王背对众人稳稳站立，他的身后，大司马屈伯庸正手举宝剑猛冲而来。

“快！保护大君！”木易尖声呼救起来。

这时，只见楚王身边的矮个巫师伸手一拉神杖，神杖外裹缠的羽毛装饰飘落在地，一道寒光从众人眼前凛然闪过，杖身的前半部赫然露出一截长长的剑刃。祭祀用的神杖，瞬间变成了锋利的青铜长剑！

楚王闻声转身，正见身旁的巫师手挺长剑刺来，剑锋直奔自己的心口。距离太近，他根本躲闪不及。

就在他闭眼受死之际，只听得“哐啷”一声，睁眼却见长剑已落地。剑刃自他胸前划过，长袍外衬被当胸割开了一道长长的口子。

矮个巫师的手腕中此时插着一把横空飞来的青铜宝剑，那是屈伯庸的剑。

楚王大骇，随即醒悟，赶忙绕到供案之后。

屈伯庸还未及取回自己的剑，那高个巫师也把杖上羽毛一扯，同样露出了一截剑刃来。他一步飞跨，挺起长剑向供案之后的楚王刺去。眼看便要刺中，屈伯庸手中已无剑再挡，心急之下，直接纵身扑在楚王身前。

只看见一截剑锋带着血光，刺穿了屈伯庸的左肩。

高个巫师猛地抽出长剑，一股鲜血顿时从屈伯庸左肩处喷出，他的身子向后倒去，却伸手死死撑住供案，努力用自己的身体挡护着楚王。

“爹！”屈由大叫一声，拔剑冲了上去。

景颇也率领着王军卫队冲了上来，众人将矮个巫师层层围住。他虽已断掉一手，但单手执剑挥砍劈刺，一时竟也无人能够近身。

屈由与高个巫师缠斗起来，二人手中的剑光纠缠交错。屈由愤怒地将青铜长剑舞得像一张死神之网，招招毙命，巫师渐渐体力不支，终于被屈由找到机会一剑刺入肩头，踉跄一下，扑倒在供案上。卫士们一拥而上，护送楚王转移到军阵之中，剩下的人把刺客围在中间。

“逃！快逃啊！”眼见行刺无望，矮个巫师大声喊道。

随即几支长戟齐齐刺入了他的身体。景颇跟上一剑，贯穿其心脏。矮个巫师口吐鲜血，圆睁着双眼，终于倒毙。

眼见同伴惨死，高个巫师悲愤地大吼一声，以惊人的力气把屈由生生逼出几步远。随后他余光一扫，迅速确定了包围圈最薄弱的地带，挥剑而去，一连几招杀得士兵脚步大乱，继而飞身一跃跳了出去。

眼见父兄拼死杀敌，一旁的屈原忽然热血上涌，竟抽出了随身佩剑，向刺客刺去。

屈伯庸一见大惊，失声喊道："原儿，不可！"然而为时已晚，屈原就仿佛送上门的点心，那巫师一个转身，轻松挡开屈原的佩剑，自己的剑锋便攀上了屈原的脖颈。

混乱的现场霎那间安静了下来。

屈由一步步逼向刺客，双目圆睁，声音冰冷："放开他！"

刺客架着屈原缓缓后退，剑在屈原颈上一横，立刻便溢出一串血珠。

屈由看得目眦尽裂，紧抓着手中宝剑，另一只手攥紧了拳头，却不得不止步。

屈原虽面有惊恐，却依然喊道："别管我！抓住他！"

景颇咬牙命令众将士："还不抓住刺客！"

"住手！"一道低沉的喝止声。

却是楚王从军阵中走了出来，他狠狠地瞪了景颇一眼，开口道：

"都退后。让他走。"

众人不敢上前，也不敢让开。

楚王提高了声音道："你们没有听见我的话吗？让他走！"

军士们让开一条通道。巫师架着屈原，死死地盯视着楚王，目光中尽是阴鸷的杀气，一步步往台下走去。

待到二人的身影消失在祭台之下，屈伯庸由屈由搀扶着，一步步走到人群前方。

“追！”屈伯庸捂着伤口，嘶哑地喊道。

夜色降临，屈原被横按在马背上，头垂在马鞍外面，一路颠簸加上血流倒灌，只让他觉得头昏脑涨，连思考的力气也没有了。黑暗中，他只隐约觉得刺客在一路策马狂奔，随即一个急转，似是拐到了路边的树林之中。

快马停步，刺客跳下马。屈原正待开口，一只手已经紧紧地捂住了他的嘴巴，他被刺客一把扯了下来。那刺客一只手拖着屈原，另一只手扯着缰绳，拖拖拽拽地来到树林边。

屈原挣扎着，不知道他想要做什么，却见对方抬手在马屁股上猛刺一剑。战马一声长嘶，高高扬起前蹄，随即负痛窜上了大路狂奔而去，在地面上留下一串鲜红的血滴，刚好跟来路上刺客肩头的伤口滴下的血迹接续起来。

“好计！”屈原在心中暗暗叫好，几乎忘记了自己正身处险境。

刺客腾出一只手来，把屈原的两臂反在身后一拧，疼得他冷汗直冒。他被押着在一棵大树后面蹲下。

稍停片刻，便听到林外一阵纷乱的马蹄声跟来，并隐约有火把的光亮。是来找他们的士兵！

士兵追着路上的血迹一路向前奔去。声音与火光渐渐远了，世界重新坠入黑暗。

屈原听见刺客在巫师面具的后面长长地出了一口气，按着自己的手也忽然放松了片刻。

那张巫师面具提醒了屈原。白天在祭礼上，此人是如何意图行刺大君，又是如何狠狠地刺中了父亲，所有画面忽然在屈原的脑海中复活、闪动起来。他猛然一把推开刺客，趁对方还未及回身，铆足了劲一拳砸了下去。

打完便在心里叫苦。刚才那一拳本来是瞄着后脑勺打去，怎知落下的地方却偏出了好几个拳头，干脆擂到肩膀上去了。自己的拳头震得生痛，心想八成是打在了肩胛骨上。

却见那刺客的身子使劲抽搐了几下，竟然歪歪扭扭地扑倒在地上。

屈原简直不敢相信自己的眼睛。他感到拳头上有一层黏黏的东西，查看之下才知，刚才那一拳其实是歪打正着地砸在了刺客的伤口上。想是这刺客挨了哥哥那一剑，一路上持续失血，本身已快要支撑不住了，又在毫无防备的状态下被一拳砸在伤口上，这才剧痛难忍，昏了过去。

“到底还是哥哥救了我。”屈原喃喃念着，站起身来后退几步，想要逃走，然而行出几步却又被好奇心驱使着走了回来。

他小心翼翼地走上前，伸脚踢了那刺客几下，见对方毫无反应，便大着胆子蹲下来，伸手试了试，对方尚有微弱鼻息。

薄暮的最后一抹微光隐没在树林后面，在这最后一缕光线中，刺客额角上几道浅浅的皱纹映入了屈原眼中。一个念头忽然闪过，他看着不省人事的刺客，慢慢地伸出手，摘下了他的面具。

“怎么可能？”

面具下面，是一张俊秀而熟悉的脸。

第三章·死囚

疾亲君而无他兮，
有招祸之道也。
——《九章·惜诵》

借着薄暮的最后一缕微光，屈原惊惧地看着眼前昏迷不醒的人。

“无明！”

几只寒鸦在他的低呼声中惊起，屈原惊怒交加地看着面具下那张苍白俊秀的脸，一下跌坐在地上，无法动弹，似是失去了所有的力气，

风从山野的深处涌出，凛冽萧索，吹落了大片大片的叶雨，也带走了林中最后一点微光与暖意。

入夜了。

入夜后的屈府却是灯火通明，府中仆从进出忙碌，往来匆匆。

屈伯庸从昏睡中睁开双眼，感到一阵目眩头昏，他勉强转头，看到府中老小皆守在床边，夫人柏惠更是满面忧色，眼圈通红。

屈伯庸定了定神，开口道：“由儿……”

屈由几步抢至床前：“父亲！”

屈伯庸的声音沙哑而急切：“原儿呢？”

屈由沉默地低下头，他紧咬牙关，双手因用力扣着床沿而泛白：“由

无用！”

闻言，屈伯庸本已失血的脸色霎时更白了几分。他沉默片刻，突然发力掀被而起。众人大惊，忙上前搀扶。夫人柏惠带着哭腔说道：“医官已交代你要静养些时日，切忌动怒和发力，以免影响伤口愈合！”

屈由蓦地拦在父亲面前，“扑通”一声跪倒在地：“父亲！您是国之顶梁，您的平安关系着我屈家满门的荣辱，关系着我大楚百姓的生计。让由去吧！我一定会把原带回来的！”

说完，屈由拜伏在地。

屈伯庸看着伏在地上的儿子，身子竟然微微有些颤抖，他因失血而苍白的脸庞愈显苍老和憔悴。这位多年来叱咤高台的威严重臣、昔日斩敌首级无数的悍勇老将，此刻只是一个绝望、痛苦、衰老的父亲。

“罢了……”

屈伯庸仿佛一时之间苍老了十数岁。

“把原带回家，生死都要带回家……”

跪在地上的屈由听到父亲的最后一句话时，身子抖了一下。随即，他缓缓一叩首，起身离去，再未有一句话。

离开父亲的房间，屈由向外院走去，虽然夜色深沉，但耳力了得的他还是听到一丝奇怪的动静。他下意识地转头去探寻，却发现声音仿佛出自弟弟屈原的房间。

屈由不禁有些疑惑，他双脚点地，几个跳跃，轻轻落在了屈原的房间外。随后敛容屏气，正欲查看，却见房门被推开，一个男子从房内走出，正与他撞个满怀。

“原？！”

“大哥！”

兄弟二人皆是一惊。

屈由满脸惊喜，激动之余，一把攥住屈原的手臂仔细端详。

“真的是你吗？原？”屈由的眼圈红了，只不断地打量着屈原的脸，竟再说不出更多的话来。

屈原却是骇了一跳，结结巴巴地说：“哥，我，我正要去寻你！”

“太好了！真是太好了！神灵庇佑！”屈由紧紧地拉着屈原的手，仿佛怕他会突然消失一样。

“走，进屋说去，看你脸色这么难看，定是受了不小的惊吓，待会儿让厨房给你送点热乎的吃食！”说着，就要径自往屈原屋里去。

屈原一惊，连忙不动声色地抽身挡在门前，挤出一丝难看的微笑。

“大哥，我不打紧，还是先去看看父亲吧！不知他伤势如何？”

屈由这才恍然：“看我莫不是欢喜疯了，差点忘了这个。父亲牵挂得紧！差点儿连自己的伤也不顾了！快走吧！”说罢，拉起屈原的手便向父亲居住的宅院飞奔而去。

听了哥哥的话，一路上屈原眉头紧锁，沉默不语。许是夜色浓重的缘故，一向耳聪目明的屈由竟未有丝毫察觉。

行至屈伯庸房外，屈由也顾不得通禀了，兴高采烈地拉着屈原就冲了进去。

“父亲！你看这是谁！”

正在床榻之上闭目养神的屈伯庸闻声睁开眼，看到屈原似笑非笑的脸，惊喜得顾不得自己的伤势，竟然挣扎着撑起了身子。

母亲柏惠扑到近前，一把抱住她的小儿子，早已是喜极而泣。

“父亲……我回来了。”还未走到床前，屈原已跪倒哽咽。他几乎不敢相信自己的眼睛，这哪里还是往日叱咤朝堂的大司马，面前只是一位满面疲倦与病痛的老人。

“原儿！好，好……回来就好……咳咳咳咳！”屈伯庸在一阵剧烈的咳嗽声中被柏惠搀扶着重新靠在了床头。

很快他便将激动与担忧隐了下去，重又恢复了略带威严的神情："原儿，那个刺客现在何处？你又是如何逃脱的？"

屈由也转头看向弟弟："正是，原弟，适才太过激动，一直没有找到空隙与你细致询问此中缘由。你到底是如何回来的？怎地门口的下人们竟没来通传禀报？"

屈原深吸了口气，逐渐平静下来，他沉默半晌，乌黑的瞳仁中倒映着屋中的烛火，仿佛正在细细回想与思考。随后他缓缓开口道："自从在祭坛将我劫持后，那个刺客一直逃到了城外一处偏僻的林间，才将我拖下马。此间我一直假作昏迷不醒，才终于寻得一个机会，趁他忙于躲避追兵处理马匹之时，自他身后猛击，正中他肩头的伤处。大约是哥哥之前一剑已将其重伤，他一路逃亡又失血过多，所以他当场倒地不省人事，我才得以连夜归来。进府时我走的是下人出入的偏门，一来此番遭劫，身心俱疲，只想掩人耳目，以求平安万全；二来，也恐哥哥率兵在外，父亲又有伤在身，不宜情绪太过起伏，本想先独自休整一番，再前来相见。"

一番话简明扼要，将来龙去脉讲得清清楚楚。在场的众人听后无不屏息低呼，母亲柏惠更是捂住了嘴，显是十分后怕。

屈由听得两道剑眉深蹙："原，你有没有看到那刺客的脸？"

屈原摇摇头，面有愧色："不曾看到，他倒下时将面具压在了下面，若想取下，必得先将他翻动。原当时惊惶不定，最后一击已是强弩之末，身子早已脱力，又恐他随时醒转，便未敢多做停留，只求自保。"

说罢他又悲愤道："只怪原平日疏于习武，竟只能行些背后偷袭之不齿行径，连个昏死之人也无力应付，还要连累全府上下不得安宁。"

屈由听他这样自责，当即大感心痛："保护父亲与你的周全，原是我的责任，如今令你们身处险境，父亲更是负伤在身，要怪也只能怪我这个做长子长兄的无能！你怎可都揽到自己身上去！”

“好了，这名刺客身手不凡，冷静狠辣，老夫亦伤在他的手上，深知由儿能将其重伤已属不易。原儿，你自幼习文，自有造诣，也不必妄自菲薄。今日危难之时，你们不顾自身安危，以命相搏，没有堕了我屈家的名声。为父甚慰！”

听到这里，兄弟二人相视，看到对方眼中皆有泪光隐现。

休息片刻，抿了口茶水，屈伯庸又道：“原儿……”

屈原微微垂首：“父亲。”

“我有几句话望你自勉。成败反转间，尔之才华可堪大用，然亦可铸成大错。望你，一不再行鲁莽之事，二不再将国之大事视同儿戏。否则，我屈家早晚毁于你手！”

最后一句话说得极重，屈原、屈由皆是一惊。

屈原平静叩首回应：“父亲教训得是，原谨记！”

屈由似乎颇有些为弟弟不平，正欲开口，屈伯庸沉声道：“好了，我乏了，你们都回去吧。”随即慢慢地翻身躺下，不再作声。

母亲柏惠向门口轻轻抬了抬下巴，用眼神催促兄弟二人。两人会意，起身微向母亲示意，便默默退了出去。

与哥哥分开后，屈原回到自己的房间。他谨慎地四下打量了几次，才小心翼翼地将门合上。而后顿了顿，又将门闩轻轻插好，这才放下心来。

随后他转身望向内室，脸上带着挣扎与不安的神色。他思忖良久，慢慢走到门旁，自墙上取下一把错金铭文的黄皮双箍青铜宝剑。此剑剑体呈亮白色，靠近剑柄处则呈青绿色；锯齿状的剑刃，至锋处突显尖削；剑柄的圆茎上有两道鹿皮黄箍，末端雕刻着细密的青天卷云纹；近格处有错金鸟虫篆铭文一字——“屈”。

他手持此剑走入内室，缓缓来到榻前，那里赫然躺着一个浑身血迹、昏迷未醒的男子。正是无明！

屈原凝视无明良久，白日的祭祀大礼中，大君遇刺、父亲受伤、自己被挟持的种种情景在他的脑中翻滚沸腾。他抬起手，剑锋缓缓落下，及至将将抵在了无明的咽喉之上，只消稍一用力，一切便将了结。

然而……

那持剑的手，却微微颤抖了起来。

昏迷中的无明脸色惨白，轮廓都愈加坚毅，似是感应到了什么一般，嘴角忽地微微抽动了几下，几滴汗混合着血迹慢慢自他的颊边滚落。

良久，屈原的眼神慢慢地变得清明，他稳稳地抬起了手……

清晨的阳光照进屋里，带来一阵隐约的鸟鸣与木芙蓉清新的幽香。

无明慢慢地睁开了眼睛，只觉头晕目眩，似是被人五马分尸过一般，脑后痛得厉害。他忆起了昨日的种种，猛然自床上弹起，警惕地看向周围。

他最先看到的，是一位身着广袖绕襟彩绣深衣的年轻男子，正静静地席坐于窗边。他的手中把玩着一枚精致的香囊，隐约传来杜若的清幽香气。男子正端详着墙上的画，根本没有察觉到无明已然醒来。他手边的小几上放着一把已经出鞘的黄皮双箍青铜剑，剑锋上的光华令无明的瞳孔骤然一缩。

听到了动静，男子转过头，无明认出正是屈原。

二人四目相对，霎时间屋中只闻得无明沉重的呼吸声。

屈原将香囊小心地收入怀中，走到窗边，盛了一杯清水，递与无明。

无明并没有接过，只是面无表情地看着屈原，眼中充满了警惕与冰冷。

屈原从容地将耳杯放在窗边一个扁足彩漆木案之上，随后转身定定地望着无明：

“为何刺王？”

无明苍白的脸上带着一抹笑：“成王败寇，毋需多言。”

屈原皱眉道：“当今大君贤明仁爱、宽厚待人，你何至于要下此狠手？”

“贤明仁爱？宽厚待人？”无明闻言怒极反笑，笑声中带着几分悲怆，“熊槐狗贼，起兵伐越，越国上下生灵涂炭，哀鸿遍野，我眼见着父王惨死楚兵之手！何来仁爱？！何来宽厚？！”

屈原大惊：“你乃越王之子？！”

无明默然，良久低声诵道：“国既破魂安所兮，壮士几时宁归……”

屈原心下震动，他清楚地记得这乃是当日他们在江船上对饮之时，无明怅然咏诵过的诗句，如今想来，竟是在时刻警醒不可忘记了国仇家恨。

亡国、弑父，要有多深的恨与多深的痛，才能明知九死一生，也要孤注一掷。

无明面色凄楚，声音沙哑道：“你定不曾闻七旬老翁怀抱儿子已死之躯哀哀恸哭之音、清白人家的女儿被拖进军营时的惨呼之声；你定不曾见自己的父亲惨死后躯首被人高悬城中示众之景。”

屈原语塞，他确实不曾闻过、见过那些恐怖至极的声音与情景。在此刻之前，他甚至从未想过这世上竟还有这般悲惨之事。

无明激动地斥道：“若非熊槐觊觎越国之疆，我区区小国何敢来犯大楚七百年之基业？如此恃强凌弱，其责不在一国之君，又在何人？！”

就在此时，突然隐约听到外面传来一声：“大君驾到！”

屈原大惊，赶忙奔至外室查看，他伏在窗边，远远看到哥哥屈由急急奔进了父亲的房中。他强迫自己冷静下来，快步回到内室。

“快！先去屏风后……”说完，屈原愣在了当场，刚刚还倚坐在床上的无明，此刻已经不见了踪影！床边的窗户支开了半扇，只有阵阵秋凉夹着窗外众人急匆匆的脚步声拂了进来。

屈原又回首看向窗边搁放宝剑的木案，空空如也！

他顿时感到脑中“嗡”的一声，贴身的襦衣已霎时间被冷汗浸得湿透。

而此时的屈府门外，已是热闹非凡，楚王满面喜色地在木易的搀扶下，自轿辇之上走了下来。屈伯庸早已在柏惠、屈由的搀扶下等候在门外。见到楚王，众人齐齐下跪。

“参见大君！”

楚王一见屈伯庸，脸上闪过一抹怒气，连忙快步上前搀起，口中责怪道：

“都什么时候了，重伤在身，大司马还拘于这些繁文缛节！”

屈伯庸艰难地站起来，朗声回道：“蒙大君关切，罪臣护驾不周，还请大君降罪。”说罢，竟有些老泪纵横。

楚王安慰地拍了拍屈伯庸的手：“若非你与两名世子舍命相护，不谷早已做了刀下鬼！不谷对大司马只有感激与歉疚。听闻大司马伤重未愈，心中着实放心不下，特来探望一二。”

屈伯庸携柏惠与屈由再次拜谢：“谢大君惦念，恭请大君入府！”

楚王待到与众人在府中主厅坐下，打量了一眼众人，问道：“不谷听闻二世子屈原亦平安归来？”

屈由见父亲已有疲态，立刻抱拳道：“回大君，舍弟屈原昨夜已平安归来。他趁刺客不备，将其击昏，才得以逃脱。”

楚王大喜道：“想不到一介书生亦有此胆识！当真是虎父无犬子！不谷想见见他！”

“唯！”屈由躬身应了，立即遣了一名堂下小厮即刻去请屈原前来。

片刻后，屈原跟随小厮匆匆而至，只见他头上束着白玉嵌松石的高冠，一身赭色的续衽钩边广袖深衣，甚是郑重。

屈原进门后，当即拜倒，口中朗声道：“臣——文学侍从屈原，拜见大君！”

楚王欣然颔首道：“免礼！”

屈原叩谢后起身，垂首立于父亲身侧，不敢多言。

楚王端详了屈原片刻，赞赏道：“自古英雄出少年，听闻世子诗赋才情过人，哪知连胆色也如此惊人！大司马真是教子有方！”

屈伯庸与屈原立刻拜谢：“谢大君。”

楚王目光炯炯地注视着屈原深深一笑，问道：“世子有如此才华与忠心，真乃天赐良人，不若这就跟不谷回去担个官职，今后随你父亲一同学习理政之道，何如？”

楚王私心想着自己如此爱才，屈原必会欣喜若狂，跪倒谢恩。哪知屈原闻言，非但未露出一丝激动之情，反而面露难色。

楚王的提议让屈伯庸与柏惠两人骤然一惊，他们悄悄互视了一眼，皆在对方眼中看到了震惊与不安。

这时，只见屈原一揖，高声道：“谢大君抬爱。只是灵均这点微末本事，也就在民间做做样子；入朝理政，何等大事，灵均恐难以担当。家父官至大司马，家兄也为大楚出生入死，到我这里却只剩下点吟诗作对的微末功夫，实在愧对大君抬爱。”

楚王并不恼，只对屈原笑眼相看良久，而后道：“既是如此，不谷也不勉强了。”

楚王与屈府众人品茶闲话良久，木易上前低声提醒道：“大君，该回宫了！”

片刻后，屈伯庸率亲眷将大君送至门前。楚王走在前面，亲热地携着屈原。木易快步来到轿辇边，伸手掀开门帘。

楚王正要上车，忽觉不妙，抬眼一看，正见无明从轿内蹿出，手举一剑，纵身便向楚王刺来，面上目眦欲裂。楚王惊得一个趔趄，险些倒地。

“护驾！”木易和屈伯庸同时喊了起来。

全副武装的宫卫甲瞬间拢于楚王身边。屈由和数名护卫冲上前去，与无明缠斗起来。

与祭礼之时不同，此时的卫兵早已有了防范，无明则是有伤在身，抵挡几个回合，心里便知刺杀无望。这时屈由自斜刺里杀出，一个箭步冲到无明面前。父亲受伤和弟弟被掳的经历，令他心中异常激愤，挥起剑来仿佛也带着千钧力道，只几下，便将无明手中的宝剑击落在地。屈由 剑刺中无明的手臂，剑刃随即架在了他的颈上。

“拿下！”木易一声怒喝，卫士们蜂拥而上，将无明按倒在地，五花大绑。楚王走上前去，怒目而视：“昨日行刺不谷的，也是你吧？”

无明满目怒火，瞪着楚王一言不发。

木易看着无明被押走的背影，俯身拾起了地上的宝剑，正要交卫队收起，剑柄上一枚阴刻的“屈”字忽然映入眼中。

“这……这剑，是屈家的！”木易不由脱口而出。

众人大惊失色，宫卫闻听此言，立刻从四下合围过来，肃穆地按剑以待。楚王缓缓接过剑，一个精致的“屈”字果真赫然在目。

“大司马？”楚王神色凛凛，将剑直接递与屈伯庸。

屈伯庸双手略微颤抖，接过宝剑，仔细看去，不由得面色大变。他伸手在“屈”字上用力摩挲了几下，又翻过剑身细细地查看良久，终于双唇微颤，回首怒视着身后的屈原。

此时的屈原早已失去了所有主意，只怔怔地站在原地，不敢直视父亲的眼睛。

屈府门外鸦雀无声，只有屈伯庸艰难而沉重的喘息声。

良久，还是木易沉声问道：“大司马，如何？”

屈伯庸张张口，却说不出话来。

楚王闭上了眼睛，面色铁青。

“还不拿下！”随着木易一声令下，一众宫卫上前，拔剑在手，团团围住了屈氏一家。

“慢！”一声清喝响起，“此剑是我的！”

众人一惊之下循声望去，更加失了颜色，竟是刚刚与楚王携手谈笑的屈原！

“住嘴！竖子！”屈伯庸痛斥道。

奈何屈原并不理会，只是坦然上前一步，直视着楚王道：“此事确与我父兄无关，不信大君可翻看剑柄最底部，便可见一‘原’字！”

楚王看向木易，木易会意，仔细翻看检查了一番，随后面色沉重地向楚王微微颔首。楚王的脸顿时又黑了几分。

“好！很好！果然是胆识过人！适才你婉拒了协政的邀请，不谷本无意勉强。既是如此，今天便无论如何都要随不谷回去了！”

说罢，楚王一挥衣袖，便上了轿辇离去。

木易怒喝一声“带走”，两名宫卫立即押住屈原。宫卫阵行合拢，向王宫走去，屈原瘦小的身影瞬间就在卫士的甲胄中淹没不见了。

“大君！此事定有蹊跷，还望大君明察！”屈伯庸凄厉地高喊，缓缓跌跪下去。

屈由本在一旁震惊得失了颜色，见父亲如此情状，赶忙搀扶。

人群慢慢走远，屈伯庸还跪在地上。母亲柏惠倒是从始至终没说一句话，直到队伍消失在巷口的刹那，她忽然身子一歪，纸人一样轻飘飘地倒在了地上。

木易走进兰台宫，远远便望见楚王在屋子中来回踱步。正在门口寻思要不要进去，只见那张怒气冲冲的脸转过来：“何事！”

木易赶紧俯首走进去，向楚王一拜：“大君……”

“如何？”楚王问道。

“此人名叫无明，是越国无强之子。”木易低声说道。

“越国？”楚王的眼睛微微眯了起来。跟随他多年的木易知道，大君已动了杀机。

“他还说了什么？”

“再无其他，此人一心求死。”

“那就成全他。明日车裂，以告天下！”楚王下令。

“唯。”木易一拜，起身后，才又试探地问，“那……那屈原如何？”

听到屈原的名字，楚王的脸色不由更加阴沉。

他沉默良久，终于缓缓开口吐出几个字：“打入囹圄。”

木易偷偷地看了看楚王的面色，自知此时多言无益，便又一拜，接着默默退下。

午膳时分，南后的宫中热闹非凡。今日是每月大君都会按例来南后宫中用膳的日子，小厨房早已备下了各色时令小点与小菜。

南后今日披了一件双彩团凤密纹的彩绣曲裾长袍，姿态端庄。她身边坐着素眉青衣的嬴盈，头上挽了高高的椎髻，斜插一枚碎玉簪，露出雪白的脖颈，略带慵懒之色。

不久，楚王走了进来，南后与嬴盈赶忙起身微笑相迎。却不想楚王身后还跟着郑袖，她身穿石榴紫色撒金填花燕纹锦的直裾深衣，走起路来婀娜多姿，更显身形苗条。

甫一进门，郑袖便轻笑道："适才听说大君要来姐姐处用膳，我一向听说姐姐这里的吃食乃是全后宫之最，于是便厚着脸皮跟来了，姐姐可不要见怪啊！"

言罢，见到清淡的嬴盈也在，面上便是一冷，但随即浅笑道："这天气愈发地冷了，嬴妹妹怎地还出来走动呢？难道不怕肚中的孩子受了风寒？"

南后道："是我让人请了嬴妹妹来的，要怪便要怪我大意了。"她嘴上自责，可面上只有一成不变的微笑。

"不怪姐姐，今日阳光明媚，我本也想出来好好走走，晒晒太阳而已，劳郑姐姐费心了！"嬴盈微微施了一礼道。

南后见楚王面色沉重，似有心事，便开口道："大君可还在因遇刺之事烦心？"

楚王叹了口气道："今早不谷前往大司马家探望，又在那里遇到了刺客。"

"什么？！"三位娘娘顿感惊骇。

郑袖更是察言观色，第一个扑在了楚王怀中抽泣道：

"快别说，真吓死袖儿了。"说着拈起一方帕子抹了抹眼睛。

南后与嬴盈见她如此旁若无人地表演，不由得对视一眼，各自眼中尽是无奈与厌恶。

正在此时，木易走了过来，对楚王附耳道："大司马求见！"

楚王脸色一沉，只作未闻，继续饮起杯中的酒来。

宫人疑惑，望向木易。木易看一眼大君，悄悄挥挥手，宫人会意退下。

兰台宫外室，屈伯庸跪伏于地，楚王立于前，昂首不看他。

屈伯庸的额头碰触在地面上，后背微微颤抖。

"大司马若是来为世子求情，便回了吧。"楚王凛然道。

屈伯庸声音颤抖："罪臣教子无方，不敢求情，但求大君给他一个解释的机会。"

楚王冷哼一声，依旧无话。稍后，他叹口气道："念在大司马有护国之功，屈原之事，不以株连论处。大司马，这已是不谷最大的仁慈了，你回了吧。"

落日的余晖给巍巍楚宫镀上一层金色，雍容华贵，却也透着几分萧瑟。空旷的朝堂上烛火跳动，光影交错之间，雄伟高旷的空间显得庄严，亦有些压抑。

楚王的身影孤独地摇动在火光中，烛光把身影拉长、放大，投射在桌案背后的地图上。巨大的影子一摇一摆，像随时要被夜风吹散带走一般。

"大君，屈原带到了。"木易低声说道。

屈原向前两步，目视着楚王背影道："大君。"

"你眼里，还有我这个大君吗？"楚王没有回头。

屈原无言，楚王转过身道："不谷听说，你一直在喊冤。如今你说吧。"

屈原跪倒在地："屈原是替无明喊冤。屈原恳请大君放了无明。"

“什么？”楚王以为自己没听清楚。

“无明乃越王之子。”屈原抬头，目光勇敢，直视楚王。

楚王上前一步，继续逼视着屈原：“越王之子，就可以一再行刺不谷？！”

“大君,如果没有楚国攻伐越国在前,就不会有无明行刺大君在后。”

“你是说，不谷是咎由自取了？”

“屈原不敢。”

“笑话！”楚王一声怒喝，“还有什么是你屈原不敢的？你是否以为不谷愿意攻打越国？楚不犯越，便须始终提防他们壮大。两国相争，只有成王败寇。”

经过大半天的关押，屈原神色憔悴，此时面对着楚王的怒火，他却不躲不闪：“大君，如果每个君王都这么想，天下还有宁日吗？”

楚王冷冷道：“卧榻之旁，岂容他人安睡！”

屈原敛衣肃容拜倒：“臣斗胆再请大君赦免无明，否则君无一日之宁，家无一日之静！”话说得生硬而直率。

“你……”木易急得向屈原使眼色，示意他赶快住口。

然而，已经太晚了，楚王怒目圆睁，大喊一声：“来人！押去死牢！明日问斩！”

第四章 · 狂言

终刚强兮不可凌。

——《九歌·国殇》

楚国的圄牢，迎面便是两扇顶梁对开的青铜包面的大门，门面相对盘踞着两只其状如牛、苍身无角的独腿夔龙。夔龙为远古凶兽，相传古时黄帝以其皮为鼓，以雷兽之骨擂之，声闻五百里，威震天下。

推开这两扇森然的巨型大门，是一面照壁，其上画着猛虎食人的图腾。画中猛虎以后爪与尾为支点，两只前爪腾空，有力地攫着一断发跣足之人，作噬食状。虎之凶戾与人之惨烈鲜明相映，逼真生动。

转过照壁，后面是由四个接连陡转的直角弯和五道铜门隔离的甬道，然后便是一条一米多宽的巷子。巷子两边有两排低矮的监房，里面关押着一般的杂犯；而巷子的南尽头，一个直角弯后，便是专门关押死刑重犯的内监。

这里仿佛是一个被遗忘与唾弃的世界，一墙之隔，墙外明媚，墙内腐霉。时已深秋，间或有丝丝寒风从墙的缝隙吹进来，摩擦出“呜……呜……”的惨厉声。新鲜与腐朽的血腥气在这里终年弥漫，夹杂着牢狱中特有的酸臭味，直钻进人的心底，留下难以磨灭的印记。每到寂静的深夜，死囚们不甘地嘶吼，犹如沉睡经年的冤魂厉鬼被唤醒，令人毛骨悚然的凄厉叫声回荡在整个圄牢中。

此刻，其中的一间囚室里，一个青年正盘膝呆呆地坐在地上。他穿着一身散发着酸臭味道的囚服，长发凌乱地系于脑后。身下是一个几近腐烂的草席，时常有虫子爬过。他的面颊清瘦，嘴唇干燥皲裂，只有那乌黑的瞳仁依旧明亮如夜空中的星辰。正是屈原。

除去那张腐烂的草席，囚室的角落里还有一个缺口陶盂，上面满是污垢。秋雨后的潮湿混合着已经干涸的血的味道，令这里散发着令人作呕的恶臭。

屈原颓丧地坐着，内心早已被这地狱般的处所击败。是的，这经年的恶臭与污垢，这浓重直冲鼻端的血腥气，这日夜回荡的哭嚎声，这无尽的黑暗，都在时时刻刻冲击着他脆弱的身心。就连当日在无明剑下濒死的时刻，他也不曾如此清晰地直面生命的脆弱。死亡，从未离他这样近过。在这里，他不只感受到了自己的死亡，更体会到以百、千、万计的生命的死亡。有多少灵魂在这实实在在的绝望中腐烂着，直到永久化为这黑暗的一部分?

他们，她们，都该死吗?
无明的父兄亲人都该死吗?
越国的无辜百姓都该死吗?
我大楚的万千将士都该死吗?
我，该死吗?

年轻的诗人将头向后轻轻靠在滑腻酸臭的石墙上，仿佛平日里靠在府中髹漆雕花的床头一般。

然后他闭上眼，轻轻地吟唱起来：

“深固难徙，更壹志兮。绿叶素荣，纷其可喜兮……”

歌声轻扬，盘绕而上，隐约回荡在这暗淡无光的死牢中。

不远处的一间囚室中，满身血痕的无明倚靠在角落里，也轻轻地闭上了眼睛。

繁花锦盛的绿色原野上，氤氲着清新沁人的花草香气，缕缕笛音自花间草间漏了过来，如天上洒向人间的玉液琼浆，令人一阵温暖陶醉，接着一阵迷离悲伤。

一名身披女萝、腰系藤蔓、头簪翠枝的少女，只手扶着一副面具遮于面部，静静地站在花叶间朝这里凝望。藤蔓自她身后蔓延开去，如灵活的触手般伸向远方，拉着少女随之慢慢退去。

“别走……”屈原急惶地伸出手。

少女缓缓放下了面具，露出两脸夭桃、一眸春水。

“后皇嘉树，橘徕服兮。受命不迁，生南国兮……”

声渐远，人渐远。

“莫愁！”屈原陡地惊醒，竟喊出了声来。

他低头自怀中慢慢取出一枚小小的香囊，在昏暗中细细端详。香囊精致小巧，散发出一丝清幽香气，还带着他的体温。

“莫愁，是你吗……”他再次低喃道。

一阵铁器碰撞之声将他唤回。吱嘎一声，沉重的木门被推开，两个身影走了进来。为首一人魁梧高大，头戴垂缨冠，身穿赭色窄袖深衣，腰系带紫纹对龙袍带，目光如炬，正是楚王熊槐。

“屈原！见到大君还不行礼！”楚王身后的木易喝道，半是恼怒，半是焦急。

楚王瞟了木易一眼，着他噤声，随后转头看向屈原。

屈原依旧盘膝坐在草席上，静静地看着楚王。

两人相视片刻，楚王自身后取出一柄寒气森然的青铜剑，稍用力，便直直插在屈原的面前。

屈原看向那柄剑，只见刃部不是平直的，背骨清晰成线锋，其最宽处约在离剑把半尺许，向后便呈弧线内收，至剑锋后内聚成尖锋，通体青寒。稍一用力，便没入地面寸许，足见锋利至削铁如泥，吹发可断。

“好剑！”屈原不禁由衷赞道。

楚王见他如此，点点头：“好胆量！”

他微微侧头，木易拍拍手，很快便有狱卒端来了一方小案，又整齐码上几道小菜、一樽冒着热气的酒，还有两只耳杯。

待狱卒全部退下后，木易上前小心翼翼地将两个耳杯斟满，并将其中一杯恭敬地递到楚王手中。楚王接过后，也不看屈原，仰头便将杯中物饮尽，随后将耳杯掷在了案上。

木易立刻向外面使个眼色，很快便有狱卒小跑进来，拿一领簇新、散发清香的精编竹席展在案前，随后又在上面铺上一层朱红色、绣有经锦条花的软垫。

楚王盘膝坐下，拿起酒樽为自己斟满，举杯向屈原，但并未说什么。

屈原坦然一笑，执起自己的耳杯，向楚王朗声道：

“多谢大君为我送行！”说罢，将酒一饮而尽。

辛辣温热的酒气直冲脑门，他大喝一声：“痛快！”

楚王的唇角也微露出些弧度，他慢慢地又斟满了一杯……

二人便这样沉默地斟着，饮着，一樽酒未及变凉，已被饮尽。

“好酒！再来一壶！”屈原晃晃空了的酒樽，突然高声喊了起来。

楚王微笑。到底年少，屈原已是醉了。

一旁的木易见状，立刻又着人烫了一樽送进来。他亲手端至案前，为二人斟满。

楚王手中把玩着一块精巧的薄胎玉佩，漫不经心地开口问道：“你，很欣赏无明？”

屈原饮尽杯中酒，沉默半晌后点点头，随即又摇摇头苦笑道：“交浅言深罢了。”

楚王眼中似有蔑意：“愚也！”

屈原并不恼，点点头：“确是，两个愚人才会行至如此田地。”

楚王挑眉问道：“此言却是认罪了吗？”

屈原听得“认罪”二字，突然仰天大笑起来。

“哈哈哈哈哈哈……”笑声朗朗，贯穿狱所。

木易恼怒，欲上前喝骂阻止，却被楚王一个眼色压了下来。

屈原笑声渐歇，慨然正色道：“灵均有罪，罪在只知舞文弄墨，不解苍生何往；灵均有罪，罪在无益于社稷民生，无功于疆场天地；灵均有罪，罪在拖累父母至亲，罪在攸关大君安危。”

他停下来歇了歇，目光突然变得有些痛楚。“无明亦有罪……”屈原的嘴唇微微有些颤抖，“罪在身为其父之子、其国之民！无明有罪，罪在忠肝义胆，丹心赤忱！无明有罪，罪在生而为人，而非草芥木石！”

“放肆！”楚王勃然大怒，霍地站起身来，将整个小案掀翻在地，手指着屈原气得讲不出话来。

木易见状，内心暗叫不妙，慌忙抢上前来说和：“大君息怒，息怒！切莫让这番醉话气伤了身！”又立刻转头怒斥道，“屈世子是糊涂了吗？几杯黄汤下去，竟说出这等大逆不道之言！还不快向大君请罪！”

然而屈原却毫不领情："糊涂了？原也许不谙治国之道，可楚越两国的万千百姓与将士皆同我一般，只盼有个宽厚仁和的王能庇护他们周全安康。如今天下昭昭，皆知我大楚举兵犯越，攻城略地之余，赤地千里，血流成河。当日祭祀高台上，无明为报家国之仇越众刺王，其绝望仇恨人人得见。大君的权谋远见泱泱万民未必能领悟十中之一，而那无明之忠孝激烈却是乡野最愚钝的莽夫也能够感同身受啊！"

木易极小心地朝楚王偷瞄了一眼，见楚王面上青筋暴起，心下愈加焦灼。

"这些皆非你知情不告、勾结刺客之由！"楚王的声音低得不能再低，是在压抑着极大的愤怒。

屈原突然伸手将酒樽自地上拾起，将残酒悉数灌进喉咙。喘息起伏良久后，他敛衣起身，目光灼灼地逼视着楚王，声音嘶哑却清朗。

"山不让细壤，故能成其大；海不择细流，故能就其深。管仲曾有言：'安乡重家则敬上畏罪，敬上畏罪则易治也。'如今越国已灭，难道大君欲将越地屠尽？否则怎不明白杀人易、诛心难之理？"

楚王闻言大震，一时间似是呆住了。

这时却见屈原脚下虚浮，再也站立不住，他身体晃动几下，竟然扑在了地上。

大惊之下，木易急忙上前查看，片刻过来回楚王道："想是不胜酒力，又激动过度，一时醉过去了，并无大碍。"

又听得地上的屈原在昏迷中低唤："别走……"

楚王站立在原地，静默许久。在囚室中昏暗的灯光下，木易辨不清楚王的神色，只得惴惴地在旁守候。

良久，楚王突然发力，将没入地面的青铜宝剑拔了出来，大步走向昏醉在地的屈原。木易大惊，失声喊道：“大君！”

天边泛起鱼肚白。屈伯庸依旧跪在宫门前，血迹染在膝下的大片石板地上，此时已干涸，薄薄的一层红色有些发灰，像是已经过了很长的时间。屈伯庸的脸色则白得像纸一般。兰台宫外，更漏里的细沙一点一点少下去。在那慢慢坍陷的沙子上，屈伯庸仿佛看到屈原生命的火苗在一丝一丝地灭下去，所有的希望也在一分一分地褪掉颜色……

一阵熟悉的脚步声自后而来，惊醒了他。那步履沉稳有力，似跳动的脉搏，敲击在屈伯庸的心上。脚步在他身后堪堪停下。

他并未回头，只在心中深深地叹了口气，问道：“你来这里做什么？”

“我来带原回家。”屈由的声音出奇地低沉，阴郁得令屈伯庸不禁回头望去。

只见屈由上身穿着一件淡青色泼墨云纹的窄瘦短衣，下着云白长裤，头戴白鹿皮弁，腰间系着两枚寸许长的师比，一枚是竹节制成，一枚是琵琶纹样紫玉琉璃。他面色凛凛，眼射寒星，手握一把短柄青铜梅花戈，立于台阶之上，有如撼天狮子下云端，摇地貔貅临座上。

看到那柄梅花戈，屈伯庸眼中顿时精光乍现。

“你要做什么！”

“父亲！原昨晚已被大君打入死牢，今日问斩！”

这一句不啻一道晴天霹雳，击中了跪在台阶上的老人，他怔怔地，眼中充满了不可置信。

屈由握紧手中的梅花戈，缓缓拾级而上。忽听得身后一声低喝。

“放肆！”

“请父亲莫要再阻拦，由愿承担一切后果！”屈由头也不回，语调冷峻，目光坚毅。

“跪下！”屈伯庸又是一声暴喝。

“父亲！”屈由回首，他俊朗的面容因愤怒而扭曲起来。

“你跪还是不跪？”屈伯庸沉声问道。

扑通！

屈由咬牙切齿地缓缓退下几步，跪在了父亲身侧。

“你执戈面君，意欲何为？”老人虽面色苍白，但仍掷地有声。

屈由依旧咬着牙根，不发一言。

“回答我！”屈伯庸怒喝道。

“由只求将弟弟带回，保他平安。”屈由极力克制着自己的愤怒，声音略微颤抖。

“若带不回呢？”

屈由平静正色道：“那便兄弟执手同去！”

“你……”屈伯庸气结。

“父亲，由本为孤儿，自幼得您与母亲垂爱，与原弟一起长大，同吃同住，从未被另眼相看。正是因为您多年来的教诲与引导，由才得以领军沙场，为国效命。如今原弟被冤，身陷囹圄，我怎能坐视不管？”

见父亲膝下血染的台阶，屈由又痛心道：“您多年来为国效力，当日高台之上更是为保护大君而身受了一剑，至今未愈。原以一介素手书生之躯拼死阻拦刺客离去，事后他又怎会行那勾结行刺之事？其中必有缘由与冤情。然而大君竟丝毫不顾念父亲您多年的劳苦，只凭一时之气、一面之断便将弟弟打入死牢，与刺客同处！这样的大君岂非昏……”

话未讲完，屈由只觉面上一痛。

“啪！”屈伯庸一个巴掌扇过来，将他后面的话全部打了回去，“逆子！”

“父亲！”屈由捂住脸颊，满面震惊。

“枉费我与柏惠多年来的心血，将你们两兄弟抚养、教化成人，如今竟无一懂得惕心保全、沉稳谨慎！”

屈伯庸颤颤地站起身来，不顾浑身麻木、伤口疼痛，抬手指着屈由继续骂道：

“我屈家出了一个勾结刺王还不够，你还要再加个弑君的罪名给我们吗？我们将你抚养长大，只为有朝一日让你逞一时之快而罔顾自己的性命吗？如今原儿性命攸关，也唯有我拼着一条老命日夜长跪于此，勉求君恩，尚有一丝转机。此时，府中空虚，只盼你身为长子能扛起家中顶梁，你的母亲与我屈家上下老小都在倚靠着你给他们定心扛鼎！这才是你对屈家义不容辞之责，才是我屈伯庸多年来将你视如己出之慰盼！”

听罢父亲这段斥骂，屈由如遭雷击般跪在台阶之上，他的手指微微颤抖着，梅花戈“咣当”一声落地，发出清脆的击声。

多年来的父母恩情、手足之情、自卑惶恐之情，一齐涌上心头。父亲的一席话如重锤，击碎了他心中块垒，也击中了他刚毅面容下的脆弱。

“咣……咣……”随着两声沉响，台阶尽头紧闭的宫门缓缓开启。

台阶下方的父子立时惊醒，惶惶向上望过来，目光中夹杂着期盼与惊恐。

片刻后，两名宫人一前一后抬着一副小架慢慢拾级而下。旁边跟着一位身着红棕绢面、深黄里料、大菱形纹锦镶边的华美宫服之人，屈伯庸一眼便识出，正是楚王的贴身侍从木易。

走得近了，二人才看清小架上躺着一人，身着死牢囚服，一动不动。屈伯庸心下一沉，屈由更是脸色铁青，他们欲要举步，却又瑟缩踯躅，不敢上前。

终于，小架行至面前，只见屈原面色惨白、双目紧闭地躺在上面，一件白衣覆盖着他一动不动的身躯，深秋的风自他面上拂过，连双唇也是青白色。

“儿啊……”屈伯庸再也不能承受，扑到小架上，发出一声撕心裂肺的哭号。

虽然早已预料到了最坏的结果，但当幼子的尸体出现在自己面前，他还是感觉整个人的魂都被抽走了。他双手抬起欲要抚一抚屈原的面颊，尚未靠近却已颤抖得厉害。

屈由狂吼一声，跪倒在地，双手紧握成拳，“嘭！嘭！嘭！”一声重似一声，狠狠地砸在青石铺就的台阶上，每砸一下，青石阶上便留下几道触目惊心的鲜红血痕。

他甚至不敢抬眼去看那小架，不敢看那曾经熟悉的清俊面容，不敢看那已经不再散发桀骜英气的闭合的双眼。

刚刚走上前来的木易被屈家父子的情状唬了一跳，惊在当场，半晌未能说出话来。屈由那如天降魔主，似要遇佛杀佛、遇神弑神般的模样，更是令他当下汗湿了襦衣。

“唉……大君……”他心中默念，“若是真……今日怕是难以善了……”

“大司马……”木易虽心中惊动，面上却仍是如常恭敬地唤着，“大司马切莫如此，二世子只是酒醉未醒，并无什么大碍，大司马与屈将军安心。”

“什么？！”屈家父子闻言大惊，双双错愕地抬起头来，死死地盯着木易，屈由更是一把将木易的手腕攥住。屈由自幼习武，本就力拔千钧，如今心绪激荡，失去了分寸，木易只觉自己的手腕快要被折断了一般。

“屈将军轻些使力……”木易不禁低呼道。

“啊，实在对不住，公公勿要见怪。”屈由方才发觉，赶忙收了力道。

木易的额头已布满一层细密汗珠，恳切地说道：“事关重大，木易怎敢胡言？昨夜大君思虑良久，亲至死牢中与二世子把酒理论，后来……世子不胜酒力，昏醉过去了。”

见屈家父子仍是一副不能置信的神色，木易又道：“世子至今尚未转醒，应是连日惊吓劳困所致，大司马不必担心。大君已格外开恩，特赦二世子，您尽快携了世子一并回府休养吧。您如此年纪，连日长跪殿外，真是难为您了。”

“老臣叩谢大君开恩……”屈伯庸颤巍巍地跪倒，朝着台阶之上的宫门连连叩头。

“父亲……”一旁的屈由伸手搀住虚弱的父亲，眼里尽是喜极而泣的泪光。

木易见状也是动容，不禁低声道：“二世子此次当真是鬼门关前走了一遭，能平安化解实属幸事。当今大君亦是心怀仁爱，深明大义。只盼大将军明白，莫要因而生了什么嫌隙……”

木易话未说尽，屈由却如何不懂其中之意，微一抱拳，低声应道：“多谢公公提醒，原弟能够逃过此劫，想来也少不了公公的说和帮衬，此恩屈由必当铭记！”

木易微笑道：“我哪有这等能耐，皆因大君兼听达明，才解了这一番罪过。”

言罢，他深深一揖：“恭送大司马，恭送大将军。”

初阳升起来，金色的光芒由近及远在楚国的大地上铺展开来。郢都高大的城墙外，一架马车在行人寥寥的道路上向东边的越国方向飞驰。用不了多久，一道楚王谕令便会传遍楚国的大小角落——

“越人无明，公然屡次行刺大君，忤逆天威，本当处以极刑。念无明乃因心系家国之仇，兼以文学侍从屈原力保，大君圣德，特赦其罪，逐出楚国以儆。望无明心感君恩，楚越修睦……”

清凛空幽的笛音传来，缓缓睁开眼，只见周遭遍生黑色的山石，向下望去，是飞瀑直下，寒珠四溅。整个人似是无处立足，双手在空中挥动也抓不定半分。猛听得身后一声嘶吼，转首却惊见一头暗赤纹豹扑将而来，利爪闪耀着明晃的光华，直抵咽喉。惊惶之余，足下更是半分稳定也无，口中疾呼尚未发出，人已一头栽入了雾气浓重的深渊之中……

“啊……”屈原大叫一声，猛地弹起，惶惶四顾，额上满是汗珠。

“原，你醒了！”耳畔传来熟悉的声音，随即屈由憔悴疲倦的面容出现在面前。他一直和衣倚靠在床边，适才的惊叫声将他吵醒了。

“哥哥？”屈原有些糊涂了，再次定睛四下打量，“这是……在府中？”

“听闻昨夜大君赐酒，你饮醉了，一直昏睡到现在。今早，大君着人将你送出宫，并传谕全国，特赦无明，仅以驱逐处之。”

“果真？！”屈原惊喜交加。

“岂能有假？不然你如何能从死牢中脱身？”

“这……莫不是在做梦吧！”屈原用力拍打自己的面颊，跳下床，脚步蹒跚地推开窗子。

窗外暖阳倾泻进来，风在他身上一卷，屈原一个冷战，顿时神清目明起来。

“才从鬼门关走了一遭，又要不老实吗？”屈由立刻捡了一件玄纹大氅披在他肩上，叮嘱道，“你莫要兴致来得太早，父亲已吩咐你一醒来即刻至祠堂候着。”

屈原一听，立刻苦了一张脸：“必是要责罚于我！”

屈由正色道："你可知道，自你被大君带走，父亲不顾自身伤口，一夜长跪于殿前阶下，以盼大君开恩。"

屈原心中大震，望向祠堂方向："父亲……"

屈由声音低沉地对他说："待会儿父亲必要严责于你，你切不可忤逆。你此次惹出的事端，险些将我们屈家上下陷于危难。纵是有天大的委屈与缘故，也不可再顶撞父亲，你可明白？不然，我这个做兄长的，也必不轻纵了你！"

屈原吃惊地望着向来宠溺自己的兄长。

片刻后，他抿紧嘴唇，缓缓颔首："哥哥教训得是，灵均明白了。"

"啪！……"

"德行广大而守以恭……"

"啪！……"

"聪明睿智而守以愚……"

响亮的鞭声与闷痛的朗诵声交织回荡在屈府肃穆空旷的祠堂之中。

祠堂位于整座府邸的最深处，堂外的小院终年松柏青翠，踏入便可闻得一丝隐约松香，令人顿感心绪沉静。

此刻，祠堂之中只有四人。大司马夫妇面色庄肃地站立堂中，长子屈由垂首立于父亲身后，二子屈原则赤膊跪于堂下。

大司马屈伯庸亲执一鞭，正一下接一下狠狠地抽打在屈原赤裸的背脊上。每抽一下，背脊上便留下一道怵目的血痕。每抽一下，屈原便要朗声背诵一句家规祖训。

屈原垂手跪着，眼观鼻，鼻观心，忍耐着背上火辣辣的鞭挞，因吃痛而略显颤抖的声音努力保持着字字清朗、句句平稳。自出生至今，如此惩戒，于他乃是头一遭。

母亲柏惠半侧身子望着供奉牌位的案几，双手紧紧绞着一方帕子，并不看向堂下。每一声抽挞传来，她单薄的肩膀都会随之微微地颤抖一下。

屈由眼见母亲如此，心下不忍，但慑于父亲正值盛怒，不敢有丝毫劝慰，只得以心痛而坚定的眼神注视着自己的弟弟。

“啪！”

“不学诗者，无以言……”

“啪！”

“不学礼者，无以立……”

夜幕降临，案上的红烛静静地燃烧着，只偶尔爆出一朵灯花，仿佛屈家历代先祖也在默默地注视着这一切。

不知过了多久，蜡烛已燃了大半，堂中的声响也止息了。

屈伯庸手一松，鞭子掉了下来。柏惠立刻上前将他搀住，心痛地低声道：“你伤重未愈，又于大君殿前彻夜跪伏，身子都要拖垮了！就算要行惩戒之事，交与由儿便是，何苦非要亲自动手。”

屈伯庸到底年事已高，连番风波，令他身心俱损，这一顿鞭打下来已然站立不稳。他竭力调整着气息，目光灼灼地落在仍跪立着的屈原身上，沉声道：

“起来吧。”

屈由赶忙上前几步，双手稳稳地扶住弟弟的手臂，想要帮助他站立起来。

屈原的双腿早已酸麻，失去了知觉，脊背上传来的鞭痛火辣辣地灼烧着他的神经。他轻轻地推开屈由的手，一点一点膝行至屈伯庸与柏惠面前，强忍剧痛，缓缓以双手、额头触地，这几个简单的动作几乎耗尽了他仅剩的一点力气。

“子曰：‘弟子入则孝，出则悌，谨而信，泛爱众，而亲仁，行有余力，则以学文。’前面几件事孩儿尚且没能做好，竟妄称文才，惭愧至极。”屈原的声音嘶哑断续，虽然垂首，却仍听得出哽咽与沉痛。

“更险些将父母兄长及我屈府上下陷于危难，灵均即使受死，亦难辞其咎。”言罢，他又缓缓叩头至地。

母亲柏惠早已泪流满面，几欲俯身相扶，终于还是克制住了快要伸出的手，只搀扶在屈伯庸的身侧，默默拭泪。

屈伯庸听了屈原的话，僵硬的表情有了些许松动，他深吸一口气，缓缓说道：

“生而为我屈伯庸之子，于你不知是幸抑或不幸。我对你从不苛责，自幼便事事信由，然而，唉……”言及于此，他忽地长叹一声，不再说下去了。

沉默片刻，屈伯庸又道：“只盼你今后多多择其善者而从之，忍屈伸，明大义。”

屈原的嘴唇动了动，似是想要说什么，片刻后，终是咽了下去，慢慢叩首。

“唯。”

屈由扶着屈原慢慢起身，向父母行了一礼，便搀扶着蹒跚离去。

及至兄弟二人的身影自小院中消失，屈伯庸才痛苦地呻吟了一声，用手捂住肩头伤口之处。

柏惠含着泪道：“你们父子总是这样。”

屈伯庸叹道："自幼不许他习武，不许他入朝为官，他自是不痛快的。"

柏惠潸然泪下："为何不能将事情原委告知原儿，他已非不明事理的小儿。"

屈伯庸似是被触及了什么痛处，已然变色，只来得及摆摆手，便迸发出一阵剧烈的咳嗽。

柏惠忙再不提这话头，急急唤了人来，扶了屈伯庸回房休息去了。

夜渐深，经过几日的惊惧不定，屈府上下今夜显得格外宁静。

屈原房内，屈由正将药膏一点一点细心地涂抹于弟弟的背上。

"哎哟！"屈原疼得龇牙咧嘴。

"这又娇气了？在祠堂时不是一条好汉吗？"屈由揶揄道。

"又是谁教我切勿顶撞父亲？"屈原没好气地说。

屈由撇嘴："父亲什么脾气秉性你还不晓得？若是忤逆顶撞或竭力开脱，那必有更严苛的责罚在后头！"

屈原突然重重地叹了口气，说道："能有如今的结果，纵是再受些苦，也是值得的。"

屈由知他所指并非父亲的苛责，却只做未觉，转而饶有兴致地问道："还未及问你，那日里那名绿衣女子到底是何方神圣？竟让你险些误了大事。"

提及此人，屈原像是念起了什么宝贝一般，脸上忽地漾满了笑意。他面带狡黠地指了指墙上。

屈由抬头望去，正是那幅著名的《山鬼》挂于墙壁正中。

"像不像？"屈原望着《山鬼》图，语气温柔地问。

"你是说……"屈由不由挑眉凝视那画中之人，沉吟起来。

“眉眼确有相似之处，只是……”

“只是什么？”屈原不由问道。

“只是这画上的山中女子所穿之物比起那日的绿衣女子来……可是……哈哈哈哈……”屈由发出一阵戏谑的笑声。

屈原没好气地剜了哥哥一眼：“没想到你也这般粗陋！”

屈由收起手中的药膏，站起身来，一本正经地回道：“既是如此，想必二世子明日必是没有兴致与我这等粗陋之人同去再探佳人了！”言罢，不等屈原反应，他便边摇头边面露憾色地走向门口。

屈原半晌才反应过来：“什么？你当真愿意同我再去？”

然而，回答他的只是掩门的吱扭一声。

片刻后，屈由的声音才自门外悠悠传来：“闻佳人兮召予，将腾驾兮偕逝……”

夜半，屈原念及明日将再见莫愁，不由得难以入眠，索性披衣坐起，推开窗子，静静地望着天上的一轮明朗圆月。

同一轮圆月之下，在郢都郊外的一片小树林中，一行人正围坐在篝火边取暖。深秋的风早已不似春风般温柔拂面，而是如小刀般凛冽割人，他们相互依偎着取暖，就这样彼此挨着靠着沉沉睡去。

忽而从不远处传来一阵剧烈的咳嗽声，一个大汉斜倚在树下睡着，他面色发白，咳嗽间隙的呼吸十分急促。正是当日被屈由一掌重伤的蒙远。

一阵细碎的脚步声将他吵醒，蒙远警醒地睁开眼：“谁？！”

“是我，蒙大哥。”一个轻柔的声音响起。

蒙远见是莫愁，赶忙起身招呼：“莫愁妹子，夜里冷，你怎么还没睡？”

“蒙大哥，该吃药了。”莫愁递上一只冒着热气的海碗，一股浓重的草药味道从碗中传来。

“谢谢了，你不必天天为我煎药，这点伤不算啥，我身子骨壮，很快就会好的。倒是你，现在一天天冷起来了，你可不要冻病了。”蒙远一边接过药碗，一边笑着说。

莫愁低下头：“蒙大哥，以后切不可再为我强出头。我们出来走江湖的儿女，受点委屈也是难免的，你是班子里的主心骨，今后可不能再这样莽撞行事了。”

“正因我是班子里的顶梁柱，才不能让你们受这等欺辱，不然这班头岂不是当得如笑话！莫愁妹子，你们喊我一声大哥，我自当你们都是自家妹妹来护，所以此话以后不必再讲！”蒙远言罢，仰头将草药饮尽。

莫愁接过空空的药碗，沉默良久，只轻轻道：“蒙大哥之恩，莫愁永志不忘。”

秋夜寒凉。看到班子里的小姐妹在篝火旁紧紧地依偎在一起，也抵挡不住寒意，瑟瑟发抖，莫愁心事重重地起身向树林深处行去。

行至一片空阔处，她抬头默默地望向天上那轮圆满的明月，忽然轻声唱了起来。

“后皇嘉树，橘徕服兮。受命不迁，生南国兮。深固难徙，更壹志兮。绿叶素荣，纷其可喜兮……”

歌声悠扬，微微透着悲伤。歌声仿佛触动了姑娘们各自的心事，几位姑娘从睡梦中醒来，纷纷抬头看向莫愁女，不敢动作，只怀抱着自己的那份心事静静地听着。

莫愁唱着唱着，竟翩翩舞动了起来。清冷的月光撒在她的身上，稀薄透亮的光晕笼罩着她，美妙的舞姿和婉转的歌声，让众人暂时忘记了饥饿和忧伤，所有人的心被唤起，随着歌声飘荡，又渐渐安宁。

他人都已熟睡，莫愁却依然毫无睡意。她迎着月光，披了件薄薄的袍子，抱膝坐在空地上，怔怔地发呆。半晌过后，青儿也一言不发地来到她身边坐下。

“苏世独立，横而不流兮。闭心自慎，终不失过兮……”

莫愁轻轻地吟着，随后微微摇头，低叹道：“这世上当真有这样的谦谦君子……”

青儿不由哂道：“姐姐也未免将那屈原太高看了，又岂知他不是个浪荡公子？他生来锦衣玉食，整日吟诗作赋强说愁，又如何能知晓真正的心酸与苦楚？”

莫愁并不恼，只兀自出神地说：“他是不同的，人如其作，我喜爱他的诗作，只有品性谦恭的君子，才做得出这般谦恭高雅的诗句。”

见莫愁痴痴，青儿忍不住道：“即便如此，他乃是高高在上的屈府世子，家世显赫，前途高远，又岂是我等草芥女子所能向往的。”

莫愁陷入了沉默，眼中满是落寞与了然，她平静地说：“这道理我岂能不知，我只爱其诗作才华与高远品性，并未有任何非分妄想。若有一日，能远远见得一面，也是满足的。”

这话中的卑微与期盼令人心痛，青儿不忍再言。

两人并肩，望着明月似出了神。

第五章 · 贺礼

吉日兮辰良，
穆将愉兮上皇。
——《九歌·东皇太一》

江流如练，水美山青。大日头下，一条细细的绳索横系在两棵树的树干上。绳索上，一位身着碧绿窄袖袍、头戴异兽面具的少女正身姿轻盈地一朵接一朵地挽着剑花，辗转腾挪似游凤。剑光闪烁，她忽地一个拧身，迅疾自细绳上跃起，随后在空中利落地旋转，稳稳地落于地上，宛若飞燕降地。

正是莫愁。

这一招“飞燕舞”立时赢来了看客们的连声叫好。百戏班重新开张的第一天，大家皆是使出了看家的本事，莫愁更是凭着这招绝活赢得满堂彩。她略略抖了抖袍裙，向众人抱拳行礼，长身玉立，英气逼人。青儿则领着团里几个年岁不大的小姑娘，循例捧着钵喜滋滋地接着赏钱。

看到青儿脸上欢喜的模样，莫愁便知今日收获不菲，当下很是欣慰。每当她表演“飞燕舞”时，青儿的钵从不落空。莫愁只觉伙伴们喜悦的笑容，便是上天给予她最好的礼物。

突然“哗啦”一声，接着便是青儿与围观众人的惊呼声。

莫愁循声望去，先是瞧见青儿的钵中躺着许多贝币，随后便看到那张令她咬牙切齿的清俊面容。

青儿也认出了屈原和他身后正似笑非笑的屈由，不由惊惶地回头瞧向莫愁求助。莫愁强忍心中怒火，上前略施一礼：

“见过二位公子，多谢公子赏识，只是莫愁这点微末小技实当不起如此重赏，请公子收回去吧。”随后她瞧了青儿一眼，青儿会意，立刻将那些贝币自钵中取出，不由分说塞在了屈原手中。

屈原适才见到莫愁的“飞燕舞”，已然痴了，那些贝币是身后的屈由赏下的。见屈原一副魂不在体的模样，屈由心下无奈，只得开口道：

“姑娘此舞，丰姿绰约，身姿曼妙，着实令人惊艳，足见功底深厚。舍弟倾慕有加，方以赏为名，聊表心意，望姑娘万勿推辞。”说话间，他偷偷地一脚狠踏在屈原的脚上，又用力碾了碾，方才罢休。

屈原脚上吃痛，倒是寻回了神智，恭然施礼道：

“原是姑娘的舞姿太过美妙，在下竟然失了周全。”随即他又看向手中的贝币，沉吟道，“以此物比量姑娘之风姿，亦非在下初衷，但望姑娘体谅家兄于初次相见时莽撞之举，盼能以此谢罪。”说着，又将一些贝币轻轻放入青儿的钵中。

屈由在内心不知翻了多少白眼，但面上却依旧配合着满面愧色，略一躬身。他以为，这戏应是做足了吧，堂堂屈府世子，三番两次为这样一个乡野戏班放下身段。

谁知莫愁却欠了欠身，冷淡回道：“公子言重了，江湖儿女，不拘什么繁文缛节，只以性情相待，性相投则近，性相斥则远。莫愁自知微贱粗陋，行事言语恐污了尊驾，这赏，实在不要也罢。”

一番话有礼有节，挑不出什么破绽，但个中嫌厌却不言自明。

“你……”屈由何时受过这等晦气，不由得生了怒意。

他自怀中又掏出一些贝币，掷在钵中，冷然道：

“好一张利嘴，莫不是嫌价钱不够？”

此话一出，真如一石激千浪，不仅百戏班众人惊怒交加，连屈原也回首瞪着屈由。

“哥哥！”

莫愁恼怒已极：“真不知两位公子平日里往来何所，才会如此以己度人，以为事事人人皆有其价，如此怕是来错地方了！”说罢，她一甩袍袖，便欲离去。

青儿也怒极地将钵中的贝币摔在屈原身前，转身跟随莫愁而去。

“唉！这……莫愁姑娘！”

本欲前来澄清误会，冰释前嫌，谁料竟恶上加恶，这可如何是好！屈原满面焦灼，心下大急，顾不得责怪屈由，便拔腿向前追去。才追出两步，一道阴影挡在面前，正是班头蒙远。

只见蒙远身着短窄紧身胡服，腰缠一道虎皮纹带，更显得肌肉紧实、体态威猛。他冷冷地盯着屈原说：

“莫愁姑娘说了，你们来错地方了！请回吧！”

屈由自屈原身后缓步踱出，沉默地望着蒙远。

蒙远见了屈由，不由面色大变，但顾及身后戏班成员的安危，便是咬牙也只得硬顶上了。

屈原眼见莫愁渐远，情急之下脱口大喊道：

“曾观姑娘作《橘颂》舞，今日之‘飞燕舞’更添清丽端盈，翩若惊鸿，婉若游龙，在下实在难以言喻。甚少得见百戏班中作此舞，想必屈原公子有知，必也折于姑娘从容清冽之姿！”

莫愁闻言停下脚步，霍地转身激愤地说：

“莫愁微贱之身，不敢妄论他人。莫愁只觉以屈公子之丰神，岂是我等凡子得以揣度！但求公子莫要以己度人，折辱莫愁还则罢了，竟还要连带着屈原公子一同受此糟蹋！”

“糟蹋？”屈原、屈由不禁同时愕然，互视一眼，皆看到对方眼中尽是惊诧疑惑。

“你可知他是何人？”屈由忍俊不禁地问道。

屈原却丢了个眼神过来，示意他噤声。

“莫愁自是不知，但见公子之言语情状、行事气度，想来必是高门权贵、龙血凤髓、贤身贵体、玉叶金柯、崧生岳降、贵不可言了……”说着，还夸张地屈膝一拜。

“扑哧！”青儿等几个姑娘抿嘴偷笑，连屈由也禁不住笑出声来。

莫愁咏出一连串形容高门大户之语，明褒暗贬，自以为是、飞扬跋扈、纨绔轻浮之徒的形象跃然眼前，任旁侧皆是乡野莽夫，却是无一人听不懂。

屈原丝毫不恼，眼中惊喜之情反而愈盛。莫愁语带讽刺轻蔑他岂会不察，只是这样一来，他更加明白了眼前的女子——磨而不磷，涅而不缁，虽出身低微，却不贪慕虚名荣华，亦不畏惧权贵倾轧，如此桀骜似梅，清素若菊，不正是他魂牵梦萦的画中人？

更令他难掩欢喜的是，莫愁对诗人屈原似是青睐有加，语带倾慕，竭力维护。思及此，屈原只觉如品香茗，两腋生风，胸中畅快，于是朗然颂道：

“若有人兮山之阿，被薜荔兮带女萝。既含睇兮又宜笑，子慕予兮善窈窕……哈哈哈哈……”

众人无不错愕，被他这豪迈之情唬得如坠雾中。

只有屈由不以为奇，因他早已习惯了这般肆意洒脱之举，他只是无可奈何地摇摇头，一脸宠溺之色。

屈原接着正色道：“姑娘莫怪，在下也是久慕屈子诗句，今得见同好，心下畅快。姑娘教训得是，恃权而骄，不可要也。只是不知盛名如屈子，姑娘又是否会嫌其恃才傲物？”

“恃才傲物？”莫愁微微一笑，高声颂道，“思夫君兮太息，极劳心兮忡忡。”

屈原微微颔首：“《云中君》。”

莫愁又吟道：“青云衣兮白霓裳，举长矢兮射天狼。”

屈原轻轻接道：“《东君》。”

莫愁略有讶色，不过转瞬即逝，她转身望向远方，平静地说：

“屈子虽富才学与诗情，却空有一腔豪情，而无用武之地。想他年少而负盛名，心中却有这样多的苍生与激越，世间之富贵荣华、才情学问，皆无法令其动摇，又何来恃才傲物之说？”

言罢，全场鸦雀无声。

屈由不由地瞥了弟弟一眼，只见屈原一脸震惊，呆立当场，适才的挥洒从容已荡然无存，显是被戳中了软肋。

莫愁回过头，又轻声道：

“我百戏班众人皆为草民，自然无法与二位公子相较，上次交手，蒙大哥已身受重伤，引得旧日痨病复发，我等上下心痛至极。若公子真如所言仰慕屈原公子，但请念在屈公子匡时济世之心，再不要做恃强凌弱之事。莫愁先行谢过了。”

言罢，莫愁盈盈一拜，起身后望了屈原一眼，便扶着青儿慢慢去了。众人见状，亦默默跟着散了。

而屈原，就这样怔怔地望着那背影越走越远，既未回应，亦未挽留。

回府的一路上，屈原始终沉默，屈由也由得他，谁承想那乡野戏班的一个耍把戏女子竟有如此的眼界与心性，莫说是屈原，便是纵横沙场见惯生死的屈由，也不免心下击节赞赏。

二人刚刚走进内院，忽听得庭中有人在轻声谈论着，正是父亲屈伯庸与母亲柏惠。二人不由止步，侧耳听去。

“大君寿辰，寿礼可已准备妥当了？”母亲温和地问道。

“唉，老夫正为此事焦灼不已。原本已有属意之选，但经过刺王风波，原儿闯下此等大祸，老夫只觉得一条老命都奉给大君也无法谢罪，如今却是拿不准要如何方能体现我屈家的感恩之意……”

话音未落，忽见二子屈原阔步走入庭中。他双膝跪下行礼，朗声道：“父亲，大君寿辰，原自请入宫献礼！”

在江篱宫的院落里，可以看见晴好的天空，碧空如洗，万里无云。秋日上午的阳光暖暖的，宫外，大君的寿辰典礼热闹非凡，宫内竟还有草木寂然、水静波平的光景。

池边临水的廊椅上，坐着一名女子，懒懒地翻动着手中竹简，有几名宫女在侧服侍。她脸上薄施粉黛，身上着浅绿色云纹上裳与碧湖青色襦裙，腹部微微隆起，双手时时放在上面来回细细摩挲。

“嬴妹妹。”一声呼唤让她回过神，抬头一看，连忙起身恭谨地屈膝行礼。

“见过王后。”

“妹妹有孕在身，快快起来，这里又没有外人，不必拘礼。”南后笑着说道。

嬴盈转身看向身边的虞娘，嗔怪道：“怎地这样没眼色，王后娘娘来了，也不通报！”

南后笑道：“是我着她们噤声，就是不想劳你起身。”

随后她略一示意，贴身宫女秋露便端来一只锦盒。

南后道：“前两日进来的锦帛极好，裁的小衣也很精巧，我特意为你留了，你且看看是否合心意。”

嬴盈忙道：“劳娘娘费心了。”

只见锦盒中厚厚一沓衣裳，从贴身小衣到外衣、褟褓，无不是绣工高超，图案别致。

嬴盈伸手抚着小小的衣物，轻声道：“这绣活精致异常，是娘娘有心照拂我肚中孩儿了。”

南后含笑看着她：“妹妹与我投缘，喜欢便好。”

嬴盈莞尔道：“能得娘娘疼惜，是嬴盈求之不得的福分。”说罢，她起身又道，“寒露愈重了，娘娘若不嫌弃，便去我宫里稍事歇息，喝杯热茶，暖和暖和。如何？”

南后微笑着说：“还是妹妹想得周到，入秋以来，的确一日冷似一日。妹妹是有身子的人，一切还要以腹中孩儿为重。既然得妹妹邀请，那本宫便去坐坐吧。”

来到嬴盈宫中，那里是极僻静的一个地方，两进的小小院落，正殿之后有小花园与东西配殿。正殿堂前是两棵桂花树，正值秋季，花开繁盛，满园馥郁。

嬴盈笑着对南后说：“妹妹这里的吃食自是比不得娘娘宫中的精细。这些日子，刚好院中的桂花开得正好，我着人制了些时令的桂花凝露蜜，娘娘且尝尝如何。”

南后轻轻地抚摸着殿中一只毛茸茸的白色小兔子，含笑道：“妹妹身子已经这样不便，还惦记这些。都是自家姐妹，一盏香片叙叙家常便是，不拘什么口味。”

这时，殿外隐约传来一阵翅膀扑打的声音，还伴随着鸽子“咕咕”

的叫声。嬴盈心中一惊，抬眼望去，见皇后逗弄着兔子兴致正浓，便起身缓缓走至门边，吩咐道："虞娘，去嘱咐一下那凝露蜜要温热再端上来，娘娘热热地喝下去才好。"

身边的虞娘立刻应道："唯！"随后便匆匆走了出去。

片刻后，虞娘端着一盘精致的茶盏与点心走了进来，在经过嬴盈身边时快速而隐秘地将一小卷丝带送进了嬴盈的手中，动作熟练，似是已做过百次千次。

南后端起面前的青枝玉茶盏，甫一揭开盖子，便觉一股温暖的清甜扑鼻而来，不由啜了一口，赞道："好蜜！妹妹心思巧妙，姐姐真是自叹不如。"

嬴盈忙道："嬴盈惶恐。娘娘切莫妄自菲薄，只是一碗蜜而已，这雕虫小技怎入得了娘娘的眼。"

如此闲话一番，南后懒懒起身道："好了，时候不早了，我也不多扰你了，孩子月份越大你越容易疲倦，快去好生歇着吧，本宫下回再来看你。"

"唯！恭送王后娘娘。"

南后一行人缓缓走了出去，嬴盈一个眼色，虞娘会意地将殿中的宫人全数遣了出去。

嬴盈自袖中摸出那截黄色的小布条，正自沉吟不决，虞娘上前低声急切地问道：

"可是大王又来的急报？"

嬴盈并不答话，望着那布条良久，又将左手放在自己隆起的小腹上温柔地摩挲了片刻，终于，仿佛下定决心一般，一扬手，竟将那布条直接投入了炭盆之中。

轻软的布条瞬间便烧成了灰烬，只爆出一点微小的火花。

虞娘大惊："公主这是为何？"

嬴盈未语，只慢慢看着火盆中的布条燃烧殆尽。

虞娘心中更加焦急："大王几月来连发急命，公主若总无回音，恐怕……"

嬴盈慢声道："恐怕什么？恐怕我坏了他的千秋大事吗？"轻叹了口气，她又低头抚摸着自己的肚子道，"我早已厌倦了做他的棋子，原本我只孑然一身，如今却更要为腹中的孩子打算，不能让他出世后便跟我过这种动辄便有性命之虞的日子。"

虞娘见她心意已决，知劝也无用，便默默退了下去。

九月十九这天，便是大君生辰，秋意渐浓，宴席开在了可以君臣同赏美人樱的芙蓉殿。芙蓉殿殿宇开阔，四畔雕栏玉砌，临湖不远，可以远望观赏湖畔的繁茂馥郁秋华。

殿外已能隐约听到编钟乐声传来，大殿两侧各摆一条雕有对龙对凤的青铜制大宴长禁，禁下铺着玄纁二色交替织就的钩边莞席，乃是众臣席坐之处。

座席最上首是一张青铜夔蝉纹禁，通体镂空透雕云纹。禁身上雕刻着相互缠绕的蟠螭；禁下铸了十只虎形足，虎昂首挺胸，凹腰扬尾；边缘铸有十二只铜兽，张口伸舌，凹腰，尾上卷，前爪攀附禁沿，后爪紧抓禁外壁，似欲吞饮禁上的美酒。此乃今日寿辰的主人楚王的座席。

座席坐北朝南，楚王与南后并肩而坐，南后身着一件对龙凤大串枝彩绣纹样的广袖密襟礼服，袖端与衣领微露带玄纁二色彩条的纹锦镶沿，浅紫金缕百凤襦裙卓然生色，愈发衬得她仪态端庄。

楚王与南后的下首分别坐着郑袖与嬴盈。郑袖一看便是着意盛装而来，一身绯罗蹙金刺的双人对舞鸟兽纹经锦纹华丽深服，玄色的宫绦衬得腰若细柳，高髻之上斜簪两支攒金缀宝，额前一朵紫金打底、缀鸟羽纁宝珊瑚的贵重华胜，缠金绕赤之下，只觉得整个人似被淡淡镀了层金色的光晕。

而一旁的嬴盈却只着一袭浅紫色散点弹花云纹的织锦深衣，肩上披了件牙白底色绣鹅黄蔓花生的锦缎，头上只点了支碎珠白玉镶金笄。脸上虽只薄施粉黛，却面若桃花，口似含丹，别有一番风韵。

殿中，十数名姿容俏丽、身姿婀娜的歌舞姬正似翩翩飞鸟般起舞。一曲舞罢，郑袖举起酒爵，娇声笑道："恭祝大君寿辰！这个头筹我可是先拔先得了，二位姐姐莫要责怪哦。"说着，眼波流转，自南后与嬴盈身上轻轻拂过。

南后只笑了笑："妹妹的嘴还是这般伶俐。"

楚王笑着喝下了酒。木易走到近处，悄声道："大君，吉时已到。"

"众爱卿都到齐了吗？"

"除了大司马，众位大臣均已到了。"

"大司马重伤在身，不必拘泥，那便开始吧。"楚王吩咐道。

"唯。"木易转身高声宣道，"大君宣！众臣觐见！"

门口的宫人立即吹起了低沉的号角，编钟亦沉沉响起。文武众臣在昭和、景颇与子尚三人的带领下鱼贯走进殿内，齐声道："拜见大君。"

楚王心情大好："免礼。"

起身后，众臣按序入座。坐定后，先自斟满酒爵，共祝大君寿辰，君臣共饮，随后便是贺礼环节。

刚刚坐定，景颇与昭和便不约而同地对视一眼，又各自转过头去。

木易缓缓走到殿前，朗声道："献礼！"

见昭和不慌不急整衣敛容，景颇便率先起身，行至殿中，行礼道："景颇皮厚，便为大君打这个头阵吧！"言罢转身向外，自信地拍了拍掌。

随着清脆的掌声，宫外袅袅走进一行窈窕娇媚的少女，身着碧色曲裾，头簪珊瑚宝笄，行至殿中，整齐排开，整整四十九位。

郑袖掩面轻笑道："景大人莫不是要献美人吧？"

景颇朗声一笑："郑妃娘娘笑话老臣了，大君已有佳人在侧，岂有再献之理？"

随即他正色道："大君与各位娘娘请看她们手上之物。"只见每位少女手中皆端着一方金漆小案，案上以各色彩纹髹漆盘盛着各色菜肴。远看只觉盘中内容丰富，色彩缤纷，如画卷般绚丽。

景颇介绍道："这是我从楚地精挑细选的四十九味美食，每一味都是取自民间的珍稀食材。"

子尚正在一道道欣赏这些珍罕菜肴，偶一回头，又见身后有同样服色的少女手捧十几只小竹筒，便好奇地问："这十几个小竹罐子又是何物？"

楚王微笑，南后也微带好奇地张望。景颇欠身禀道："大君，这是鄙臣亲自督促酿造的一十八种佳酿，有茅香酒、桂椒沥、竹香沥……请大君与娘娘们品尝。"

木易上前，恭敬地将佳酿捧至楚王座前，大君看向身边。

南后会意，轻笑道："本宫先替大君品尝一下。"

木易将酒小心地倒入南后的酒爵之中，南后伸手执起，轻嗅一下，赞道："香气馥郁！"

又啜了一口："入口绵软，回味万千！"

景颇脸上露出笑容，躬身施礼道："谢王后娘娘夸奖。"

楚王展颜道："山野美味、民间美酒，与楚山楚水楚国百姓同饮同乐。好！礼好，寓意更好！诸位爱卿，我等一同品尝！"

“谢大君恩典！”景颇的笑脸上满满地绽放出光来。话音落下，少女们将美食依次摆在众人面前。

众人品尝，唯独嬴盈抚着腹部，并未有所动作。

楚王见她微微蹙眉，关切地问道：“嬴卿若觉不合口味，便着人换些你爱吃的家乡小点来，挑一挑。”

嬴盈面带感动：“多谢大君体恤！”

楚王宽慰她：“十月怀胎，嬴卿辛苦，不谷体恤本是应该的。”

郑袖在旁掩口轻笑道：“嬴妹妹真是遗憾，难得今日集我楚地如此众多的佳肴珍馐，竟无一样合妹妹的口味。妹妹已入宫三年，却仍对家乡的味道这般惦念，想来秦地的吃食定是别有一番风味，才会令妹妹身在楚宫，心系秦点啊。”

一番话说得尖酸刻薄，几乎明白指出嬴盈对大楚情义浅薄。

嬴盈尚未回应，南后却开口了：“郑妹妹这真是错怪嬴妹妹了。女子怀胎十月，身心均遭巨变，怀念旧时口味也是有的。前日我去嬴妹妹宫中探望，见她用院中的桂花制了凝露蜜，滋味香甜可口，正是我楚地的时令小食，足见嬴妹妹入宫三年，早已养成了我楚国女子习性了。”

楚王颔首一笑道：“南后说得极是，没想到南后竟如此体恤爱惜嫔妃。”

南后微微笑道：“为大君照顾好诸位妹妹，是本宫的责任，大君谬赞了。”

帝后相视一笑，诸事化解。

这时，忽听有人朗声道：“景颇大人的贺礼果然别致精妙，请大君与诸位娘娘移步观赏臣的贺礼！”

向殿下一望，正是昭和。

昭和一挥袖，只见数人抬着一个豚形描金彩绘髹漆箱行至殿中。那漆箱由箱盖与箱身合成，两头雕刻成豚首状，身下雕踞伏四足，神态憨厚可掬。箱子稳稳地放在一座错金银青铜龙凤案之上。案与箱皆制作精美，让人不由得仔细打量，更好奇箱中盛放的会是何等宝物。

楚王兴致大好，与南后携手来到箱前。两旁的宫女立时呈上两根做工精良的小铜棒。

昭和微笑道："大君，娘娘，请轻敲铜环。"

"哦？"楚王和南后更加好奇，拿过小铜棒走到箱子两侧。楚王轻轻一点头，两人一齐抬手，连敲铜环三下。机关触动，只见木箱开始转动，发出了吱嘎吱嘎的声音，一层层如拼板一般打开，里面竟然是一汪清池，中间一朵硕大的黄金莲花，光彩夺目。

楚王和南后自两侧走到正前方，黄金莲花竟然缓缓打开，一瓣一瓣绽放之后，花蕊正中露出一方黄金台，上面放了一块惊世美玉，质地通透，闪着蓝莹莹的光。伴着流水叮咚，金莲美玉流光溢彩，王宫里的空气仿佛也被这光彩带得流转起来。

楚王目光灼灼，惊讶得张大了嘴："这难道……"

昭和猛然跪下："禀报大君，这正是我楚国镇国之宝、天下至美之玉——和氏璧！"

全场震惊，一片惊呼声。子尚瞪大了眼睛，连话都结结巴巴地说不利索了："当年和氏璧不翼而飞，一直是我朝悬案，昭大人这是如何失而复得？"

昭和笑言："此璧丢失以来，鄙臣心焦如焚。直到去年开春之时，有耳目在赵国听闻有人曾见此璧。鄙臣派人隐姓埋名，日夜打探，巧设计谋，终于从赵国商贩手中，以天价购得此璧！"

一席话毕，众臣皆是惊叹。楚王抚掌大笑："大善！不谷刚刚化险为夷，和氏璧又重回楚宫，此乃大楚隆兴之祥兆，真是天佑我楚啊！昭大人，你立了大功！”

昭和两袖一甩，深深一拜。

景颇也满面笑容地恭贺道：“当年和氏璧从昭府丢失，此番寻回，昭大人也总算是功过相抵了。恭喜恭喜！”

昭和并不恼，反而端端正正地向景颇施了一礼：“多谢景颇大人！”

景颇气结，却不好再行贬损，只郁郁地坐了回去。正巧瞥见大司马那张空空的座席，便撒气似的说道：“今日大君寿辰，众臣皆到，怎地大司马却始终未见踪影？”

未待楚王回答，一个声音远远地从殿门口飘进来：“家父重伤未愈，承蒙大人挂怀！”

众人循声看去，只见屈原缓步走进大殿。

屈原趋前展身拜倒，楚王的脸上却忽地没了笑容。

“免礼！”楚王淡淡地说。

“谢大君！”屈原从容起身。他一身月白底绣藏青海龙云纹深衣长袍，长身鹤立于殿中，丰神俊朗。

殿中登时响起窃窃私语之声，屈原日前因刺王一事被推上了朝中风口浪尖，虽众人大多不知内情，但此时见他恍若无事般现身，皆感惊奇。

屈原直起身，朗声禀告：“今日大君寿辰，家父本欲入朝觐见，奈何重伤在身，灵均斗胆，代父面君献礼。”

楚王面上带着不置可否的神色，只微微点了点头。

屈原却是不慌不忙，坦然向席旁一架横置的古琴走去。众人诧异，不知他意欲何为。只见屈原行至琴边，微微欠身，高声道：“大君生辰，天地精华荟萃，日月恩宠加身。灵均愿献诗一首，赠与大君。”

言罢，向后一甩衣襟，稳稳地跽坐于古琴之后。

“后皇嘉树，橘徕服兮。受命不迁，生南国兮。深固难徙，更壹志兮。绿叶素荣，纷其可喜兮……”

琴、曲、诗……悠扬的合奏响彻兰台宫。

诗中涌动的清澈神思和高洁志趣，令人心境平和；适才还暗流相击、各怀心思的宴会，这时仿佛忽地被冲刷涤荡了个干净。

众人的心被一阵轻柔有力的和风吹起，飘向兰草开遍的山崖、江风鼓动的水边、民生安乐的大楚街巷……

屈原闭上眼睛，手抚在琴弦上，自在而随性地拨动着，每个音符都弹得准确无误，每股力道都落得恰到好处，如灿烂星光向夜空的穹顶浮升而去，一丝不差地刚好冲嵌在那方为它预留的光槽里面。

天籁在朝堂回荡不息。

“深固难徙，廓其无求兮。苏世独立，横而不流兮……”

众人沉醉，这朝堂竟从未如此平静安宁过。

楚王本来紧绷的身子已悄悄倚了下去，脸上的冷漠之色不知何时已被清朗取代，手指和着韵律，轻轻叩着几案，似在寐中。

“闭心自慎，终不失过兮。秉德无私，参天地兮。愿岁并谢，与长友兮……”

悠长的尾音扫过，曲毕。满座皆静。

楚王双目微闭，仍沉浸其中，不能释怀。

屈原起身，从容行至殿前，双膝跪地，行俯首大礼，朗声道：

“恭祝吾王龙体康健，恭祝大楚国运安康！如日之恒，如月之升，如山之寿，如松之茂！”

第六章 · 心结

悲回风之摇蕙兮，
心冤结而内伤。
——《九章·悲回风》

一片寂静，殿上无声，屈原便静静地跪伏于下，两侧文武朝臣皆大气也不敢吁。

良久，楚王睁开眼，深深地看向屈原。随后他缓慢而坚定地抚起掌来，一下接着一下，唇边笑意渐浓。

很快，整个大殿中都回响起群臣热烈的掌声，在这深秋的寒意中生出一股暖洋洋的热烈来。

“灵均，平身吧。”楚王微笑道，“赐席！”

一语既出，满座皆惊。屈原虽为大司马之子，但官职仅为区区文学侍从，楚王寿辰这等举国盛典，按规定他本不得入席，只能站立在后侍奉。不少人从楚王这两个字中嗅出了不同寻常的味道，一时间不觉各怀心事起来。

屈原起身后，再次向两侧朝臣微微躬身示意，并向站列中的屈由略一点头，便从容来到原是为大司马所设的座席。其位仅在楚王及众妃下首，与昭和、景颇同列。

在众臣瞩目中，年轻的诗人端正屈膝跽坐下来。

在他身边同席而坐的昭、景二人，心中五味杂陈。两人无意间眼神交会，同时在对方的脸上看到了尴尬和不快，下一秒却又都赶紧收起来，重新挂上一副衷心感佩的表情。

眼见屈原虽尚年少，于大殿之上，众臣座前，却能有如此从容气度，楚王面露欣赏之色。

“一曲《橘颂》，可谓字字珠玑，俱是妙笔生花、惊世之语，灵均实乃天赐大楚之奇才。依不谷看，灵均才是我大楚的第一美玉！爱卿们以为如何？”

大楚第一美玉！满座哗然。虽然适才的赐席之举使众臣心中早已有所预料，却不想楚王竟不吝如此盛誉。

王叔子尚立即举爵笑赞道：“屈子一曲惊为天人，吾王之爱才惜才之情，更令臣等感怀。君王如此，臣复何求。恭祝吾王诸事顺遂，大楚国泰民安！”

众臣立即齐齐举爵恭祝：“吾王诸事顺遂，大楚国泰民安！”

饮毕，昭和朗声道：“大司马果然教子有方，长子为国效戎马之力，二子长于诗书文学，两子文武双全，德才兼备，皆可为大君分劳解忧，实为我大楚之幸。”

景颇亦附和道：“极是。当然越贼刺王，大司马携两位世子舍命护君，重伤在家，仍不忘着二子为吾王献曲恭贺。听闻二世子更是以身犯险，不顾自身安危，力退越贼刺客，以护我王周全。此忠君护国之情真令我等动容。”

此言一出，当下引得一些臣子面色古怪。那日屈原力护之人乃是无明，为此不惜以下犯上，险些殒命囹牢，此事内情虽少有人知，但宫中与牢内人多口杂，没有不透风之墙，如景颇、昭和耳目众多，自是早已知晓其中曲折缘由。

如今正值大君寿辰，景颇重提此事，明颂屈原及大司马之德行，暗地却是点了屈原涉嫌勾结刺客之隐痛，其用心险恶，可见一斑。

在场座席之中各位当家重臣各有耳目，自是将景颇之意听得十分明白。王叔子尚眉头微蹙；昭和则面容不改，微露笑意。

楚王面色一凛，微露不快，似是忆起了当日屈原的不逊之举。屈原却只做未觉，举起面前的子工万爵，高声道：

“多谢两位大人谬赞。父亲自幼便教导我们：‘溥天之下，莫非王土；率土之滨，莫非王臣。’作为臣子，唯心意不辍，奉君王所赏不足为奇，奉肝脑涂地之心是为可贵也。”

看到楚王已颇为动容，屈原微微一笑，继而说道：

“父亲还曾告诉我，入朝为臣，或燕燕居息，或尽瘁事国；或息偃在床，或不已于行。我屈家子孙当对吾王尽心竭力，以大君之忧为己忧，以大楚之患为己患。图吾王一时之乐，小谋耳；保大楚长久无虞，忠义兮。我与兄长时刻谨记父亲教诲，以大君康健、大楚兴盛为己任，不敢有丝毫懈怠。”

一席话讲完，楚王已是满面笑意，心怀大畅。

“哈哈哈哈！好！大司马果然辅国尽瘁，教子有方，赏！”说着，楚王将爵中美酒悉数饮尽，又淡淡看向身侧。

南后会意，随即笑道：“久闻屈原世子惊世诗才，今日得见，果然不俗，又得大司马言传身教，如此年少，便这般通达有识。本宫新近刚得了上好的‘青岩含翠’，兰台苑中正值桂花、木槿与美人樱开得盛极，大君不如邀了世子一同赏花品茗，若世子乘兴作赋几首，也不辜负了这良辰吉日的景致。”

楚王闻言抚掌道：“南后好提议，如此灵均便同不谷一同去赏赏那美人樱如何！”

屈原起身施礼道：“诺。”

贺礼环节尘埃落定，众臣紧绷的神经也渐渐放松下来，案上名酒佳肴，堂下莺歌燕舞，一时微风拂帘，箜篌悠悠，曲声荡荡。

座席上，景颇格外沉默，只郁郁地喝着闷酒，一旁的王叔子尚见状，便微笑着举起酒爵道：“景大人，大君寿辰，怎地你还如此郁郁寡欢？莫不是刚才的寿礼送得心疼了？”

景颇叹了口气说道：“子尚大人莫要再取笑了。为贺大君寿辰，景颇着实费了一番心思，遍寻楚地才得到那四十九道珍馐、一十八种佳酿。如今被那一块和氏璧取巧分了秋色，还则罢了，屈家那乳臭未干的小子前脚还是死牢里一个大罪之人，这才几日光景，今日竟得入宫献礼，只抚琴和曲一首也得了大君这般高看，抢尽风头，景颇着实……”

话说不下去了，他干脆将酒饮尽，把酒爵重重地放在面前的金银彩漆案上。

子尚闻言笑了笑，缓声道：“景大人的贺礼别出心裁，构思精妙，独具匠心；昭和人人的和氏璧玉价值连城，万金难求。依子尚看，大君都是极喜爱的。至于屈家小子今日之盛，不过因大君爱才惜才之情。大司马重伤在身，未能亲至贺寿，又如何能与两位大人之势相较？更何况……”

言及此，子尚的声音忽然低了下去：“何况璧玉也好，珍馐也罢，要紧的是大君心怀舒畅，若只为一时风头扫了大君的兴致，那可就本末倒置矣，大人您说呢……”

景颇当下如挨了一棒，立时醒神，自知失言了，当即展颜。

“极是！同为人臣，为君分忧，不拘什么高下长短。今日多谢子尚大人提点，如醍醐灌顶。请大人同饮此爵！”

二人酒爵相碰，互视一眼，大笑起来。

秋日里，兰台苑中花开了不少，尤其是那明艳的美人樱迎风吐香，花朵挤挤挨挨地簇拥在一起，密密匝匝的粉色间只看得见星星点点的碧蓝天色。

屈原与楚王坐在兰液池边品茶赏花。只见池中碧波如倾，远远望去水天一色，倒影生光。池边葱茏的绿色之中，扶桑、辟芷、芙蓉等花疏落有致地绽开。

“大司马有子如此，屈家之幸也。我大楚有诗子如此，不谷之幸也！”楚王叹道。

屈原谦虚地说：“原萤虫之辉，岂敢与大君明月之光相较。”

“尝尝这‘青岩含翠’的味道如何。”

屈原轻轻揭开茶盏，只见盏中盈盈生碧，茶香沁人肺腑。他轻抿一下，含在口中感受片刻，颔首道：

“茶味清新冷冽，入口沁香，果然是寒茶中的上品！”

楚王脸上笑意又增几分，缓缓开口道：

“有言道‘鸿鹄嗷于九天，飞为天命’，不知灵均以为如何？”

屈原闻言一怔，冰雪如他，当下已有三分预料，思忖片刻，回道：

“众人皆道：弃燕雀之小志，慕鸿鹄以高翔。灵均却只有四字：知义，安命。燕雀也好，鸿鹄也罢，重在知义，各善其类也便是了。”

楚王挑眉，索性直言：“好一句‘知义安命’，若是不谷希望你入朝为臣，辅佐君侧，你又怎么说？”

屈原心下暗叹一声，该来的总归要来。只见他长身而立，从容不迫，端庄地施了一礼，说道：

“多谢大君如此器重灵均。灵均并非不愿侍奉君侧，只是自知燕雀难有鸿鹄之翼，灵均所长只在诗情文字，自问舞文弄墨尚有余地，于治国安邦、江山社稷上却着实不敢有所称道。”

说罢，又长施一礼，以表郑重。

楚王身后的木易，闻言面色大变，心下不禁叫苦，唯恐这屈家小子又剑走偏锋，惹得大君不快。

楚王面色如一团静水，看不分明。

他沉吟着，屈原便如是躬身立在原地。

终于，楚王轻轻道：“好好地饮茶赏花，无事施什么大礼，坐吧。”

木易这才吁出一口大气，只觉得屈原仿佛又在鬼门关走了一遭。

屈原也心中大松，重新敛衣入座，只觉额头见汗，掌心处也隐隐发潮。

二人对坐，片刻无话，又静静饮了会儿茶，见天色渐晚，屈原便恭敬告退。楚王由他去了。

瞧着屈原的身影渐远，木易为楚王披了件宽衽襦袖的石青色缂金袍，惋惜地说：

“这屈家小子当真是难成大器，枉费大君您着意栽培。”

楚王却深深地望了一眼屈原离去的方向，微微地摇了摇头，让人辨不出喜怒。

昭和府中，一位年岁略长的女子正独坐庭中，身穿一件鹅黄缕金挑纱深衣，头上只随意插了两个碎珠发簪，手上绣着个凤栖梧桐的绣件。

片刻后，一阵沉稳的脚步声响起，这位名叫婵媛的女子急忙起身相迎。走进来的是一个穿着家常宝蓝平金缎衣裳的盛年男子，正是昭和。

婵媛略带喜气地问："如何？大君可有喜极？"

一语问出，她便已察觉昭和的异样，心下不觉一沉，然而又感不可置信，继而又问道："难道大君竟不为这和氏璧玉所动？"

昭和叹了口气，缓缓道："和氏璧大君甚喜。"

婵媛有些迷惑，但见昭和面色不郁，似如鲠在喉，当下便按住心绪，起身取了茶盏与茶叶，细细沏了杯昭和平素最常饮的"六安齐山云雾"，安放在手边的水涡纹梨花扁足木俎之上。随后又在座席边的绿釉镂空熏炉中焚了一把提醒神智的云母瑞脑香，便静静地坐在一旁继续低头绣那个绣件。

良久，昭和端起那白玉茶盏，饮了一口，长声吐气，似是吁出了胸中的一团浊物，沉声道："今日那景颇弄了什么四十九样珍馐与十八样佳酿，花花架子而已，于珍奇罕见上自是比不上和氏璧。只是……"

昭和似是想起了什么恼怒之事，又端起茶盏抿了一口。婵媛并不催促，只专注听着。

"只是那屈家的二世子屈原忽然现身，仅以诗赋一曲贺寿，大君非但不以为意，竟还似十二分之欣赏，席后甚至邀请屈原一同入宫品茶赏花。"昭和的语气充满了不可置信的困惑。

"屈原？"婵媛缓缓念道，"前几日，他不是还因勾结刺客被打入死牢，险些问斩吗？"

"是啊……"昭和摇摇头，仍是想不通的样子。

"我与景颇为那令尹之位明争暗斗至今，千筹万谋，难不成竟要被那屈家占了先机？"

婵媛思忖片刻，谨慎地问道："这事会否与景家有关？还需防着他们联手置之。"

昭和立刻摇了摇头道："不会。今日见景颇也是十分意外烦闷，不但当众出言贬损那屈原的旧事，席间似还与王叔子尚大吐苦水，必不是佯装的。”

婵媛一边思索一边说：“大司马年事已高，素来对令尹之位无意，他的两个儿子虽一文一武，名声在外，但年纪尚轻，纵是大君再怎样赏识抬举，以其经验资历也是断无可能染指令尹，此事……端的是蹊跷。”

昭和闻言，也不由自主地点了点头，觉得甚是有理。

婵媛凝神想了想，轻声问道：“不若……问问王叔？”

昭和一怔，神色带了些犹豫：“王叔确是大君心腹，身份也持重，大君的心思他最是能参透。只是……令尹之争至今，他始终保持中立观望的姿态，无论何时，在我与景颇之间，皆是不偏不倚，似是忌讳太过亲近一方。这次只怕也是碰他个不软不硬的钉子罢了。”

婵媛若有所思地说：“如你所说，王叔始终置身事外，也许……是时候拉他一拉了。这场令尹之争，再是小火慢炖，也终有锅滚水沸、揭盖一见的时候。我们与景颇对峙至今只落个势均力敌、平分秋色，最终花落谁家，能左右结局的人除去大君之外，也便只有王叔了。”

停了停，将白玉茶盏又沏上了新水，她又悠悠说道：“何况，咱们不惦记，别人也会惦记……”

至此，昭和终于动容。

郢都的另一边，屈府这几天过得也不平静。

屈伯庸的书房之中，屈原、屈由两人垂手肃立。

“由不解，大君既如此欣赏弟弟，原是我屈家之幸事，父亲却为何如此着恼？”屈由一脸迷惑地望着眼前的父亲。

而屈原只面色平静地垂首站着，身上着一件天水碧续衽的曲裾长衣，石青色的钩边软软垂下，衬得他长身鹤立。

屈伯庸有些焦急地问：“昨日大君与你究竟是如何说的？”

屈原答道：“并未说什么要紧的，大君着意招揽，原谨遵父亲长年教诲，婉转推辞了。大君也并不恼，想来也是有些失望罢了。”

屈伯庸似是放心了些：“如此……便好。”

“如此便好？”屈由更加摸不着头脑了，他回首看看身边低眉敛目的弟弟，难道只有他自己一人觉得奇怪吗？

屈伯庸咳嗽了一下，正欲说什么，屈原突然发声：

“父亲如无其他吩咐，原告退了。”

“嗯？呃，父亲，那由也告退了。”屈由一听，急忙跟了一句。

屈伯庸愣了愣，目光快速地掠过屈原的面上。

有那么一瞬间，屈由觉得父亲似有千言万语，但只是转瞬，屈伯庸便恢复了往昔的严肃，只是略略点了点头。

“去吧。”

兄弟二人自父亲书房走出来，缓步行在小园中。深秋的阳光温暖地洒在身上，鼻端全是清甜的桂花香气。深吸一口气，屈由不禁心情好了起来，好奇地看向弟弟：

“今次你怎地如此沉默，不像往日那般与父亲据理力争？”

屈原信手自园中折下一截翠绿的枝条把玩，慢条斯理地说：

“父亲老了，原既无力分忧，便只盼少添些烦扰。有些事，许是有他的道理吧……”眼中虽有深深的落寞，话中却只有平静。

屈由深深地看了他一眼，只拍了拍他的肩膀。

行至小园门口时，屈原突然问道：

“那日拜托你找的药可曾找到了？”

屈由眯起眼睛端详着弟弟：“自是找到了。”

屈原伸手道："太好了，快拿给我！"

屈由慢慢自怀中掏出一个牙白菱纹的药瓶，上面画着一幅栩栩如生的《梅雀衔春图》。屈由犹豫了一下递给屈原，交代道："这是以四种极为名贵的草药制成的蜜丸，虽不能根治痨症，但是亦可大大缓解。"

屈原感激地看了哥哥一眼，珍重地将药瓶放进了怀中。

屈由叹道："这又是何苦？"

屈原对他明朗一笑："何苦之有？"随后自小园偏门出去了。

傍晚时分，屈原快马加鞭来到了日前百戏班驻扎的地方，却已是人去场空。策马跑了数个来回，也不见一点戏班的踪影。良久，他独自站在空阔荒凉的土地上，只觉江水悠悠，怅然若失。

牵上马正欲离去，屈原忽然依稀见到不远处的林中有一座破旧的庙宇。他神色一亮，慢慢地向庙宇走去。

到了近处才发觉，那是一处已经废弃的寺堂，门匾之上依稀可见"山神庙"的字样，许久无人打理，积满了灰尘。屈原抬头仔细端详了一会儿，听到寺堂中传来隐约的动静，心下一动，便松了缰绳，拍拍马头。庙外正巧有几棵菩提树，虽然已是深秋，但依旧苍翠挺拔，马儿便闲闲在树下吃草。

屈原轻轻迈进院门，只见院中杂草丛生，尘封土积，院墙已残缺不全，墙上的山神图也因岁月侵袭，变得色彩斑驳、模糊不清。

果然，院中零散铺着几块草席，上面是简单破旧的被褥，一边还杂乱地放着表演的道具。屈原边走边留心观察，初见莫愁时《橘颂》舞的画面不断地在脑海中浮现，直到那张熟悉的面具映入眼帘，回忆与现实终于找到了会合点。他轻轻地将面具拿起，手指在上面温柔地摩挲，只觉面具后的人儿又靠近了一些。

“放下！”一声娇叱突然响起。

屈原唬了一跳，手中的面具掉落在地上。抬头一看，正是莫愁与青儿立在殿门之前。莫愁穿了件寻常的素枝绿叶衣裙，长眉轻扬入鬓，眼似寒星，正定定地望着这里。

见到是他，二人不由一怔，青儿随即蹙眉戒备地说道：

“你在这里做什么？”

屈原忙施礼道：“两位姑娘见谅，在下前来为蒙大哥送药。”

莫愁冷淡地说：“不必了，我们自会为蒙大哥治病疗伤。公子的好意莫愁心领了，公子请回吧！”

屈原还欲说什么，莫愁却已转身走进了殿门。已是傍晚，她的身影沐浴在金色的落日余晖中，显得清瘦而萧索。屈原不觉心底一痛，轻唤一声：“莫愁……”

莫愁听到这一声，身形一震，但并未转身，只扬声道：

“殿中多女眷，不便相见，还请公子见谅。”说罢便与青儿一同将殿门关上了。

殿内一片忙碌，青儿煎药，莫愁带着小姐妹们在后殿收拾出一处干净暖和的地方，以做休息之处。打扫停当，几个小女孩便出门去取院子里的物件进来安置。很快便有一个女孩回来说：

“莫愁姐姐，那名公子还站在院中不肯走。”

莫愁大惊。青儿轻轻地摸到窗边，看望一番，回身略有感慨地说：“他果然还在外面。”

但见莫愁脸上没有丝毫动容，青儿张了张嘴，终是把话咽了回去。

又一个时辰过去了，外面下起了小雨。一场秋雨一场寒，冷意不住地自衰败的院中往殿里灌，姑娘们都挤在一起围着火堆取暖。

青儿向窗外看了一眼，见屈原已被雨淋得浑身湿透，却仍痴立在那儿，当下略有不忍，劝道："要不……让他进来躲躲雨吧。"

莫愁硬是不看窗外，只别过身子呆呆地盯着篝火发愣。

又不知过了多久，院子里似是没有屈原的身影了。青儿轻轻地推开殿门向外张望，破败的院中只有雨水和秋风。正待将殿门关上时，青儿突然看到门下的台阶上端放着一个小小的油布包。她将小包拾起，小心翼翼地打开，里面正是那牙白菱纹的小药瓶。

雨夜里，屈原骑着马狂奔在郢都的街道上。街上空无一人，两旁的店铺与人家都已紧紧关上了大门，只有一些府邸的大门口挂着红红的灯笼，在雨水中飘摇。

连日来身体、精神上的消耗与痛苦，都在这个雨夜中释放了出来。等他回到屈府时，身上已是湿透。

不愿惊动父母长兄，他偷偷地回到自己的房间，重重地倒在床上，闭上眼，只觉眼前全是莫愁那在夕阳中消瘦坚强的背影。

恍惚间，仿佛回到了儿时，在父亲的书房内用稚嫩的声音背诵着《诗经》："南有乔木，不可休思；汉有游女，不可求思。汉之广矣，不可泳思……"

在庭院中，被父亲训斥着不准与哥哥一起习武时泫然欲泣：

"拿着，爸爸因为我习武多给了我补身体的红糖鸡蛋，你尝尝！"是屈由憨厚亲切的面容。

祠堂中，红烛高照，父亲母亲着他跪下起誓："不得习武，不得从政，不得为官……"

在繁花铺就的原野上，鼻端似已闻到混在一起的奇异花朵的香甜与草木的清香，心旷神怡。

突然，原野自脚下裂开，露出了黑色的岩石峭壁。屈原还未及惊呼一声，便已失足落了下去……

屈原猛然醒了过来。恍恍惚惚之中，仿佛已昏睡了许久。此刻，窗外的夜色更浓了，雨还在下。他揉了揉眼睛，定定神，目光落在床对面悬挂的《山鬼》图上。

他轻轻地叹了一口气，低低吟道：

“思美人兮，揽涕而伫眙。媒绝路阻兮，言不可结而诒。”

随即他似是惊醒般，疾步来到书案边，拿起笔，在竹简上写下了三个大字：

“思美人。”

接着笔锋微微一滞，随即便如行云流水般于竹面上挥洒写意开来。

“独茕茕而南行兮，思彭咸之故也。”

他并未察觉，两行清泪已自眼中流下，无声地落在冰冷的竹简上。

第七章·秦人

虎豹九关，
啄害天下人兮。
——《招魂》

这日的江篱宫秋光正好，小园中满树繁花落尽，只有馥郁的桂花盛开如云。嬴盈静立树下，身上覆着一袭天水碧云纹的织锦披风，若有所思地望着不远处的一座假山。

这是一个鲜有人经过的小径，远离宫女和侍监们往来频繁的长廊与花苑，两旁多是嶙峋的假山与林立的花树，每日也只有园丁会在固定的时辰来看顾。

嬴盈悠悠地望着，仿佛只是闲来赏花。然而片刻后，一只银灰色的信鸽扑棱着翅膀自一座假山后飞起，嬴盈闲淡的目光在捕捉到信鸽腿上绑着的黄色布条后，刹那间如鹰眼一般锐利起来。她目送着信鸽展翅而去，渐渐化为一个黑色的小点，消失在天际，随后，又恢复了意态悠闲的模样。

待信鸽飞得远了，假山后传出衣裙的窸窣声，一名女子悄悄转了出来。她约莫三十七八的年纪，容貌普通但不失清秀，服色打扮远在普通宫女之上，正是嬴盈最贴身的虞娘。

虞娘细心整理了一下鬓发衣饰，正欲举步离去，忽见面前一棵桂花树下端然立着一人，不由心下大骇，再细瞧，竟是嬴盈。

嬴盈并未瞧她，只低头抚着隆起的腹部，神情温柔而怜惜。

虞娘一时间慌了手脚，惊惶的脸上生硬地挤出一丝笑意：

“公主？园中寒气重，您怎么出来了？”

嬴盈似是并未听到她的询问，只自顾自地说道：“虞娘，你可知道我有多么怜爱这个孩子？”

虞娘勉强笑着回应道：“能投胎做公主的孩子，是他多少辈子修来的福分。”

嬴盈抬起头，似喜又似悲地说：“福分还是祸端，还望虞娘你成全。”说罢，目光定定地落了下来。

虞娘大惊，跪倒在地，垂首道：“公主何出此言？虞娘惶恐。”

嬴盈缓缓走上前去，伸手虚扶了一把，她才战战兢兢地起了身。

“虞娘。”嬴盈靠得很近，声音温糯轻软。

虞娘却是没来由地打了个寒战，只听得嬴盈低声缓缓地说：

“进宫这些年，你我携手进退，共担祸福，同为一主。而如今……”嬴盈以手抚肚，神色平静，“如今，我的孩子即将出世。从今往后，这孩子便将是我嬴盈唯一，也是永远的主。他的利益，即是我的利益；他的恩人，即是我的恩人；他的敌人，即是我的敌人……”

最后一句说得极缓，字字分明，虞娘本已紧绷到动弹不得的身子不禁微微颤抖了一下。

随后，嬴盈拢了拢自己的鬓发珠翠，转身意态悠闲地去了。直到嬴盈行得远了，虞娘才如蒙大赦般松弛下来。她的手心潮湿冰冷，连帕子也拿不稳了，只勉强拈着贴了贴面，发现豆大的汗珠早已滚落腮边。

与此同时，在中原辽阔版图另一端的秦王宫中，一身对龙密纹织锦深衣的秦王嬴驷正聚精会神地看着面前漆案上的一张小羊皮制的精糅舆图，图中繁复细密地标注着许多记号，其中最醒目的便是几个篆体大字：齐、楚、赵、魏……

在图中所标的楚地区域，手绘的符号尤其众多，那里也是秦王嬴驷的目光停留得最为长久与频繁之处。

忽然，一双纤纤素手将一盏白玉琉璃茶盏轻轻地放在他的手边，随即一阵淡淡的香气萦绕而来。秦王唇边掠起一丝淡淡的笑意，忽地伸手将身边人捉个正着，环在了自己的膝上。

“君上！”女子低低的惊呼声传来，接着便是一个着点金绣粉米流云飞袖的倩影跌坐在了秦王怀中。向上看去，一张俏脸粉若含春，双眸皎如秋月，脑后的低髻上只斜斜插着一支玲珑簪，更显清丽素净。

秦王细嗅赞道：“好香。”

女子猝不及防地被秦王揽至怀中，不由得窘得面红耳赤。她向近旁的内侍看了两眼，急忙挣扎着脱开两步，低低拜了一拜，赧然道：

“八子芈氏参见君上。适才见君上若有所思，恐扰了心绪，未敢贸然见礼，请君上责罚。”

秦王望着芈八子笑意酣然：“来得正好，陪寡人坐坐。”

“唯。”芈八子敛衣跽坐在秦王身侧，关切地说，“君上面有忧色，可是有什么烦心之事？”

秦王笑意微凝，端起茶盏，品了几口，沉声道：“今日早朝，樗里疾将军禀报前线将士大败魏军，连得数城，满朝文武齐声道贺，唯有那新进的客卿张仪，竟把寡人赏赐的庆功酒悉数倾洒于地，便离席而去。这般无礼，如何不令人着恼！”

芈八子一面将盏中茶水重新沏满，一面柔声道：“举凡才高学富之士，性子高傲些也是有的。不过在君上面前如此言行无状，当真是有失分寸。”

“此外，盈公主已逾数月杳无音信，必是生了变故。为谋楚变，寡人潜心布局数年之久，如今却陷此僵局。唉……”秦王将茶盏重重地搁在案几上，忧愤之下，盏中茶水飞溅，不少水珠落在了秦王的袍服上，也险些污了案上的竹简帛书。

芈八子连忙用手中帕子细细地将秦王身上的水渍擦拭干净，又伸手将案上的竹简帛书一一归拢摆好。

她一面细心整理，一面目光轻扫秦王面色，柔声道：“妾身听闻那张仪乃鬼谷子四徒之一。如今庞涓已死；马陵之战后，孙膑不知所终；而苏秦已在齐国效力；纵观天下，恐怕唯有这张仪之才略可助君上以谋大楚。”

秦王闻言并未开口，只淡淡地看了她一眼，沉吟不决。

芈八子当即起身退开两步，端然跪下道：“古已有训：后宫不得干政。今八子见君上心焦，一时乱了规矩，在这里妄言议政，罪该万死，请君上责罚！”

秦王这才淡然一笑：“八子言重了，只是闲来之语，此处并无旁人，不必太过拘泥。你且说来听听……”

芈八子缓缓起身，重又跽坐于侧，静静思忖片刻，方又开口道：“妾身愚见，盈公主入楚三年至今，对君上从未有过二心。但如今她已身怀有孕，自然多了些为腹中的孩子打算。她若为熊槐产下子嗣，他日秦楚之争旦起，她又怎能全心全意助君上来夺取她孩儿的江山？故此，楚之谋，恐难系于盈公主一身……”

言罢，见秦王面色仍然凝重，她又说：“那张仪虽狂妄不拘，想来也是独具谋略所致，所谓‘奇绝之才必有奇绝之性’，难说不是上天因盈公主之事陷入僵局才为君上送来这个独辟蹊径之人呢。妾身愚钝，胡言乱语，还望君上莫言怪罪。”说着，八子盈盈拜倒。

“彼黍离离，彼稷之苗。行迈靡靡，中心摇摇……”

一段曲词悠悠飘出，似是有人在屋中兴致高昂地击筑而歌。秦王负手立于门外，静静听着，脸上似有些笑意，也似有些寒意。近旁的内侍宫女见状，都默默退避，不敢上前。

“知我者谓我心忧，不知我者谓我何求……”

曲意正浓之间，屋门忽地开了，自屋内走出一名素颜青衣的窈窕女子。

女子甫一抬头，忽见秦王立于门前，不觉大惊，当即便要跪倒。不料手臂却被用力一托，耳边听得秦王轻声道：“免礼。”

女子顿感羞怯，急忙退立一旁，一张粉脸好似秋阳下的美人樱。

秦王不由得贪婪痴看了几眼，心下正自惊艳，自屋内传来一句：

“酒已温，恭迎君上驾临！”

秦王微震，恢复了清明，举步掀帘而入。

屋内陈设简朴无华，张仪着一身素淡的灰白深衣盘坐于窗下，面前摆着一张无纹木俎，俎上是两只耳杯、一樽酒、几碟小菜，似是早已知晓将有客至。

张仪身边的座席之上，随意摊放着一卷打开一半的皮质舆图，图中所绘似是七国之地，边缘已微微起了毛刺，舆图的皮质也偏于黯淡柔软，必是经年翻阅所致。秦王看得眼皮一跳，心下更是笃定。

“适才经过先生房间，听得先生好兴致，只是不知这‘谓我心忧’之忧自何而来？”秦王端然席坐俎边，也不客气，执起酒樽便将两只耳杯斟满。

张仪并不急于回答，只安然看着杯中晶莹清澈的液体缓缓注满。直到秦王搁下酒樽，他方答道："仪乃君之客卿，自是忧君上之忧矣。"

秦王眉毛微微一挑："哦？寡人何忧之有？"

张仪微笑道："自是……灭楚。"

"灭楚"二字说得平缓淡然，却似一声平地惊雷在秦王脑中炸起，他只觉心中翻起滔天骇浪，面上却仍如常说道："秦楚乃姻亲之国，寡人怎会存灭楚之意？先生说笑了。"

张仪深深看向秦王："若君上真无此意，则仪之忧更深矣。"

秦王蹙眉："还望先生明示。"

张仪将身旁的舆图拾起，在俎上铺开，口中说道："秦伐三晋，初有小胜，秦上下便已居功论赏，真乃身陷险境而不自知矣。"

秦王的面上仍是看不出喜怒："寡人愿闻其详。"

张仪又道："据臣所知，那苏秦正欲借力六国，共同讨秦。若他说齐成功，必会继而全力说楚。楚若与齐联手，那韩、赵、魏三国多年来数次被秦征伐，势必加入齐楚之盟。届时，东北燕国为求自保，也必加入五国之盟。六国合纵，讨秦大势便成。那熊槐坐拥七百年基业，有雄兵百万、余粮十年，待这头猛虎醒来，东盟齐国，北联三晋，合纵各国，君上想来，他可否会顾及这姻亲之名？"

言及于此，张仪将手指放于舆图上那个醒目的篆体"秦"字上，望着秦王的眼睛，一字一顿地说："彼时六国挥戈西进，君上只怕连退守之地也无，还谈何攻占三晋？"

说罢，他安坐于席上，不再发声，只一手轻轻拈起耳杯独自慢慢啜饮，耐心地等待这一席谏言在秦王身上缓缓发酵，及至气候终成。

秦王嬴驷陷入了静默，目光锐利如刀锋般盯着那张泛黄发旧的舆图，似要将它割开、切碎。

良久，他已额头见汗，深吸一口气道："此局若成，则寡人之国危如累卵矣。"

张仪微微一笑道："以君上之明，必不至如此。"

秦王苦笑道："寡人耳聪闻得先生之言，目明察得先生之患，却实无贤明之策可解秦国之危啊。"言罢，偷眼看向张仪。

张仪笑意未减半分，淡淡地道："君上座下客卿逾千人，贤明济济，想来必有破局之能。"

秦王思忖片刻，似是下了决心，起身敛衣肃容，躬身一拜道："先生乃鬼谷子座下高徒，岂是庸庸之辈可比。嬴驷虽有九天之志，怎奈只得燕雀在侧。今幸得先生，愿为宰辅，以图大业。望先生成全。"言罢，一揖到地。

一番话甚是诚恳，张仪也略显动容。

他起身郑重地将秦王扶起，沉声道："仪必不负君。"

两厢礼毕，二人复又相对而坐，秦王急切地问道："破楚之事，先生可已有良策？"

张仪从容地将两枚耳杯斟满，将其中一杯稳稳地端于秦王面前，微微一笑道："君上可知和氏璧？"

"彩月，我乏了，要睡一会儿。你且命外面的人都退下，你也去偏殿歇着吧，没旁的事，不得擅自进来扰了我的清静！"楚国美人郑袖身披一袭浅桃色海棠春睡的轻罗纱衣，半躺在床榻之上，闭目轻声吩咐道。

"唯。"她的贴身婢女彩月拜了一拜，"娘娘好生歇着，如有吩咐，唤奴婢即可。"说罢，便转身走了出去，并回身将房门仔细关好。

待听得彩月走远了，门外伺候的下人也皆退散，郑袖自床榻中起身，来到一面和身等长的铜镜之前，顾影自盼，理鬓贴黄，哪还有半分慵懒倦怠之色。

这么大的一面铜镜乃是楚王特意赏赐于她，正因爱瞧她这搔首弄姿、媚态顿生的样子。

正当郑袖对镜欣赏自己的珠翠发簪之际，一双手忽地将她自身后揽住，随后便是一阵温热的气息靠了过来。

郑袖却是毫不惊讶，似是早已等待多时。她向镜中睨了一眼来人，随即掩口娇笑：“王叔真是好兴儿，竟还扮起内监来了，也不怕路上碰上个主子抓了去做差事吗？”

来者竟是王叔子尚。

只见子尚此刻穿着一身内监宫服，面上笑得开怀。他揽过郑袖欲吻，谁知竟被她拧身躲过，轻笑着跑了开去。

郑袖笑得跌坐在床边，嗔骂道：“老房着火扑不灭了吗，平日里堂堂的王叔大人，竟也肯穿着内监衣服，干这等事？”说罢，眼波流转，在子尚身上蜿蜒扫过，快把他的魂儿也勾去了。

子尚一下扑上去，将郑袖压于身下，喘着粗气道：“狐媚的妖精，若非为了你，怎会穿这东西！”说罢，又欲吻上去。

郑袖不知从哪里扯了个帕子，正巧堵住子尚的嘴上，巧笑嫣然地说：“既是如此，那大人便日日都来看望妾身如何？”

子尚无奈哀求道：“我便是有这等心思，也断无这等胆量！若东窗事发，你我都是十死一生！”

郑袖俏脸一沉，翻身倚在床边，竟啜泣了起来：“妾身的故国早已覆灭，如今在这楚国深宫，无依无靠，只得大人怜惜关怀。伴君如伴虎，大君身边美人无数，如今已有小半月未来我这儿了。若大人再不将我放在心上，那……那妾身还不若随故国家人去了也罢！”

说罢，便伸手作势要以剪刀自戕。

子尚急忙一把抢下，反手将她搂住，温声哄道：“小美人，让我怎地能不关怀你……”

二人正自宽衣解带，倒向床榻，却忽闻窗外内侍高声宣道：

“大君驾到！”

床上二人闻声，如惊弓之鸟般弹起，对视之下，面色皆是惨白。

还是郑袖神志清明，她拾起床边衣物塞入子尚怀中，随即轻推他，并努嘴向屏风示意。

子尚会意，忙胡乱将衣物套上身，趺趺撞撞奔至屏风之后。

郑袖也急急敛衣理云鬓，三步并作两步抢至外室，跪伏于地。就在她双膝触地的那一刹那，房门由外面推开，楚王大步走了进来。

“妾身参见大君。”郑袖强自压住急促的呼吸，向楚王妩媚一笑，“大君怎地也不着个下人来交代一声，妾身也可好整以暇，恭迎君驾。”

楚王笑道：“爱妃免礼，自家人无须那么多麻烦，不谷只是来看看。”

待看到郑袖站起身来，楚王不由一愣：“爱妃怎地这样脚下虚浮，发髻松散？”

郑袖慌忙跪下：“妾身适才有些困乏，倚床贪睡。还望大君恕罪！”

楚王随即莞尔：“爱妃今日怎地如此礼数周全了起来？可不似你平日里撒娇撒痴的模样呢！”

郑袖见楚王并无异样，言语亦是轻快，心下不由松了一口气，随即假意嗔怪道：“大君这是嫌我平日里无礼，不如南姐姐与嬴妹妹得体懂事吗？”言罢，还双颊微鼓，似是着了恼。

楚王见她这样，大笑起来：“你看看你，说几句便这样拈酸吃醋起来，适才你不是也怪不谷来得不是时候？”

郑袖娇笑着正欲回答，却忽听得屏风之后传出“吱呀”一声，在这安静的屋中显得格外刺耳。

刚刚遭遇行刺不久的楚王反应极快，面上登时变了颜色，大喝一声：“谁！”

随着这一声喝问，自门外当即冲进三名手持虎牙矛的精甲护卫。

“啊！”郑袖被这阵仗吓得失声尖叫起来。

只见那屏风之后，隐隐露出一截衣角。郑袖一见，登时惊惧交加，双腿一软，瘫坐在了地上。

三名护卫呈包围之势快速靠近屏风，为首一人出其不意地执矛一送，随后三人一同冲了进去。

然而屏风之后空空如也，只有一扇窗户半支着。窗外秋色明媚，屏风旁搭着一件罗缎刺绣的轻纱长衫，此刻正被窗外微风拂起翩翩衣袂。

精甲护卫将那件轻纱长衫取下呈与楚王，楚王面色松弛下来。

彩月上前将瘫软的郑袖慢慢扶起：“娘娘受惊了。”

楚王略带歉疚道：“是不谷惊弓之鸟，惊吓爱妃了。”

郑袖面色苍白，手抚心口，勉强笑道：“只怪妾身没出息，大君之安危关系国之安危，再怎样小心谨慎也是应该的。”

随即她吩咐彩月：“还愣着作甚，快去泡　盅定气凝神的菩提桂圆露来，再让小厨房做些暖胃的莲蓉核桃塔和清口的豆沙菊花酥。”

随即，她逐渐恢复了往日的妩媚娇态，眼波盈盈地与楚王说笑起来。

子尚死里逃生借窗遁后，轻车熟路循一小径出了郑袖宫，在一假山之后匆忙将内侍宫服换成一身低调的贵服，随即正衣敛袂，昂首向宫门行去。看守宫门的侍卫见是王叔大人，皆恭敬屈膝相送。子尚眼皮也未抬一下，意态悠闲地负手踱出。

宫门外，一顶青呢小轿正等在墙边。子尚轻轻地钻进轿中，扣了扣边木，小轿便悄无声息地溜墙而去。

回到府中，子尚躲进书房，不顾茶气正热，连连饮尽两盏“庐州六安”，又着人将那换下的内监宫服在他的监督下一把火烧尽，这才感到胸腔里悬着的一颗心逐渐安稳平定下来。

正自庆幸自得之时，房门外传来老管家的声音：“老爷，景颇大人在府外求见。”

“景大人！哈哈哈，真乃贵客！”子尚朗声笑着，信步走进客厅。

厅中一人穿着朱丹与石黄二色相间的窄袖蔽膝织纹曲裾长衣，头戴赭色箍形冠，腰间明晃晃垂着一枚白玉兽纹佩璜。如此张扬之色，正是景颇。

景颇正自赏着墙上一幅竹林御马帛画，闻声霍然转身，满面喜色迎将上来。

“子尚大人！”

两厢相对席坐而定，子尚着人看茶、焚香。片刻后屋内檀香萦绕，令人心神安泰。

品茶片刻后，子尚微笑着问道：“大人今日怎么有空来我这里闲话？”

景颇略带逢迎地说：“秋露渐重，漏夜更霜，大人日夜为大君为朝廷操劳，景颇心中大感不忍，特送来一样东西，还请大人笑纳。”

说着，景颇击掌数下。门外很快进来一位娇俏的女子，身上作侍女打扮，面上容色却是光华艳丽。她手中端着一方锦盒翩然行至子尚身前，将锦盒轻轻地置于小几之上，随后盈盈一拜，柔声道：“请王叔大人过目。”说罢，一双春水般的妙目蜻蜓点水般地睨了子尚一眼，媚态顿生。

子尚登时觉得浑身酥麻，脑中晕眩，目光自是落在这样一个妙人儿身上再也移不开了。他似是浑然忘了不久前在郑袖宫中死里脱生的情形，手上随意拍了拍锦盒，眼睛却只直直望着那女子，口中赞道：“果然妙极！”

那女子见他此状，不由“扑哧”一声轻笑出来，她娇媚地说：“大人，您还未打开锦盒，何来妙极呢？”

景颇在旁看得清楚，唇边不由蓄了一丝隐约笑意，随即面色微沉地上前斥道：“放肆！”

那女子顿失了笑意，慌忙跪倒：“萍儿愚昧放肆，万请王叔大人恕罪！”言罢，垂首不敢动弹，只是面颊微侧，可见秋水玉肌、香腮染赤，低垂的眉目之中一抹惶恐无助之色。

子尚心下大是不忍，忙伸手将她扶起道：“不过是心思爽快些，老夫岂是那等小肚鸡肠之人，何罪之有，快快起来吧。”

一扶之下，只觉女子柔若无骨、薄衫轻衣，更是魂儿都要飞了。

女子面露娇羞，深深一拜：“萍儿多谢子尚大人！”随即轻轻退于一侧。

景颇适时将那锦盒打开，向子尚面前推了推，满面含笑地说道：“大人且看看这物件。”

“景大人见外了，你我同朝为臣，何来这些客套？”说着，子尚才将目光恋恋不舍地自萍儿身上移开，落在了那锦盒之中。

只见盒中赫然放着一件貂皮大氅，深棕色的皮毛厚实清亮，子尚以手轻抚，只觉柔滑绵密，亦根根分明，不觉脱口赞道：“好貂！”

景颇闻言，笑得更是欢畅：“大人好眼力，此身皮子来自赵国深山之中的野貂王，须得是它头次交配之后翻出的第一身皮子。未交配时，割下来的都是碎皮；若错过了头次翻皮，后头的皮毛便嫌粗硬了。只有这第一身才得这般绵厚柔密，恰到好处。我命手下在那深山之中追踪、等待数月，方得此身。”

见子尚一脸满意喜爱之色，景颇向身边略施眼色，口中道："还不快伺候子尚大人看看样式。"

萍儿立即应声上前，一双纤手将大氅展开，轻轻披于子尚肩头。子尚又险些失神，只任她扶着将双手伸进大氅的宽阔袖宇中。萍儿细心整理妥当后，施礼巧笑说："大人请。"

子尚略定了定神，低首细细看去，只觉身上温暖异常，脖颈处与貂皮接触的皮肤亦感柔滑舒适，丝毫没有硬毛粗梗之感。

景颇见火候渐成，便开口道："这件大氅制作之法极为特殊，亦需特殊的养护方式，方能长久保持这极柔软密实的手感。我府上的婢女萍儿对此极为精通，不若便将她留在大人府上，也好及时为大人保养好这身皮子，大人以为如何？"

说罢，景颇略有忐忑地看向子尚。

子尚闻言，先是一怔，眼中闪过一丝狂喜，但很快便呈淡然之色道："如此，便有劳萍儿姑娘了。"

那萍儿闻言，面带红晕，娇羞一拜，便端了那锦盒下去了。

待厅中只剩下景颇与子尚二人，子尚抿口茶，微微一笑，开门见山地说："如此贵重之物，老夫岂能无功消受，不知景大人所为何事？"

景颇怔了怔，显是未料到子尚会如此直接，但他随即朗声一笑："王叔果然爽快！弟确有一事相求！"

"可是为那令尹之位？"子尚脸上笑意渐浓。

景颇一听，当下起身，敛衣一拜："大人分丝析缕，果然不凡！景颇正是为此而来！"

景颇正待细说，却见老管家急匆匆地闯了进来。

子尚眉头微蹙："何事如此慌张，让景颇大人看笑话！"

老管家面带难色，俯首低声道："启禀老爷，昭和大人求见……"

此言一出，子尚、景颇皆是一惊!

那管家声音虽低，一旁的景颇仍将"昭和"二字听得真切。他心中震动，面上却仍努力维持常色，只作未闻。

子尚瞟了一眼景颇，见他神色古怪，便已有了计较。于是思忖片刻，目光又不由自主地望了望适才萍儿退下的方向，淡淡道："不见，只说老夫身子不适，余下的你自然知道如何做。"

老管家心领神会，得令匆匆去了。

子尚望着景颇，浮起淡淡笑意道："大人方才说到哪儿了？"

次日早朝，楚王高坐堂上，群臣分列两旁，前排只有屈伯庸、子尚、景颇与昭和四人并立。

见时辰到了，木易上前两步，立于座前，朗声宣道："有事启奏，无事退朝！"

静待片刻，木易见无人出列，正欲宣退朝，忽听得一道洪亮的声音传来：

"臣有要事禀告！"

楚王原自闭目养神，闻言抬眼望去，只见堂下一人出列躬身，正是平素便以耿直敢言著称的陈轸。

"何事？"楚王的声音自座上传来。

陈轸一拜："启禀大君，失踪多日的权县县尹申界找到了！"

"哦？他此时身在何处？宣他觐见！不谷倒要看看这玩忽职守之人如何自辩！"楚王提起此事，似是怒气不小。

陈轸却一脸凝重地说："那，那申界，已溺江而亡了。"

"什么！"楚王惊怒道，"三年之中，那权县四任县尹，两人莫名辞官，两人无端枉死。究竟为何？！”

堂下众臣也是一片哗然，纷纷低头，不敢接话。屈伯庸缓缓扫了一眼景颇和昭和，只见两人皆是面无表情。

见无人敢应，陈轸再次躬身道：“启禀大君，权县自古民风彪悍，盗匪横行，这县尹……确实难做！”

楚王冷冷地注视着堂中众臣片刻，缓缓道：“盗匪横行？什么盗匪竟如此胆大，三番四次与官府作对，加害朝廷命官。莫不是背后有人撑腰，视不谷为虚设？”

一番话说到最后，已是声如洪钟，怒震朝野，吓得堂下众臣齐齐跪倒，瑟瑟不敢多言，生怕在大君气头上犯了忌讳。

片刻后，景颇硬着头皮出列，躬身行礼道：“权县紧邻郢都，大君威严震慑，谁敢造次？”说罢，回首向陈轸冷然道，“还请陈大人莫要危言耸听，惑乱大君！”

“莫敖大人，说得极是。”子尚也出列陈情道，“依臣愚见，当务之急，还是尽快指派新任县尹，一则安抚民心，二来也可查明原委。”

见子尚忽然出言附和景颇，昭和心下一沉，思及日前自己求见不得，不由得暗暗道了声：“糟糕！”

能立于这朝堂之上的皆非善与之辈，平素不喜偏帮的王叔，今日之举众人看在眼中，各自心中便多了种种计较。

楚王眯起眼睛将前排几位重臣的脸色一一打量了一番，方才开口说道：“既是如此……”

然而楚王的声音却被从殿外一路小跑进来的精甲护卫长打断了。他手持一份竹简，跪下高声道：“启禀大君！秦国来使！”

楚王一怔，随即看了眼木易。木易领会，稳步走下来将竹简接过，随即回到殿台之上，将竹简恭敬地呈于楚王面前。

楚王眉头微蹙，显是仍在为权县县尹之事不豫。他双目微闭，不耐烦地挥了挥手：“看看来者何人。”

木易得令，将竹简细细看了一遍后，忽然面露震惊之色：“这……”

楚王听他如此嗫嚅，愈加不悦道：“讲！”

木易只得躬身一礼，高声道：“禀告大君，秦国张仪来使。”

“什么！”楚王猛然睁开眼，眼中似有精光暴射，满脸尽是难以置信的震惊之色。

第八章 · 借璧

罻罗张而在下。
——《九章·惜颂》

兰台宫库房的最里间，一只豚形描金彩绘髹漆箱稳稳地放在一座错金青铜龙凤案之上。整间屋中，只存放着这一只箱子，足见主人对它的爱惜与看重。

窗外秋色明媚，窗内静谧安宁，只是这静好时光很快就被打破了，房门一点一点被拨开，片刻后，缓缓探进两个脑袋，左右转动了一阵，见屋内空无一人，于是两个人便大胆地溜了进来。

是两名少年，一名身着紫绢衫披紫色深衣，另一个则着一身牙白衣袍，上边一溜撒金滚边。他们宽宽的袍袖皆是紧紧地扎在手腕附近，一看便知是怕淘气把袍袖弄脏。

两个少年四下打量一番，便两眼放光地走向那个错金青铜龙凤案。那只髹漆箱正静静地躺在案上，每当风从敞开着的窗口涌入，巨箱两侧的铜环便微微摇动起来，仿佛在诱惑着两位少年的心。

见四下无人，那名紫袍少年便从怀中摸出两个做工精致的小铜棒。他笑眯眯地将其中一个铜棒递给身旁的白袍少年，随后指着两个铜环说："喏，你执一棒，我执一棒。我见父王与母后便是这样，一起敲三下。"

白袍少年接过铜棒，将信将疑地点点头。

两人面带忐忑地连敲了铜环三下，果然机关触发，木箱如约启动。待得那朵黄金莲花缓缓出现，两名少年的眼中充满了惊喜与兴奋，他们从未见过如此精巧的机关，顿时玩性大发。

“你看那朵莲花花蕊之中的那块白色璧玉，便是传说中咱们楚国的镇国之宝！”紫袍少年激动地说。

言罢他眼珠一转，笑嘻嘻地对白袍少年道：“子兰，不若咱们去把这璧玉取来瞧个仔细如何？”

那位名叫子兰的白袍少年怔了怔，随即略带忐忑地说：“可父王知晓的话，真会把咱们全都送去廷理发落！”

“此事只得你知我知，怎会让父王知晓。”紫袍少年宽慰道，随后他继续鼓动，“子兰，你个子高一些，我实在够不到，你试试？”

见子兰还有些犹豫，他不以为然地说：“你若是怕了，那便作罢。”

子兰年少气盛，顿时急道：“拿便拿，有何了不得！”说罢，他便撸一撸袖口，手脚并用，努力向龙凤案几上爬去。

片刻后，子兰气喘吁吁地将和氏璧抱在怀中自案几上爬下来，双足甫一落地，还未及欢喜欣赏，忽听身旁的紫袍少年失声道：“父王！”

子兰双腿一抖，慌忙将璧玉藏至身后，“扑通”一声跪倒在地，颤声道：“儿臣参见父王！”正当他硬着头皮准备接受父王暴风骤雨般的训斥之时，只觉身后的和氏璧被一股大力抢了去，伴随而来的是紫袍少年得意的笑声。

子兰一下便明白过来，只是为时已晚，和氏璧已到了紫袍少年手中。

“子横！你——！”子兰一骨碌自地上爬起来，瞪着紫袍少年，怒目圆睁，扑身上去便要抢回来。

身着紫袍的子横一见他这怒极的模样，不敢正面与之争锋，连忙抱着璧玉向门外冲去。子兰哪里肯让，咬牙扑上要将他拦下。这一扑不要紧，子横瞬间被他撞得失去了平衡，手上一松，那块被楚王珍重而保存起来的和氏璧便被抛在了空中。

这下可把两个少年吓得魂飞魄散，他们呆若木鸡地看着那块璧玉在空中划出一道弧线，随后便落向了青石板的地面。那一刻，他们忘记了厮打，甚至都没有来得及伸出手去。

在和氏璧即将落地的瞬间，一双手忽然出现，稳稳地将它接了下来。

子横与子兰抬头一看，一位身着一袭淡青色深衣的男子手捧和氏璧，面色沉静地望着他们。此人正是少傅屈原。

屈原面上如古井般看不出丝毫波澜，他小心翼翼地将璧玉放回了金莲花之中，又启动机关，金莲花包裹住和氏璧慢慢地回到箱中。随后，屈原转身看了看两名忐忑的少年，轻声道："你们随我来。"

子兰与子横垂首跟在屈原身后，回到了太傅的书房之中。三人端正席坐，屈原先是仔细地端详了他们一番，随后温和地说："未经大君允许而私闯库房，此乃其一；盗取镇国重宝，此乃其二；险将国宝损毁，此乃其三。若两位公子是平民之子，仅凭这三条，便足以被发至廷理受黥劓之刑。"言罢，他停了停，看向两位少年。

子兰面色苍白，双手搁在膝上不停地紧紧绞着袍角，显然是被吓得不轻。

子横只是神色如常，虽低眉垂首很是恭顺的模样，嘴角却微微抿起，泄露了内心的不以为意。

屈原微微一笑，只作不觉，继续道："君子比德如玉，望二位公子，勿以恶小而为之。"

子兰不觉颔首，面有羞愧之色，只恨不得找个地缝钻进去才罢休。

子横却忍不住开口道："先生教训得是，今日之事是我俩鲁莽了。

这块璧玉确系父王心爱之物，只是我与兰乃王之子，若按平民之理来论，也只是看看自家父亲的有趣物件罢了，相信父王也不会如此计较吧。”

“好伶俐的一张嘴！”突然一声低喝自门边响起，房中三人皆是一惊。

子兰与子横更是大惊失色，跳将起来，回首一看便跪了下去，口中大声道：“儿臣拜见父王！父王大吉！”

屈原亦起身恭敬施礼：“参见大君！”

楚王负手立于门边，冷冷地看着两个儿子跪于面前：“大吉？父王的镇国之宝被你们当作如此玩物轻之慢之，父王何吉之有？先生对你们悉心劝告教诲，你们非但没有反躬自问，却只知道逞口舌之快。有子如斯，父王何吉之有？！”说到最后，楚王已是声色俱厉。

子横与子兰闻得父王语气不善，知道事情不妙，吓得不敢接话，只埋首伏于地上瑟瑟发抖。

屈原见状，不由温言缓和道：“大君莫急，两位公子年纪尚轻，自是好奇贪玩的小儿性子，偶尔失了分寸，也是有的。所谓‘少成若天性，如自然’，相信两位公子自幼便得大君时时关注与训诫，日后必成大器。”

一番话后，楚王面色稍有缓和，沉声道：“今日既有先生在此说和，便罢了。日后若再发生，你们便自行去廷理那里按律领罚吧！”说罢，一甩袍袖，“退了吧！”

两个少年闻言如蒙大赦，连忙叩首跪安：“唯！儿臣告退！”随即起身低着头匆匆退了出去，不敢再多看父王一眼。

待两子走后，楚王面上才露出一丝笑意，指一指旁侧的案几，对屈原道：“先生请！”

屈原略一迟疑，便恭谨道：“唯！”随即正衣敛袂与楚王相对而席。

楚王命人上了茶。两盏缠枝青碧的茶盏相对而置，及至盏中茶尽，屈原便静静添满，如此几番过后，二人竟是未执一言。

良久，楚王终似神醒，看向屈原："先生真是好耐性，便这样由着不谷走神吗？"

屈原轻抚茶盏上的缠枝纹理，微微一笑道："灵均自问无甚大才可堪重用，许是大君平素国事缠身，今日来灵均这里躲个清静呢。"

楚王一怔，随即朗声大笑起来："好你个屈原！好一个躲清静！你将不谷的国家大事都比作聒噪烦嚣吗？凭这，便可治你个大不敬！"

屈原笑意不减："大君若真是如此计较之人，灵均早已殒命囹牢了。"言及此，屈原忽然正色道，"那日在死牢之中，灵均饮醉，一时不能自持，失了分寸礼数，对大君多有不敬。多谢大君不杀之恩！"

楚王道："哦？先生说的是何时？不谷怎么不记得了呢？"

屈原一怔，随即莞尔："如此，灵均也记不得了。"

两人相视一笑，举盏共饮。

沉吟片刻，楚王问道："先生可曾听过张仪这个名字？"

屈原眉毛一扬，似是怔了怔，随即缓缓颔首道："确有耳闻。"

楚王见他面色颇有异样，便问："先生可是识得此人？"

屈原微微蹙眉道："也称不上识得，确曾有些渊源。"

楚王似是来了兴致："不谷倒要听听是何渊源。"

那时屈原尚是八九岁的年纪，一日去父亲的书房请安，看到房中父亲正与一名青年对弈。

屈原见父亲眉头微蹙，眉心拧成"川"形，心下奇怪，悄悄来到了近旁。

屈伯庸见了幼子，温和地说："原儿，来见过张仪先生。"

屈原随即恭敬行了一礼："屈原见过先生。"

只见那青年一身朴素的赭色无绣纹深袍，略显寒酸，清秀的脸上却自有一股从容气度，眉宇堂堂，眸似寒星。年幼的屈原不由好奇，何人能令自己的父亲如此难以落子。

张仪笑着回应道：“世子小小年纪便如此丰神俊朗，大人真有福气！”

屈伯庸一面若有所思地看着面前的棋局，一面漫不经心地说：“听闻先生原是昭和大人家中客卿？”

张仪笑道：“正是。大人果然耳灵目明，仪曾在昭和大人座下三年，近日刚刚被逐出昭和府。”

这句话说得如此坦然，屈伯庸不禁持子看了他一眼：“听先生语气，仿佛对于被逐出府并不十分在意？可知昭和大人乃当朝重臣，着恼于他，对先生来说，恐怕并非小事。”

张仪认真地听着，面色平静。听罢，他手落一子，颔首道：“大人说得极是，正因如此，仪才望大人收留。”

屈伯庸挑眉：“先生未免过于自信了，老夫与昭和大人同朝为臣，早已听闻昭和大人正是因国宝和氏璧失窃之事将先生逐出了昭和府，不知可有此事？”

张仪点点头：“确是如此。”

屈伯庸不禁一愣：“先生难道不为自己分辩？”

张仪笑笑：“若分辩有用，仪又怎会被逐？”

屈伯庸闻言更加疑惑：“先生如何肯定老夫便会冒着得罪昭和大人的风险，收留一个涉案之人？”

张仪摇摇头道：“仪并无此把握，只是久闻大司马在朝中刚直不阿，从不行结党营私、拉拢勾结之事，故特来一睹大人风采。今日一见，大人果真不负盛名，虽贵为当朝大司马，却仍不拘缛节与仪对弈一局。”

屈伯庸深深地看向他：“先生如今已是名声在外，当真不畏人言吗？”

张仪似是望着棋盘，口中道：“方如棋局，圆如棋子。动若棋生，静若棋死。”这话说得极是平静，手下却是凌厉急落一子，竟将屈伯庸逼至了死角。

屈伯庸心神大震，抬眼看去，似是要看穿眼前这个青年脸上犹自带着的笑意。

就在二人正各怀心事之际，忽然闻得一清脆之声：“中央开花三十目。”

这看似没来由的一句，却如一点星火，让屈伯庸眼中一亮，张仪面上一惊。只见屈伯庸略一思忖，手下微动，只是一子之差，却已满盘皆活。

张仪眼中满含惊异，抬头重新打量那八九岁的少年，适才那一句点睛之语便是出自他之口。

屈原也微微抬起下颌，勇敢地迎接张仪的目光。

屈伯庸笑道：“小子让先生见笑了。”

张仪饶有兴致地对屈原称赞道：“世子好眼力！”

屈原面上并无小儿常见之得色，只是赧然道：“取巧而已，先生谬赞。”他看了看父亲，见父亲并未阻止，便想了想，略带期许地说：“灵均久闻先生才思敏捷、博古通今，寥寥数语可抵万军。不知可否为灵均解惑一二？”

张仪眉毛一挑，更加来了兴致：“仪今蒙大人不弃对弈，又得见世子如此慧敏好学，必知无不言，言无不尽。”

屈原开心一笑，露出些许孩童般的天真：“请问先生，天何所沓？十二焉分？日月安属？列星安陈？”说罢，便用那星子般的双眸望着张仪，期待他的回答。

张仪结结实实地愣住了，天在哪里与地交会？黄道怎样十二等分？日月天体如何连属？众星在天如何置陈？

他不可置信地望着面前这眼神明亮的稚嫩少年，一时间竟不知该如何是好。他深知，任何夸赞与褒奖皆无法带给这少年任何喜悦，只有答案与真相才能予之慰足。

多少年来，张仪从容应过多少达官贵胄、王公诸侯，不论巧计奇谋，抑或逐鹿争雄，他无不是信手拈来，皆付谈笑间。然而今日，他却竟然因辜负了这少年的期许而无措。

“仪，不知……”张仪平静地说，不敢去看那双因失望而黯淡下去的眸子。

“世子所思邈远，仪自愧弗如，他日若有所得，必当为世子补偿今日之憾。”说罢，张仪敛衣郑重起身，向屈伯庸父子正色一拜，“大司马生性耿直，却宽善仁厚。所出世子天赋异禀，敏而好学，福慧双修。今日得见，仪受益匪浅，心悦诚服。人生难得几回悟，不若就此别过，唯盼他日再见。”

说罢，张仪躬身一揖到地，未及屈伯庸父子回应，敛袂而去。

少傅书房中，茶盏里的热气腾然而上，楚王透过氤氲茶意，望着屈原出神忆述的脸，仿佛看到当年那名求知若渴的明眸小童，与心怀天下的意气青年。

楚王心下暗自赞赏，既是赞那敢于问天的屈原，亦是赞那澄明自省的张仪。惺惺相惜，不过如彼。楚王愈发庆幸，当日并未逞一时之气将屈原问斩，否则朝中从此失去一位忠胆仁厚的大司马与一名骁勇善战的大将军，而他本人亦将错失一位良友。

念及此，楚王心中悚然一惊。身为王家子嗣，他自幼浸淫于谋略政术，早已利权深植，从不屑于，亦从未奢望能与他人以友相待。今日却有那么一瞬间，他对面前这位仿佛胸中能装下整个天地，却又毫无据拥之野心的屈原，产生了一丝艳羡与激赏。此刻，他仿佛能够体会多年前击中张仪心中块垒的那份惭愧。

屈原不知楚王心中的起伏曲直，他啜饮几口清茶，润了润干燥的喉咙，问道："不知大君今日缘何提起此人？"

楚王薄薄的心事被屈原一问便轻轻散了，他复又添了笑意，故作神秘道："还请先生明日列席早朝，便知分晓。"

说罢，他笑吟吟饮了盏中茶，起身去了。

次日，朝堂之上，大君端然高坐，众臣恭谨侧列。楚王自冕旒冠的垂珠之中抬眼望去，果见屈原今日锦衣高冠，老老实实垂首立于大司马屈伯庸身侧，不禁唇边露出一丝淡淡笑意。

昨日回去后，他便吩咐木易通知屈府，次日早朝务必着二子屈原侍驾觐见。屈伯庸虽不明就里，忐忑难安，却知君命难违，心下只盼这不拘常理的儿子莫要再生出什么事端来才好。

片刻，一名精甲护卫长匆匆奔至殿门外，跪地高声禀道："启奏大君，秦相张仪到！"

此言一出，群臣即静，堂中仿佛连掉下一根针的声音都能听到。

列中的屈原更是闻言大惊，他抬头望向座堂之上的楚王，却见楚王也正望向自己，眼中尽是笑意，似恶作剧得逞的孩子一般得意。

屈原登时心下明了，一时间不由得苦笑连连，谁又能料到平日里威严肃穆的大君，也有这般作怪的一面？随即他的心神又被即将到来的重逢所攫，昔日那落魄而骄傲的青年说客，如今竟已官至强秦之相。

想起拜别时的那句"唯盼他日再见"，屈原心中不禁深深感叹命运难料。虽过往从不议政事国，但身为当朝大司马之子、大将军之弟，他亦深知如今秦、楚之势益趋微妙。忆及昨日楚王眉宇深蹙的样子，屈原心中明白，今日之秦已非昨日连姻交好之邦；今日之张仪亦非那位日光之下的礼仪之宾了。

堂中众臣此刻皆是引颈相望，各怀心事，可一番起伏的心思却忽地被堂上一句话搅乱了。只听得楚王悠悠道：“秦相大人曾为楚国客卿，如今衣锦归来，对故时景致想必颇有怀念，一时贪看也是有的，不必急于觐见。”

众臣闻言皆是愕然，让堂堂秦国右相在殿外观景？只有屈原深谙个中之意，当下抿嘴，与楚王互视，眼中皆有笑意。

跪于殿外的护卫长惊惶无措，求助地看向木易。木易偷偷地细心打量了大君的神色片刻，朗声宣道：“请秦相大人稍候片刻，欣赏楚地秋日美景则个，以表大君盛情。”

护卫长略舒一口气，好歹得个说法，匆忙去了。

其后，楚王便如往常般打理朝政，过问民生，似是早已忘记了殿外还有秦国来使这一节。

眼见一个时辰就这样过去了，启奏问政已毕，子尚终于鼓足勇气出列躬身提醒道：“大君，秦使在外等候已久，只怕这楚地风光，早已是尽收眼底了。”

随即景颇也附和道：“正是，秋露见凉，若让秦使久候不得，似有不妥。”

对面的昭和却不屑道：“有何不妥？那张仪向来巧言善辩、行为诡谲，为觐见我大楚之君多等些时候，原是他的荣幸！”

景颇冷笑道：“莫非昭和大人是担心那张仪与您计较当年因和氏璧而获罪被逐之事？那和氏璧既已重归大楚，往日究竟如何，大君亦不再追究。倒是大人切不可因一己之私误了我楚国与秦国的邦交大节。”

一番话似是开解之言，却是处处暗指当年和氏璧遗失系昭和之失，却以张仪替罪，只气得昭和面容扭曲，却又不得发作："你！"

"好了！"楚王终于开口，昭和与景颇顿时收声。楚王瞟了眼殿外的日光斜影，对木易吩咐道："宣。"

木易微一躬身，朗声宣道："宣——秦国来使张仪觐见！"

宫门外一重重声音将楚王旨意传递下去。很快，殿外台阶上响起脚步声。众人引颈望去，急切地想看看传说中这位窃璧贼出身的新晋秦相到底是怎番模样。

只见最先出现的是头顶的一簇冠髻，随后，便是一张略显疲惫却冷静从容的面孔，从台阶后面一步步行来。

张仪行至朝堂正中，丝毫不显久候一个时辰的气愤与恼怒，身姿亦不流露一丝虚弱，只是双目炯炯地看向高座之上的楚王。

良久，张仪郑重行双膝跪拜大礼，朗声道：

"秦使张仪拜见大君！"

这一声拜见，饱含了多少复杂心绪，只有张仪自己明白。昔日的艰难多舛都已化作如今深衣之上的绣锦织纹与高冠之上的明珠垂苏，一步一步随着它们的主人向着更高更远处去。

而这一声"拜见"，又牵动了朝堂之中多少人的积年心事，也许只有在他们身上蜿蜒流过的时光才能听到。

楚王打量张仪片刻，缓缓道："早已听闻秦王新相不同凡响，今日一见，果然气度轩昂，雍容大雅。"

这一句说得坦然，毫无为难造作之意，没有防备会受到嘲讽的张仪一怔，随即微微躬身笑道："谢大君谬赞，仪惭愧！"

楚王又问："楚地偏远，不知秦王此次遣先生前来，所为何事？"

未及寒暄，一语中的。张仪心中暗惊当今楚王之性情率直，当下凛然正色道："仪确是身负君命而来。"

楚王面带了然之色，淡然道："讲。"

张仪敛衣躬身一礼，肃容道："仪受我朝大王所托，前来觐见楚王，只为借那和氏璧玉行祭炎帝之礼。"

一言既出，四座皆惊，连一直态度缓和的楚王也不由面色沉了下去。那昭和听得"和氏璧玉"四字，气得脸色青白，率先发难道："张丞相真是说笑了。秦国祭祀，为何借我楚国重宝？况且多年前和氏璧曾遭窃失，我朝举国大动，此事想必丞相比之旁人应是更有了解……"

这话说得极是露骨，众臣听了，无不为张仪感到尴尬。

岂料张仪毫不在意，躬身向昭和施了一礼，恭敬道："哦，是昭和大人，大人别来无恙？"说罢，也不管昭和脸色难看，继续道："我朝大君正因得知和氏璧玉失而复得之事，而大感此宝如有灵性，实乃天下至宝。而炎帝正是天下人之始祖，以此玉祭炎帝，实在合适不过。"

楚王静色道："若不谷不借呢？"

张仪极有自信地微笑道："大君岂会因此区区之事，而失敬失信于天下？"

一句话绵里藏针，刺得楚王面色微变。

"敢问丞相，贵国大君何能，竟擅祭炎帝？"一句诘问自堂中响起，声音虽温润如玉，语中却带着不容置疑的凛然之意。正是屈原。

张仪闻言，循声侧头望去，只见一名着一袭牙白色深衣贵服的青年立于众臣前侧，面目清秀，眉目疏朗，似有相识之感，却怎样也记不分明。

他双眉微蹙，口中仍是平静地问道："有何不妥？"

这名白衣青年微微一笑道："大人适才说'炎帝乃天下人之始祖'，如此，便应由天下人之天子来祭祀才是妥当。普天之下，唯周天子方有此资格。因此，在下不解，贵国大君如此大行借玉祭祀之事，莫非这天下已非周天子之天下，而归了秦国大君矣？”

一席话毕，楚国众臣皆颔首称是，楚王也自唇边漾出淡淡笑意。

张仪却是目光如炬，落在屈原身上。他并未着急作答，只静静打量起屈原的服色装扮，又仔细瞧了瞧屈原身侧的屈伯庸。良久，忽地神情大动，肃然插手施礼道：“张仪，拜见大司马！”

随即，他侧头望向屈原，目光中似有千言，终究微一躬身：“世子，又见面了。”

见张仪如此，屈原心中亦是大震，往事翻涌，只是当时已惘然。如今重逢，天真小童已长身鹤立，年轻的说客亦是年逾而立，各自身后背负的已是两个国家、两位君王的荣辱使命。再三相顾，终是无言，彼此心意所向已是了然。

良久，张仪转身向楚王恭谨道：“仪将于三日后启程返秦。借玉之事，还请大君三思后，予一个答复。”

说罢，他展身一拜，转首离去，再也未向这楚国的朝堂之上多看一眼。

江篱小苑之中，深秋季节，连曾经盛极一时的各色花树，如今也快凋敝飘零成光秃秃的枝丫。

楚王望着眼前的景色，心事重重地轻挲手中茶盏。身旁的屈原亦是目光游离，如坠迷雾。

良久，楚王回神，看向屈原：“借玉之事，先生以为如何？”

屈原揽回神游于虚空中的思绪，目光清明地望着楚王，平静地说：“当借。”

一语惊人，连楚王身后的木易亦失声问道：“当借？”随即自知失言，慌忙跪下请罪。

楚王随意挥挥手，只是深深地看向屈原，问道：“为何？”

屈原思忖片刻，开口道："因那借璧是假，试探为难是真。"

楚王挑眉："何以见得？"

屈原道："借璧祭炎帝，此事端的是蹊跷。和氏璧虽为天下至宝，但也不过一个物件，若当真只为借璧，何须秦相亲自前来？张仪乃鬼谷子之徒，谋略绝不输那齐之苏秦。看他今日在朝中表现，对于借璧被拒并不十分在意，也并未着意陈情说服大君，想来是早已笃定会在此碰壁，便是要等着借机发难，不落人口实。"

楚王略略点头："自商鞅变法以来，秦国的军力已日益强盛，四处征伐，早得暴秦之名。狼子野心，不得不防。"

屈原继续说道："正是。秦楚两国虽为姻亲，然其本质依旧关乎双方国力之此消彼长。暴秦既已有为难之意，何时择机而发便只是时日早晚而已。灵均以为，此次借璧亦只是暂缓之策，如何应对强秦觊觎之心，方才是我大楚之所重。"

楚王深以为然，频频颔首道："极是！先生所言正是，此次秦使来访乃不谷最为忧虑之事。那嬴驷既遣使前来，想必已是成竹在胸，断然不借便要落了他的圈套。只是……"

见楚王踌躇，屈原接口道："只是他借璧不还，又该如何？"

闻得屈原如此明了自己的心意，楚王不禁莞尔："正是。若果真如此，先生以为该如何？"

屈原想了想，答道："秦若完璧归楚，于我大楚非但无害，反得了大义借璧之名；若秦私扣不还，则他将失信于天下。当今诸侯并立的情势之下，对嬴驷而言，'信义'二字恐怕远重于和氏璧。否则，他岂不是聪明反被聪明误，本想促我们落人以柄，却反将自己的把柄露了出来，落了下风。如此不讨好之事，想来那嬴驷与张仪不会贸然行之。"

一席话毕，楚王深深看向他，缓缓道："先生洞察清明、鞭辟入里，对我大楚之社稷安泰、邦交和谐更是分丝析缕，煞费苦心。不谷甚慰！”

屈原心中一惊，恐有多言之虞，当即正色道：“大君谬赞！灵均哪有此等眼力，皆是在家听父亲所言，略略得了些皮毛在这里学舌罢了，真正有功之人，乃是家父！”

言罢，屈原忙端了茶盏润喉，再不去看大君的眼睛。

楚王眼中带着深沉的笑意，正欲开口再讲，却见一位医官行至面前。医官身后的宫女手捧托盘，盘中放着一碗浓浓的药汁，散发着苦涩的气味。

医官上前，躬身一拜，恭敬说道：“大君，用药的时辰到了。”

楚王面上略显不耐：“不过是着了些风寒，何至于日日用药！”

医官似是早已习惯楚王的不悦，只恭敬劝道：“此次大君的风寒，太后亲自过问，着意吩咐臣等不可大意。大君体健安康，关系大楚兴衰，还望大君以君体为重！”

楚王听到“太后”二字，面上虽有不豫，却也不再说什么，端起药汁蹙眉喝了下去。

在一旁饮茶的屈原看到医官，似突然想起了什么，问道：“请问大人，可有医治痨症的药方？”

医官一惊：“痨症？世子家中有人得此病症？”

屈原连连摆手：“并非家中人，一位友人罢了。”

医官的面色舒缓下来，沉吟道：“药方小人这里确有几份，稍后便差人送至世子府上。只是这痨症乃不治之症，寻常之药只可舒缓，难以根除；若要根除，须以三年不败之极品君子兰作为药引。这种君子兰极为稀有，有价无市啊！”

“三年不败的君子兰？”屈原低头思忖一番，随后神色明亮欢喜起来。他谢过医官，趁机转身向楚王告辞，“大君风寒未愈，又为国事操劳，灵均不打扰大君休息，这就告退了。”

楚王深深看了屈原一眼，便颔首让他去了。

及至屈原行得远了，木易上前轻声道：“大君数次有意招揽，屈原均推托不就，未免不识抬举。”

楚王淡笑道：“不急。”

第九章·权县

长太息以掩涕兮，
哀民生之多艰。
——《离骚》

暮色四合，深秋的残阳还余几缕未灭，稀稀疏疏地落在昭府的庭前小径上。府中的下人三三两两聚在回廊的角落里悄声议论着。

“听说老爷今日回来发了好大的脾气！”

“可不是，我路过时听到房里面有盘碟摔碎的动静，想必是气急给掼在地上的。”

“可怜了福哥，进去回个话，正赶上老爷发怒，给打发出来挨了一顿板子。”

“到底何事把老爷气成这样？”

“不晓得……”

屋内，两侧烛火高明，昭和席坐于房中的小几前，脸上犹有余怒。婵媛伴于一旁，面带忧色。座旁点着一把清淡檀香，烟气缭绕，若有似无，似要袅袅地将屋内的污浊怒气浣洗一空。

“那张仪好灵通的消息，我们前脚才将和氏璧献于大君，他后脚便找上门来借璧。天下岂有这么巧合的事情？”婵媛一面手中慢慢剥着一颗菱角，一面疑惑地说，“更不消说当年他正是因窃玉才被逐出昭府。”

“如今看来，当年窃玉之事恐怕是冤枉他了。”昭和的嘴角无奈地抿了抿。

婵媛闻言脸色略变：“大人可是担心他此番意图报复？”

昭和缓缓摇头：“我担心的远不止如此……不论他此次借璧意欲何为，已是搅得朝堂不宁。今日下朝时，大君脸色很是难看。我们这番献璧贺寿的心意，算是全盘付了流水。况且……”

见昭和欲言又止，婵媛问道：“况且什么？”

昭和叹了口气：“况且那王叔子尚恐怕已被景颇拉拢结成了。”

“什么？！”婵媛惊得手上一松，一颗菱角滚落在地上，乳白色的果肉顿时蒙了一层灰色尘土。

“当真？”婵媛双眉紧蹙，又吐出两个字，忧色更重了一层。

昭和点点头道：“是。起初我也瞧不分明，但几番观察下来，王叔屡为景颇背书，这与他往日的行为大相径庭，个中含义，朝中上下皆已心领神会。”

婵媛双手紧握一下，恨恨低叹道：“还是晚了一步！”

昭和摆摆手：“那子尚贪财好色，景颇行事与他如出一辙，我与他们本也不是一路人，罢了。只是，今日那屈原在朝堂之上舌战张仪，端的是一副好口才。”

婵媛细细想了想，沉吟道：“屈原年纪轻轻便屡露锋芒，也不知是福是祸。”

昭和摇摇头：“屈伯庸行事向来稳重老辣，又身居高位多年，觊觎者众，这点道理他怎会不懂。今日，我看他面上颇有忧色，想来也是以为此事棘手。”

朝中事放下不言，昭和随口问道：“府中可好？霞儿如何？今日怎么没见她来问安？”

婵媛道：“府中都好，入秋后，都在预备过冬的衣裳被褥，今日我刚刚带人去选了一批新的料子回来。霞儿……霞儿也好，怕是刚刚见你发脾气，她没敢过来。”

虽然婵媛极力掩饰，昭和仍是发觉了她语气中的异样。

他看向婵媛：“为何语焉不详？”

婵媛想了想，低声说：“府上传，霞儿近日与一门客来往甚多……”

昭和闻言果然脸色一沉：“谁？”

婵媛犹豫再三，轻轻吐出两字：“仓云。”

她见昭和面上郁色渐浓，忙道：“我已暗中留意，只是寻常交谈，并未有什么逾矩之事。”

“哼！”昭和猛然拍在面前的小几之上，“寻常交谈？待字闺中的女儿家便不应有什么寻常交谈！仓云即日逐出府去！”

婵媛连声劝道：“动辄逐出府去，岂不是更让外人看了笑话，原也并非什么大事，好生劝了便是，何必闹得人尽皆知，于霞儿今后的名声也是有损。”

昭和渐渐平静下来，想了想，说道：“便先按你说的去吧。只是传我的话下去，今后谁再敢如此背后嚼舌，我便拔了他的舌头，拖出去杖毙！”

夜深了，昭府中还有一间房亮着灯。床榻之侧，倚着一位少女。她面上略施粉黛，一身鹅黄的挑丝云纹深衣，配着极浅淡的茜色襦裙；那一低首时脑后的少女单螺髻，由细密柔发叠叠盘起，只余一两缕青丝垂至脖颈处，似是遗漏之态，亦是点缀之美，衬得肤若凝脂，齿如瓠犀。

少女此刻正静静地看着手中的一枚碧玉簪，目光温柔中带着些许娇羞与喜悦，头低低垂下，浓密纤长的睫毛微微颤动，眼波流转，间或露出一抹清亮。

正是昭和之女——昭府千金碧霞。

婵媛在虚掩的门边驻足，默默地望着倚在床边低眉含笑的少女，心中五味杂陈。她嫁与昭和多年，只出一女，如今正是二八年华，出落得标致动人。昭和与她自是疼爱有加，只盼日后择一良婿，也好了却她多年来的心中惦念。

房中传来婢女采薇揶揄的笑声：“小姐怎地都看痴了，仓云公子送的什么好物件，让奴婢也瞧瞧。”说着，便是一阵嬉闹。接着又听采薇道：“原以为是何宝贝，不过一支玉簪罢了，看把小姐稀罕的，瞧这上面刻的鸟儿，怎么两个脑袋，难看至极！仓云公子也太不会送东西了！”

采薇是与碧霞自小一起长大的贴身丫头，平日在闺中说话自然也随便些。

只听得碧霞柔声道：“你懂什么，这鸟名为比翼鸟，仅一目一翼，须雌雄并翼方可飞行。”

采薇不屑道：“管他什么鸟，既是送与小姐您的，总该精致贵重些吧，这一支光秃秃的，如何跟咱们府里那些明珠簪环相比？”

“再怎样镶金嵌玉，也是抵不过这一份心意最是珍贵的……”碧霞的声音轻轻响起，然而却直直地刺进婵媛的心中，这便是她最怕听到的了。

“何物如此珍贵？”仿佛十分温和的声音，却如一瓢沸水泼来，将碧霞与采薇直烫得跳将起来。

“娘？”碧霞吓得手一松，玉簪滚落在床榻之上。

婵媛若无其事地将玉簪拿起，放在面前仔细端详了一番，心下已有计较。她见女儿低头抿着嘴不作声，便在床边坐下，抚着她衣上的挑金丝云水波纹和声问道：“是仓云那孩子送的？”

碧霞身子一抖，满面惊异地抬起头：“娘，您怎么……”

婵媛叹了口气：“这府中有何事能瞒过我的眼睛？”

碧霞没有出声，面上微红，又缓缓垂下头去。

婵媛看着女儿凤眼半藏、朱唇一点的娇俏侧脸，内心重重沉了一沉。她何尝不想将这世上最甜蜜轻松的幸福赋予自己的孩子，然而，这世上却并没有那样一种幸福啊，女儿！

碧霞自是听不到母亲心中的喟叹，她兀自低头拨弄着衣角，心中仍忍不住回味甜蜜。忽听母亲开口道：“仓云这孩子虽资浅齿轻，但为人端厚，亦颇有些诗赋才华。”

听到母亲的夸赞之辞，碧霞心中欢喜，不由接口道：“正是，仓云哥哥心地善良，满腹诗才，比之外面那些轻浮纨绔的公子哥儿强了百倍！”

婵媛的目光轻拂过碧霞发亮的眼睛，几若未闻地叹了口气：“如此，今后你便不要再与他见面了。”

“什么？！”碧霞面色登时一变，不可置信地看着自己的母亲，“这是为何？”

“为何？只为昭府的千金小姐不能许配给一名寒酸的门客。”婵媛平静地注视着女儿的眼睛。

“女儿不以出身贵贱论高低，只看重品性才华！”向来温顺静默的碧霞此时眼中已是少有的坚持与倔强。

婵媛并不恼，亦不急，她复又端起那枚玉簪端详，片刻才悠悠道：

“是了，我昭家的女儿自是心高品洁，不诱于誉，不恐于诽。只是那仓云也能够如你这般自在清高吗？”

见碧霞面带困惑，她缓缓道：“此事既能传入我的耳中，早晚亦会传到你父亲那里……”

甫一听到“父亲”二字，碧霞单薄的肩膀便轻颤了一下，这一细微之处并未逃过她母亲的眼睛。婵媛又淡淡道：“若知晓你们如此私相授受，以你父亲的秉性，恐怕轻则将他驱逐出府，重则……”

婵媛没有继续说下去，她已在碧霞眼中看到了足够的惊惧与惶恐。

“父亲……他怎能……”碧霞终究没有说下去，她又何尝不了解身为朝廷大员的父亲是何脾性。

婵媛握住女儿的手，温言道：“仓云出身寒微，能入我昭府为卿，应是历经十数载寒窗苦读，身上又背负了家中殷切期盼。你只与他整日吟风赋月，又可知他家中父母年事已高，弟妹却皆是未及黄口？”

见碧霞怔怔未语，婵媛又道：“适才你说他生性善良，诗才品性兼具，正因如此，若一朝被我昭府驱逐获罪，于你也许只是失去一个良人，于他或他的家人，却将是灭顶之灾。这郢都之大，将再无他立身之地。”

一席话如一柄利剑直直刺入碧霞的心窝中，她只觉那剑刃一分一分深入，直将她的心剖成了不堪的碎片。

婵媛见女儿如此凄楚神色，心中亦是疼痛，只是于官场人场之中积年行来，她早已学得了那烈火烹油的火候。

至此，她将手中玉簪紧握，静静退去了。

同是自朝中归来的大司马屈伯庸，此时亦是在府中焦灼异常。夫人柏惠伴在身侧，长子屈由也立于一旁。

“大君注意到原儿了？”柏惠半喜半忧地问道。

“何止是注意到，大君亲自吩咐原今日入朝侍驾，下朝后又将原直接请入宫中。这是何等的看重啊！”屈由带着由衷的骄傲与欣喜。

柏惠听后，却并无什么高兴的样子，她侧头看了看屈伯庸沉郁的神情，良久，叹了一口气。

屈由不解：“爹，娘，弟弟得大君欣赏，是喜事，你们却为何如此担忧？”

见屈伯庸犹在出神，柏惠叹道：“原儿自小散漫惯了，性子不拘冲动，如此行事却伴君王近身左右，如何叫人不担忧？”

屈由笑笑道：“爹娘不必太过担心，我自会好好看顾于他，必不叫他做出什么乖张突兀之事来。时日久了，相信原弟自会有所长进。”

话音刚落，门外便传来了屈原的声音：“哥哥便是有这个心，做弟弟的也怕是要辜负喽！”

说着，便见屈原信步走了进来。他身上的繁复贵服早已换成一袭霜色错花纹底的窄袖锦衣，腰间一条石青革带，两端系无纹白玉带钩，更显长身鹤立，孑然清傲。

“灵均，来得正好，大君处如何？”屈由眼睛一亮。

屈伯庸夫妇亦是急切与探究地望向幼子，只是一时克制着没有问出声来。

屈原眉毛一掀，便已将哥哥的期待与父母的焦色尽收眼底。他垂下眼睛微微笑了笑，换上惯常的散漫神色：“能如何？仍是那张仪借璧之事罢了。”

“那你是如何回答大君的？”屈伯庸终究还是焦急地问了出来。

“我？”屈原略微一顿，继续微笑道，“我能说出什么机妙，左不过平日在父亲身边惯听的一些泛泛之言，随口诌的，已记不清了，应付过去而已。”

“大君于你难道没有招揽之意？”屈由有些失落。

“纵是有，我也必是难以胜任，所以早早借更衣而去矣！哪能给大君以开口的机会？”说罢，屈原还露出狡黠的微笑。

屈伯庸无声地松了口气，眉宇间的乌云不觉间散去了大半。

“你个竖子，与大君也敢开这种玩笑！”柏惠笑着嗔骂道。

屈由亦是摇头苦笑，拿这个玩世不恭的弟弟没有法子。

屈原向爹娘略施一礼：“父亲、母亲，朝中事已回了，灵均还有事要办。”说罢，转身便向门外走去，路过哥哥屈由时，快速向他使了一计眼色。屈由会意，微微点头，亦告辞而出。

及至门口，柏惠关心问道：“要去何处如此慌张？”

屈原脚下未停，人已走出门口，声音悠悠传来：“自是哪里于朝堂远些，便去哪里！”

兄弟二人走后，屈伯庸与夫人坐于房中良久无言。

第二日清晨，郢都郊外的乡道上，屈由与屈原正自策马疾行。屈由侧头看看屈原额头上已经渗出的细密汗珠，不由无奈暗叹，勒住马头，停在了路边。

屈原见状也忙勒马，问道：“为何停下？”

屈由将随身水囊递过去说：“赶路急，怕你身子吃不消，稍事休息片刻再行。”

屈原接过水囊，并不急喝，先下马自鞍后解开一个包裹，小心取出一盆碧绿清香的兰草，将囊中之水缓缓倒了一些在盆中，见盆中泥土将水悉数喝饱，这才放心地在自己口中也灌了一些。

屈由见状，有些疑惑地问道：“这盆兰草之名贵可说是当世罕见，多少贵胄公子以重金求之，都被你拒之门外。它与你相伴多年，已谓老友。如今真舍得将它入药，只为救那一个乡野莽夫？！”

屈原闻言，面色不改，只是将水囊装好递还给屈由，淡笑道：“再是名贵，亦不过是草木，怎可与人命相论？何况他的旧症复发与咱们总脱不了干系的。”

二人启程，屈由忍不住问道：“昨夜我们已去你上次所说的庙宇中探过，百戏班早已撤去。若只是送个药引，我代你送到便是，何必非亲自追去那权县？山路难行，你一介书生怎受得了这长途颠簸跋涉？”

屈原却只是专心赶路，并不答话，眼睛望着去路的方向，亮着微光。

宝髻松松挽就，粉黛淡淡妆成，嬴盈斜卧榻边，望向窗外渐落桂花。深院秋浓人疏，她静静地感受着腹中传来的胎动，目光清明而散淡。

一阵急促的脚步声打破了宁静，片刻，虞娘强忍喜悦的声音传来：“恭喜公主，张相求见！”

嬴盈收回逡巡在落花之上的目光，似是宽慰地搭在隆起的腹部上，懒懒起了身。她扶了扶鬓边的散发，看也未看虞娘，只淡淡道：“刚才那一阵车马嘈杂，这般兴师动众，王兄真是一点未变。”

待她收拾妥当，袅袅行至外殿，殿中已排开几行雕龙盘凤、点金描彩的髹漆大箱，箱子被一个个打开，各种金银珠宝、绫罗绸缎、琼瑶玉佩光辉熠熠地横陈在箱中。

嬴盈从箱子前依次走过，间或用手随意拨弄一下其中的物件，脸上却看不出什么喜色。

张仪躬身深深一礼：“见过公主，久闻公主容色倾城，质傲寒霜，今日一见，果然更胜传言。”

嬴盈漫不经心地问道：“你便是王兄新拜的张丞相？”

张仪依旧执礼道：“正是张仪。”随即又道，“君上甚是惦念公主，此次来使前，特嘱微臣务必替他好生看看公主，将君上的顾念之情如实转达。”

嬴盈掩口轻笑一声：“劳烦丞相国事繁忙之余，还要来管这档子闲事。”

张仪不动声色道：“公主之事岂是闲事？公主入楚多年，想来必是思乡情切。微臣此次前来，特带了您往日最喜爱的一应吃食玩意儿，皆由君上亲自挑选而成，只盼能解公主愁思一二。微臣这里还有君上亲笔书信一封，请公主……”

张仪自怀中掏出一封信，话还未说完，便被嬴盈打断：“请丞相代为转告，有劳王兄费心，只是嬴盈如今有孕在身，任何吃食与物件，须经过宫中医官查验方可使用。这几大箱的东西要查到何时？想来实在麻烦，还是劳丞相带回去吧。”

她掩口打了个哈欠，懒懒道：“今日丞相来得匆忙，我们也未曾预备下什么，有身子的人又是特别懒散无状，便不留丞相久坐了。山高水长，秦地风光无限好，待丞相返回之日，还请转告王兄，相见争如不见，乡情何似无情……”

最后一句说得缓慢而清晰，言罢，她的身影已经消失在通往内殿的层层帷幕鸾帐之中。

熙攘的集市外，一条小巷中，溜着墙根走来一个胡子花白的老人。他的身子在秋风中有些瑟缩，步履蹒跚，身后背着一个大大的竹篓，篓中是一尾尾新鲜的大鱼正甩尾翻腾，在阳光下泛出点点银光。

老人在巷口停住，四下里张望了一会儿，便慢慢地将背后的竹篓卸下，轻轻地放在地上。那篓中垫着一块又大又厚的油布，将鱼与水都盛在其中，以此来延长鱼的寿命。

老人在地上铺了一张略显破旧的麻布，然后又从竹篓中小心地挑出两条活蹦乱跳的大鱼，摆在布上，随即找了个有些阳光暖意的位置盘坐下来。他正要开口向过路的行人吆喝，忽见自集市方向走来一行人，顿时心下一颤，糟了！

只见为首一名大汉满脸横肉，面目凶恶异常，身后跟着的几个随从亦是飞扬跋扈、气焰嚣张，正是权县著名的地痞恶霸刘歪嘴和他的狗腿子们。

老人慌张张起身，急急将两条大鱼塞回篓中，又将身下的麻布随意一团，还未及收起，便听到那刘歪嘴远远喊了起来："卢茂老儿！休走！"

老人双手一颤，险些将鱼篓倾翻。他眼见已难逃此劫，只得紧紧抱住怀中鱼篓，颤巍巍地乞求道："大人……求大人高抬贵手……"

话还未说完，那刘歪嘴手中不知何时已多了一条黑黝黝的皮鞭。人未到，鞭已至，他一鞭子狠狠抽在了那鱼篓上。只见老人护在前面的双手登时皮开肉绽，鲜血直流。纵是如此，他却依旧强忍剧痛，不肯松手。

刘歪嘴身边一个眉眼可憎的帮手，扑将上来欲抢下老人手中的鱼篓，卢茂拼死抵抗，口中依旧哀哀求着："求大人开恩，这已是我一家老小最后的口粮！"刘歪嘴哪里管他这些，抬手又要一鞭抽过来。卢茂面色绝望地闭上双眼，只以全身护住鱼篓，拼死抵挡。

只是这一鞭子并未落下来。他瑟缩等待片刻，才颤颤地睁眼望去，却惊见一名眉目清秀的年少书生正牢牢地护在他的身前。只见这书生英眉微蹙，一双眸子似寒星乍现般明亮。

书生身后，一名丰神俊朗的挺拔青年用一截马鞭紧紧缠住刘歪嘴的黝黑长鞭，只轻轻发力，便立刻夺将过来，甩在地上，眉目间全是不屑。

正是屈家兄弟。

刘歪嘴见鞭子被夺，不免着眼打量一番，见来人服色普通、年轻面生，其中一人嘴角还挂着极为轻蔑的笑意，顿时心头怒起，率先一拳便向着屈由面上而去，口中狂叫：“兄弟们，上！”

屈由剑眉微挑，淡淡看着那拳头夹着风声袭来，及至面前，他才轻描淡写地踹出一脚。只见那身形魁梧的刘歪嘴便如破布口袋般倒飞出去，撞在身后的墙上，又软软落在了地上。

这一幕发生得极快，众狗腿皆是反应不及，刘歪嘴飞出后，他们已冲至屈由近身，却被他那一脚飞踹吓得一激灵，顿失了怒恶之气，愣是将人围在中间，却无人敢上前吆喝半句。

屈由戏谑地看着身周众人，面上笑意更盛。

刘歪嘴自墙根处挣扎起身，见状大怒，心下痛骂这一帮不中用的狗腿子欺软怕硬，丢尽了脸面，嘴上却号叫道：“拿下此人，重重有赏！”

有钱能使鬼推磨，一干地痞闻言立时大振。其中那名刚刚抢夺老人鱼篓的贼眉鼠眼之人，名为招远，他眼珠一转，高喊道：“兄弟们抄家伙一起上，他双拳难敌四手！”说着，抄起腰间别的一把锃亮的匕首便狰狞地扑了过去。

见状，包围圈外的屈原大惊，高叫一声：“哥哥当心！”

圈中的屈由却依旧是一脸淡笑，招远的匕首欺到近处时，他突然眼中精光一闪，拧身微侧，将将让过了直刺来的刀刃，一把反扣住了招远送到胸前的手臂。招远只觉得手臂如被一双铁钳死死箍住，疼痛欲折，登时呲牙咧嘴，手一松，匕首掉了下去。

屈由也不与他纠缠，手上只轻轻一送，招远便如没了分量一般飞出丈许。他身子刚刚落地，便听得风声簌簌而至，不由得心下大惧，只觉身下一凉，勉强望去，惊见那把明晃锃亮的匕首，此刻已直直插在自己双腿之间，将裤裆撕了一个口子，冷风呼呼地灌入裤裆之中，只再向前寸许，他招远便是要断子绝孙了。

这一扣一送只在瞬间，招远还未从惊吓中缓过神来，身边已又多了五六个鼻青脸肿、口吐鲜血的同伴。而上一刻还如身陷虎狼环伺中的屈由，此刻身周已空无一人。

见此情状，刘歪嘴不由得眯起了眼睛，目光狠狠地在屈由与屈原二人面上剜过，似是要将他们的模样刻在脑中。他扶墙挣扎着刚刚起身，却见屈由冷冷的目光向自己射了过来，当下双腿一颤，险些又坐了回去。

他朝不远处面色如土的招远恨恨地瞥了个眼色，招远会意，立时颤声大喊："撤！"

众狗腿如蒙大赦，登时一哄而散，再也不看这瘟神似的屈由一眼。

屈原将那名为卢茂的老人扶上自己的马，屈由将鱼篓背在身后，一瞬间传来的鱼腥之气，险些令这个适才以一敌十的将军透不过气来。

"老人家，您所住何地？我们送您回去。"屈原温和地问道。

卢茂自始至终惊得说不出一句话来，只哆哆嗦嗦地伸手指指江边的一条土路，兄弟二人便牵马顺路沿江而去。

屈原将马让与老人，自己深一脚浅一脚地行在江边泥泞的土路上，霜白的袍服下摆沾满了泥渍，鞋履中亦早已积满了冰凉的泥水，然而他此时顾不得自己的惨状，只是愣愣地看着沿途江边的破败景象。随处可见的老弱妇孺，在随时可能倒塌的土屋中居住。时值深秋，小小的孩童还光着脚在泥水中奔跑，面颊发黄，瘦小瑟缩的身子上只有破旧的单衣，见到屈家兄弟，便好奇地上来打量。

初始，屈原与屈由二人还曾低声交谈，行至后来，二人已是陷入了长久的沉默之中。

又行一段，一座简陋破落的小院映入眼帘。卢茂笨拙地翻身下马，带着屈原和屈由走进去。院中有一个石墩，旁边挑一根竹竿，上面晒着长长的渔网，网上已经出现了好几个明显的破洞。院落之中是一间茅屋，一眼见底，除了简陋的桌几灶台之外，几乎只剩下四周的土墙了。

兄弟二人默默地站在院中，一股令人窒息的鱼腥气扑面而来。他们屏住呼吸，对视了一眼，皆从对方眼中看到了无言的震惊与心痛。

老人放下鱼篓，叫一声“我回来了”，一阵热切的脚步声从里屋响了起来。门帘一掀，先是一个小男孩蹦跳着蹿了出来，紧接着一道倩影闪过，一声清脆的女声婉转而至——“爹”，却是一位女子盈盈而出，一身寻常的藕色麻布深衣，虽衣料简陋，却合身干净，腰身系一束姜黄的布带，素净异常，只觉腰若扶柳，身姿绰约。

屈原一见，如遭雷击，呆立当场。身旁的屈由也不禁双眼直瞪，不敢置信。

莫愁？

莫愁掀帘而出，却见屈家兄弟站在自家院中，不由大惊。再看自己爹手上面上皆有伤痕，顿时失了情态，慌忙扑过来将老人一把扶过，声几欲哭地问道：“这是谁干的？！”随即，便怒气冲冲地看向屈原兄弟，眼神似刀刃射出一般尖锐。

屈由刚要申辩两句，那老人已急急按住莫愁的手臂，声音嘶哑着说：“不是他们。正是这二位公子救了爹，不然恐怕今日我真要……”卢茂一阵剧烈的咳嗽将剩下的话阻了回去，不过在场之人皆已明白他的意思。

莫愁将老人慢慢扶进屋中，屈原二人也默默地跟了进去。莫愁一面轻轻为父亲涂抹伤药，一面数落道：“那县中集市是好去的吗？何时没有那一帮恶霸长驻？那些人可是好相与的？怎地这样糊涂！”

屈原坐在旁侧，静静地望着莫愁怒气未消的侧脸，微笑着听她埋怨父亲。莫愁脸上脂粉未施，发束低髻，面含三分嗔怒，唇启两点轻怨，淡眉如秋水，玉肌伴轻风，只把个屈原看得似痴了一般。

身旁的屈由见屈原又是这样一副痴迷呆傻的模样，顿时心下悲号：怎地摊上这样一个弟弟，聪慧起来舌战朝堂，痴傻起来呆如泥塑。

他重重地咳嗽了几声，脚下也是暗中飞踹，才将屈原的魂儿勉强唤了回来。他提醒道："灵均，你此番前来不是还有东西带与莫愁姑娘吗？"

屈原拍一记脑门："差点忘了，多亏哥哥提醒！"说罢，赶忙出去自马上取了那盆君子兰进来，放在土台上，温言道："这株三年不败的兰草正是治疗蒙远痨症的重要药引，甚是难寻，我特地送来一盆，以表我兄弟二人的歉意。"

莫愁犹豫片刻，将信将疑道："当真能治痨症？"

屈由在一旁忍不住道："自然能治。原弟为了这盆兰草可是煞费苦心，一路连夜寻你们到那落脚的破庙，又追至这权县来。"

莫愁接过兰草，沉默片刻，终于轻轻一拜："莫愁便替蒙远大哥多谢二位公子记挂，也多谢二位今日救下我的父亲。"

这也许是相识以来，莫愁第一次真诚地道谢，虽然很简单，但是在屈原听来，却似天籁之声一般，轻轻钻进他的心中，滋润着他的五脏肺腑与四肢百骸。

不多时，青儿从庖房端出一盒鱼汤，又拿出几只陶盏与几双竹箸，轻笑道："午食了。"

屈原二人一路奔波，这才觉得饥肠辘辘，围坐下来。

"哇，今天竟吃鱼？"名叫卢乙的小男孩垂涎道。莫愁笑笑，将汤盛给各人。屈原心情大好，端起碗先喝一口，却忽然僵住，吐也不是，咽也不能。原来那鱼汤看似鲜美，其味却腥膻无比，屈原千忍万忍，终于吞了下去，却再没勇气喝第二口。

眼见得屈由也端起碗，屈原欲言又止，只好看着屈由脸上亦变化万千，最后生生吞进去。只听屈由直言道：“丫头，这鱼忘记放盐了。”

一时几人都沉默了，片刻，卢乙低声道：“哥哥，我们平常都不吃盐，爹说只有渔头能吃得起盐。”

屈原兄弟惊得失语，半晌才说：“竟连盐都没有？”

卢茂窘道：“叫公子见笑了。”

一餐艰难地吃完，几人都如释重负。卢乙速与屈原兄弟相熟起来，他本是热血少年，听得屈由在集市中以一敌十，顿时对屈由充满了向往与敬佩，只缠在他身边玩耍。屈由也一时兴起，用树杈给他做了个弹弓，并教他如何正中靶心。

屈原只是坐在院门口，陪着莫愁修补家中的渔网，他忍不住感慨道：“权县和郢都相距不过半日之程，竟是这般天壤之别。”

莫愁闻言，只淡淡道：“政令荒于野，郢都以外是另一个世界，公子不属于这里，还是早些回去吧。”

屈原微微蹙眉，他能感受到莫愁对他始终存在疏远与不屑。如今，他才知道这个姑娘的倔强与骄傲都源自何处。出身于这样一个恶霸当道、暗无天日的地方，纵是心中再有万千情怀，又怎能挨过这一地泥泞与满身腥臭。

屈原默默地注视着不远处的滔滔江水，良久不语。他心中往日洒脱写意的诗情与壮怀激烈的骈文在这奔涌的江水与饥饿的孩子面前仿佛是一座纸糊的丰碑，只让那卢乙手中的弹弓子轻轻一打，便只剩一地残败。

要如何去做？屈原深深地看向身旁修补渔网的女子，帮她将渔网修补好？赠她以华服重宝？为她赋辞填曲以歌？那如秋日清涧般的眼眸中将会映出怎样一个倨傲而又轻浮的鬼影？

两人便这样沉默相伴坐了良久。天边一轮血红残阳终究将落，在傍晚的最后一丝天光中，屈原与屈由起身将去。

面对年迈的老者、清婉的女子和稚嫩的孩童，屈原肃声道：“屈原必将重返权县，今日立言为据。”说罢，郑重躬身一拜。

“咣当”一声，莫愁手中执的钩网铁钎应声落在了地上。

第十章·请命

结微情以陈词兮。

——《九章·抽思》

这座江边破旧的渔家小院，一时间陷入了死一般的寂静，只有夕阳在众人身上漫不经心地镀上一层淡金色的光芒。残损的渔网在秋日晚风中轻轻摇曳，拖着那掉落在地上的铁钎一下一下地撞击着旁边的一个木桶，发出“咣、咣”的声音。

莫愁第一次睁大眼睛端详面前这个年轻的男子，眸如星子，目光清朗，剑眉斜飞，发束高冠。她一直知道，他是显贵而富足的；她亦渐渐发觉，他是单纯而善良的。

然而，屈原？

怎会是这个被她于寒夜、于伤秋、于泥泞与悲苦中呢喃过千万遍的名字？怎会是这个在她脑中、心中、在所有无以为继的凄苦之中勾勒过千万遍的人儿？于她，那应是一张悲悯而洞察的面容、宽和了然的唇角、高洁清冷的目光，长身鹤立于尘世之上，承接住她所有的期盼与向往。

怎会，怎会是他？怎会是这个不够、不好、不像的他？

屈原神情温柔地望着眼前的女子眼中渐次出现的惊异、怀疑、绝望与混乱，不由得心中疼痛。他深知“屈原”二字在莫愁心中的位置，是漫漫暗夜中的萤虫之火、凄风苦雨中的片瓦尺椽，屈原已非他，已非一人，而是书满自由与信仰的诗赋，是一片再无不公与恶怒的天地。

为她曾于星夜寒月之下孤独而微弱的期盼，为她曾于灼灼日光之下千百遍起舞吟唱的向往，为那千万万赋予他荣耀与盛名的底层大众，他亦该从那华丽诗篇中走出来了。

屈原的眼神愈是坚定，莫愁的眼神愈是脆弱。目光相交的片刻，莫愁惊怒地摇头：“不，不，你怎可能是屈原！”

她千般怒气似是质问，更似是在极力说服着自己：“原想着先前错怪你们了，二位并不似纨绔轻浮之人。怎知竟还是仗着身份，如此戏弄轻贱，未免欺人太甚！二位请回吧！莫愁再是身轻人微，也必不做那附膻之蚁！”

话说得甚是难听，屈由不禁心生怒意：“我们如此躬身礼下，怎地这般不识好歹！……”他欲发作，却感到手臂被身边的屈原轻轻握住，出于兄弟间的经年默契，他纵然已是满面怒色，终究还是全数按下不表。

只听莫愁的父亲颤声问道：“敢问屈伯庸大人……”

屈原温言道：“正是家父。”

老人不由面色一沉，眼中似有精光一闪而逝，但很快又恢复平日的浑浊噩噩。无人注意到他的异样，只道他已被这突如其来的变故震慑至此。

屈原深深地看向莫愁，平静地说：“在下愧担‘屈原’二字，但绝无戏弄之意，个中情由屈原日后自会重返权县与姑娘一个交代，多说无益，只此郑重一诺。”

说罢，他整衣敛袂，肃容一拜，拉了屈由一同牵马而去。

残阳已没在江水的尽头，沉沉暮色压了过来，莫愁坐于院中良久，手中仍细细地勾着渔网，背影却显心事重重。

卢茂自屋中走出，扶着门框凝视女儿的单薄身影，目光复杂而矛盾，似是忧愁，似是森冷，终随着天幕一起全数暗了下去。

他慢慢走到莫愁身边坐下，淡淡道："起风了，去睡吧，明日再补。"

莫愁轻轻一颤，似是被从心事中惊醒，她转头看到父亲，便强自微笑道："夜里寒气重，您怎么……"只说到一半，似是用尽了气力一般，话音也低了下去，结尾只能听到细细的一声叹气。

卢茂拍了拍莫愁瘦弱的肩膀，没有讲话，只是陪她又坐了许久。

终于，他缓缓出声："倘若那位真为屈原，又当如何？"

莫愁身子轻轻一震，眼中刹那清明又复迷蒙，只怔怔地望向深黑沉默的江面，良久，良久，轻轻道："屈原，必不会如此……"

见她如此情状，卢茂便已了然，眼中郁色愈浓，几欲开口，却又似失了勇气，终究全付于一口长长的喟叹。

江边飞驰的两匹骏马正驮着屈原兄弟。只见屈原腰身几乎贴近马背，双眼专注于前方，更为注目的是，一头长发已悉数披散下来，在疾驰之中飞扬于身后，昭告着他此刻狂乱翻涌的内心，直要破壁而出，直冲九霄。

屈由沉默地在侧跟随，只由着他疯癫般地疾驰。多年厮杀疆场的敏锐直觉告诉屈由，自己这位信天游地的兄弟，此刻正经历着身心俱创的蜕变。无人能够予他一个捷径、一扇宽门，只得他一人，于这暗夜之中狂奔怒放而解。

夜已深，就在屈家兄弟一路疾奔向郢都之时，一台不起眼的灰顶小轿，稳稳地落在了王叔子尚的府邸院墙之外。片刻后，一名轿夫打扮的人敲开王府的偏门，将一个通体髹漆无纹的小小锦盒递了进去。

王府中灯火通明，偏厅内，王叔子尚正在闭目欣赏婢女萍儿的婉转歌喉，却闻得一阵急促的脚步声。他不悦地睁开双目，看到老管家正端着一个小小的锦盒匆匆走进来。

“何事！”子尚沉声道。

“老爷，府外有人求见。”老管家恭敬道。

“这么晚了，不见！”子尚一拂袍袖，正欲再次闭目，老管家忽地俯下腰，以身挡住一众下人的目光，将手中锦盒托出，微微开启盒盖，看向子尚，低声道：“老爷，是稀客……”

子尚的目光漫不经心地自盒中瞟过，只见盒中端正躺着一枚方印，上面以繁复篆文刻着一字：相。

子尚的瞳孔猛然一缩，面色大变，他定定地看向老管家：“可有看仔细？”

老管家将锦盒轻轻盖好，点点头：“错不了。”

子尚立刻将萍儿与众下人挥退，独留老管家在侧，随即慢慢沉吟起来。老管家在旁静静守着，只见子尚双目似睁还闭，仿佛已懒怠困顿了一般。

片刻后，子尚开口：“此物可还有人见到？”

“只有偏门的小厮。”

子尚沉吟道：“怠慢贵客，明日……便打发了去吧。”

老管家眼中精光一闪，随即深深看向子尚，垂首恭敬道：“老奴明白。”

子尚已兀自慢慢阖了双目，淡淡吩咐了一句：“见。”

少顷，一阵脚步声由远及近，两名身披墨色兜头大氅的男子在老管家的带引之下走进了偏厅。老管家躬身一引，缓缓退了下去，并将偏厅的门仔细合上，便独自立于门外，闭目养神起来。

合门后，子尚缓缓睁开双眼。眼前的两名男子也将大氅兜帽掀了起来，为首一名目光如炬、面含笑意的男子，正是秦相张仪！

次日清晨，江水之畔显出一个清丽的身影，远看去，腰肢婀娜似弱柳，翩若轻云才出岫，正是练舞的莫愁。

而江边小院中，卢茂望着女儿的惊鸿舞姿，眉心深深地陷了下去。

清晨起舞的莫愁，似是一朵清婉的花经过一夜的疾雨吹打后，绽放出惊人的美。她手中一把长剑，或轻盈如燕，令她点立而起，或骤如闪电，似要劈得落英纷崩。长袖猝动之间，青丝飞扬，带起衣袂翩跹。剑柄上一朵红绸，时而飘忽，时而凝默，诉说着她心底的惊动。

良久，她足尖轻点，凌空而起，一个拧身，长发飞扬如瀑，薄裙绽放似云，长剑在空中闪出亮眼光华，继而收势，轻轻落地，无声无息，一切重归平静。

目光凝注的她，仿佛一湖安谧的止水，平静得再也惊不起任何波澜。江风习习拂过，只余清姿濯濯，安然静好。

忽地，身后传来一个清脆的声音：“莫愁姐姐，你的舞又进步了……”

莫愁转身，看到青儿正托腮坐于小院门口，眼神迷醉而欣羡。她不由得嘴角含笑，走到青儿身边睨了她一眼道：“又不是第一次见，做什么这副痴缠的样子。”

青儿依旧眼神有些迷惑，道：“虽不是第一次见姐姐作此舞，却只觉今日之舞多了些什么，看过之后心中竟有些酸酸涩涩的感觉。”

莫愁听后一愣，旋即淡淡笑了笑，并未答话，只静静坐了下来。青儿为她将那一头柔柔垂下的黑发细细篦好，挽成了一个简洁素净的单螺。

清晨的阳光大方地洒下来，细碎的发丝垂落在莫愁的鬓边，鼻尖处还有习舞后留下的细细汗珠，在光照下盈盈有光，衬得她眼藏琥珀，唇点樱桃，轻颦双黛螺。

“姐姐，你真好看！”青儿痴痴地望着莫愁，轻叹道。

也是清晨，兰台宫中，楚王正自把玩着手中一块滴水玲珑透华光的洁白璧玉，怔怔出神。忽见木易推门而入，匆匆上前俯首道：“启禀大君，屈原求见。”

楚王眉峰一挑，眼中闪出些玩味的神色，淡淡道：“宣。”

片刻后，一个熟悉的月白色身影阔步而入。只见屈原头束无纹嵌玉冠，身着宽袖曲裾袍服，点绣云纹深衣盘曲绕襟而下，一条水色宽带系于腰间。见他打扮得如此规矩，楚王不禁带了一丝笑意道：“先生上回逃得那样急，今日怎地来自投罗网？”

屈原面上微窘，施礼道：“大君说笑了。”

楚王继续笑道：“先生来得这样早，可是有什么事？”

屈原点点头，深吸一口气，一字一顿缓缓道：“灵均自请任权县县尹。”

闻言，楚王适才还是调侃戏谑的面色猛然一惊，身后的木易亦是瞪大了双眼，一副难以置信的模样。

屈原又道：“灵均日前曾亲往权县，所到之处，无不是赤贫如洗，家徒四壁，百姓亦是贫病交加，不堪重压。长此以往，家不为家，国将不国！”

言罢，房中一片寂静，楚王面色阴沉，低头不语。木易在后神色惴惴不安，急急向屈原摇头，示意他不要再说下去。

少顷，楚王沉声道：“屈原，你可知，你今日所说权县之情，与不谷长久以来在朝堂之上所听所闻权县之情全然不同吗？”

屈原一惊，正不知该如何回应，又听楚王低喝一声：“到底是谁在欺瞒不谷？”

屈原“扑通”一声双膝跪下，叩首于地：“灵均如有一句欺君之言，愿受任何责罚！”

楚王沉默地注视着跪于地上的屈原，屈原亦是一动不动，静候君音。

良久，楚王轻声说：“屈原，你可知，权县县尹因何空缺至今？”

屈原埋首回道：“魑魅魍魉，横行于世！三年之内，四任县尹或狼狈离职，或无功而殁！”

楚王沉沉道：“既是如此，你还要去？”

屈原抬起头，直直望向楚王道：“敢问大君，舍我，其谁？”

“你……”楚王气结，忆起当日朝堂之上，众人畏缩躲避之态，这权县县尹之位仿佛是块烫手的山芋，谁也不愿接下。

楚王想了想，不以为然道：“先生一介书生，有何把握将这一县之地治理妥当？理政可不是依靠口舌之才。”

屈原也不羞恼，只微微一笑，扫了一眼楚王手中的和氏璧，轻声问道：“大君可是在为秦国借璧一事烦恼？”

楚王略一怔，故意道：“借璧一事已有定论，当以信义为重，不落人口实，不谷何来的烦恼？”

屈原轻轻摇头道：“纵使决意借璧于秦，亦不过是缓兵之计。强秦瞩目之下，大君难道不曾为后续自保之策而忧？”

“哦？依先生所见，不谷何忧之有？”楚王问道。

屈原微笑道：“自是征兵之忧。”

楚王闻言大震，“征兵之忧”四字如重锤击于胸口，令他登时色变。

这正是日夜困扰他的喉中之鲠。自楚王即位以来，已是连年征战，若在此时大举征兵，一来打草惊蛇，反而令强秦警醒；二来也易激起民怨，若内忧不平，则外患更起。如此困局，如何令他不心焦。

屈原平静地说：“若大君以为举国征兵不妥，不若……借家军之名。”

楚王挑眉：“家军？”

屈原道：“正是。如以屈家军之名征兵，对外不易引起警惕，对内不易激起民愤，只道是一家之事。待战事一起，亦可随时收编为王军。”

楚王果然动容，抚掌道：“甚妙！先生果然心思玲珑！”

屈原微笑道：“大君谬赞，理政之事，可不只是依靠口舌之才。”

楚王一愣，随即放怀大笑：“好你个屈原！竟敢与不谷下埋伏！该当何罪！”

屈原再叩首道：“便请大君罚屈原任那权县县尹来将功折罪。”

楚王渐渐收了笑意道：“那权县霸匪横行，历任县尹皆是有命当，无命回，哪有你一个少傅来得自在轻松。只是区区一县，亦是我大楚王土，一县之民，亦是我大楚之民，这县尹之位，乃是百姓父母，身担重任。”言及此，楚王深深注视着屈原，丢下一句，“三日之后，不谷自会予你 个答复。”

屈原离去后不久，兰台宫高高的台阶之下又出现了另一个身影。赭色贵服，披金坠玉，峨冠博带，熟悉之人远远望去便知此乃王叔子尚是也。

子尚觐见之时，楚王正自阅览竹简，头也未抬地问道：“王叔今日怎地过来了？身体近来可好？”

子尚恭敬行礼道：“有劳大君惦念，老臣一向安好。今日觐见，是特为秦国借璧之事而来。”

楚王闻言，不由抬头问道：“王叔有何高见？”

子尚微微一笑，并不急于进言，只是拍拍手，却见两个宫人抬了一方蒙着黄布的木盒上来。楚王来了些兴趣，微微颔首示意，木易随即上前将那木盒恭敬端了上来，呈于楚王面前的案几之上。

子尚这才躬身一礼道："借璧一事，进退皆是两难。老臣私心想着，大君必定已为此烦扰多时，只盼此盒中之物能为大君疏解烦忧。"

楚王掀起黄布，打量了一下那个木盒，无漆无纹，只以木色本身示人，做工亦未见精致，端的是一个再普通不过的木头盒子。他好奇心愈盛，伸手缓缓将盒盖掀了起来。

一方璧玉赫然出现在盒中，楚王一见，不由面色一变。他看看手中的和氏璧，再看看盒中的无名璧玉，除了尺寸略有不同外，其余竟是一般无二！

楚王惊异地看向子尚，子尚微笑施礼道："恭喜大君，得此璧玉，借璧之事便可迎刃而解。"

见楚王依旧满面疑惑，他进一步解释道："老臣差人遍寻我大楚江山，终得此玉。虽细看之下，玉质与尺寸犹与和氏璧有所差距，但经过能工巧匠悉心加工雕琢，以求形似而神近。想那秦王从未见过和氏璧，安能分出真假？"

楚王闻言沉吟许久，又问："那秦相张仪曾在昭和府中任客卿，和氏璧当年失窃之事听闻便与他脱不了干系，若他果真见过此璧，岂非正中了他的下怀？"

子尚笑道："大君心细如发，明察秋毫，老臣佩服！不过若那张仪果真曾亲见和氏璧，则必是于那窃玉之时。如此有损体面与名声之事，他如何敢认？堂堂秦国丞相竟是窃玉蟊贼？若真如此，即便他看出破绽，怕也无人再信！这样一来，他便是赔了夫人又折兵，不但损了自身名誉，又无法向秦君复命，如此傻事，谅他也不会去做罢！"

楚王听着，渐渐露出了放心的神色，他颇为满意地看向子尚：“王叔费心了，即便是成色与尺寸略有不及，这仍是一块上等美玉，如此珍贵宝物，无论寻找与打磨必是极为费时费力的，王叔有心！”

随即，楚王略略侧头，木易会意上前，将真正的和氏璧玉小心放于那不起眼的木盒之中，又将那仿制的无名璧玉稳稳地放进昭和贺寿时所用的髹漆豚形大箱之中。

事毕，楚王与子尚相视一笑，各是畅快。

权县。江边一座破旧的小屋中，蒙远正绷着力气抛接着一个如斗大的铁球。莫愁提着一架食盒慢慢走进来，见此情景，吓得花容失色，急得跺脚叫道：“蒙大哥！”

听得莫愁的声音，蒙远一个卸力，铁球轰然砸在地面上，赫然是一个土坑。

“蒙大哥，你旧疾未愈，切不要如此急于练功，若伤及根本，可怎么好！”

看着莫愁焦急生气的俏脸，蒙远略带尴尬地说：“整日看着你们去卖命挣钱，为我医病买药，我实在……唉！”蒙远这个铁汉的脸上，也浮上了一层微红。

“蒙大哥，你是为了保护班子、保护我才引得旧疾复发，我们亲如家人，以后再不要说这样见外的话了！不然咱们大家一番心意，也是白费了！”说着，莫愁佯装怒意地瞪着蒙远，直瞪得他连连求饶，乖乖地将食盒中的药汤悉数喝得精光。

这时，莫愁听到门外青儿的叫声，便起身走了出去。

只见青儿刚刚自郢都表演归来，她神色间似是有什么欢喜之事，手里挥着一块帛书，欢脱地向莫愁奔来。

“何事这样急？也不小了，怎地还是这样没点样子！”莫愁摇摇头，还未待青儿开口，便先是一顿数落。

自蒙远负伤、旧疾发作后，莫愁便是这班子中年纪最大的，她时常拿出个长姐的模样，照顾着每一个成员。

青儿噘噘嘴，不以为然道：“自然是大喜事！枉我好心自郢都帮你带回来，还要挨骂，当真是不识好人心！”

莫愁好奇地接过帛书，缓缓展开，细细看去，当即面色一变，想要合上不去看，却又无法自拔地读了下去。

青儿在一旁得意地说：“如何？屈原的新诗！郢都内外已经传遍了，我可是花了两个贝币请集市上的信客将全文都抄录了下来！”

此时的莫愁已经听不到旁的声音了，她的全副精神都已经沉浸在这一片薄薄的帛书中。

突然，她眉头微蹙，神色微微有些古怪，口中不由得念了出来：“若有人兮山之阿，被薜荔兮带女萝。既含睇兮又宜笑，子慕予兮善窈窕……”

一句念罢，莫愁与青儿双双呆住，她们对视一眼，在彼此眼中皆看到了愕然与惊疑。

还是青儿最先出了声：“这，这两句不是那个纨绔公子哥儿念的吗？莫非，莫非他认识屈原公子？”

就在青儿尚在困惑不解之际，莫愁的脑中已如炸雷般地乱成了一团。

“在下愧担‘屈原’二字，但绝无戏弄之意……”

“在下屈原必将重返权县，今日立言为据……”

一句又一句的话语自脑中不受控制地翻涌而出，她无法拒绝，亦无力自拔……

“当真！”青儿惊喜的声音自屋内传来，“那个给蒙大哥送兰草的公子，当真便是屈原公子！”

“如若不然，他信口诌来的诗句，怎会出现在屈原的新作之中？”莫愁说到这里，饶是故作镇定，脸上也不由得染上了一片淡淡的红晕。

青儿叹道：“这故事便是比戏本子里唱的还要动人啊！”

莫愁羞愤之下正要出手教训一下这淘气的妮子，却突然被一阵嘈杂的呼喝之声打断了。

她们赶到门外，却惊见一帮差役模样的人，正架着蒙远向外拖去。蒙远拼命地挣扎，奈何双拳不敌四手，仍是被缚了手脚，渐渐不支。

莫愁大惊，慌忙奔至跟前拦住去路，惊慌地问道：“几位官爷，这是怎么回事？”

一名小头目模样的差役慢悠悠地走上前来，上下打量莫愁许久，皮笑肉不笑地说：“这位妹妹生得好姿色，只可惜官爷今日有要事在身……”说罢，目光再次恋恋不舍地自莫愁的身上滑过，眼中猥琐之色令人几欲作呕。

莫愁强撑笑意，依旧拦在他们的面前，柔声问道：“官爷们可是抓错人了？这是小女子的大哥，已卧病在床多日，必不会是你们要找之人。”

差役的嘴角扯起一个最小的弧度：“卧病？当朝大司马之屈家军发布了征兵令，我等得了吩咐，只要还没咽气，全部带走！”

屈府。屈原正于房中看书，忽有家丁在外禀报：“世子！门外有人求见！”

屈原长眉微蹙：“不是早就嘱咐了不见生客吗？”

见那家丁一时有些紧张，他当下缓和了语气，温言道：“说我不在便是。”

“禀世子，求见的是两位女子……”家丁终于鼓足勇气说了出来。

“女子？”屈原疑惑道。

“正是，其中一位还……还与公子房中这幅画中的女子极为相似，因此小的才贸然前来……”家丁话未说完，便见屈原满面惊喜地扔下书，狂奔而出。

屈原一口气奔至府邸大门口，然而急急的脚步却在朱漆大门的内侧停了下来。他不敢去猜想，一门之隔的外面，到底是不是自己日思夜想的女子，只久久地望着大门犹疑、踌躇着。

自那日江边一别，莫愁愤怒中盈然有泪的目光便如烙印般刻在了他的脑海中，时时想起，令他心中疼痛不已。他已自脑中勾勒过千万遍再见时的情景，亦时时担心，自己无法兑现当初重返权县的承诺。哪怕于朝堂之上，死牢之中，他也不曾有过如此的彷徨与焦急。

大门终究缓缓打开了，屈原屏住呼吸，缓步迈出。首先映入他眼帘的，便是那眸若点漆、唇似含丹的秀丽面颊，俏若春桃，清似秋菊，一头柔发低低挽就，正是梦中的容颜。

莫愁见了屈原，不由得亦想起当日江边的情景，一时间脸上火热如有炭烤，竟是愣愣地没说出一句话来。

青儿在一旁见这二人，一边似是失了魂儿，一边仿佛丢了舌头，相顾无言，当下暗自摇摇头，出声招呼道：“公子真是屈原？”

屈原只望着莫愁，温和地笑笑：“自然是！到了这屈府之中，还能有假？”

说罢，他慌乱地向府中一引：“二位姑娘，请进！”

莫愁终于开了口：“公子若不介意，便在这门外说便是。”

屈原见她面色肃然，也不敢贸然强求，便点点头道：“也好，不知姑娘所为何事？”

莫愁深吸一口气，问道：“公子可知屈家军正在征兵？”

屈原点点头："自是知道，征兵之事原是我向大君进言所致。"

莫愁与青儿闻言大惊，齐声问道："这是为何？"

屈原道："如今天下群雄割据，狼烟四起。我楚国要永享太平，必有保卫太平之铮铮铁军。止戈为武，要止天下之戈，必有威震天下之武。"

莫愁闻言不免冷笑："好一个'止戈为武'，敢问公子自己可也去应这征兵之令？"

屈原一怔，失笑道："我一介书生，怎能上阵打杀？岂不笑话？"

莫愁面色愈发冷峻："怎地公子应征即为笑话，平民百姓则不由分说便被强拉了去？"

屈原见莫愁神情不善，不由蹙眉问道："不知姑娘这一怒究竟为的是哪出？"

青儿急急道："蒙远大哥今日被人以屈家军征兵的名义强行抓去了军营。蒙大哥新伤未愈，怎么是他们的对手？还望公子您救救他吧！"

话说至此，莫愁也略带期盼地看向屈原，毕竟他是她们唯一能够求助之人了。

岂料，屈原沉思片刻，竟是摇摇头："蒙远确有伤病，然而负伤的岂止他一人？如家父年逾半白，仍挺身为大君挡剑，身负重伤，却日日担着朝廷社稷重任，从未见他语有抱怨。若今后人人都以理由开脱，则谁为楚国效命？"

莫愁当下怒极反笑，反唇相讥道："谁为楚国效命？难道不该是你们这些享了最多荣华、拥有最多财富的贵族们吗？"

屈原正色道："并非所有贵族皆是贪图荣华之人，我的兄长屈由，刺王之日已是身负重伤，却依然恪尽职守，从不敢有半点疏忽，此次征兵之事便会最终交与他来负责。他是一名勇敢的战士，也是一名睿智的将军，你们的蒙大哥在他的手下，应该说是一件幸事！"

听罢这一席话，莫愁面上的表情终于尽数退了下去，只留着一双冷冷的眸子。她不再流露怒意，只轻轻地牵起青儿的手说：“回去吧，再想办法……”话未竟，眸中已泛起翩然泪光，她恨自己无用，更恨眼前屈原的自以为是。除了恨意，她能做的实在太少太少。

眼看她们便要离去，屈原急急唤了声：“莫愁姑娘！”

莫愁停下脚步，背对屈原，淡淡道：“今日是我们不自量力，让公子见笑了。莫愁愚钝，不过终究明白了那诗中寄情于天下的灵均公子，与王府之中锦衣玉食的屈原公子并非一人。”

眼泪忽地自她眼中涌出，莫愁紧咬牙关，执了青儿的手，头也不回地去了。

第十一章 · 真相

惟庚寅吾以降。

——《离骚》

郢都西郊的校场，将官的嘶吼训骂声隐隐传来。楚国此时地域虽广，看似繁盛，却早不是过去南收扬越、北并陈蔡、却三晋、西伐秦的楚国。吴起变法随悼王驾崩废除，人亡政息。至宣王、威王虽有一时强盛，也终难免西边秦魏、东边齐赵之虎视眈眈。此次征兵，也为积谷防饥，未雨绸缪。

乱世为兵，沙场上刀尖舐血，校场里命如草芥，那嘶吼怒骂声让莫愁心头一阵阵发紧。

“不行，咱们得想个法子，再这么拖下去，恐怕大哥新伤未好，旧疾又发。”

此时青儿已几番哀求看守兵士，皆不准入，莫愁无奈，只得按下心头恼怒，上前对兵士道：“我认得你们屈由将军，将军和我们蒙远大哥也见过，尚有些交情，还请军爷放我们进去，只看一眼大哥病体无恙，我便出来。”

看到兵士面色犹疑，青儿又将几枚贝币塞入兵士的袖筒，低声道：“大哥被带走时，官兵不知他伤病正重，若此时军爷一再阻拦，万一蒙远有事，到时屈将军那里也不好说。”

那兵士略一思度，虽不知真假，但两害相权取其轻，便一诡笑：“姑娘且等一等，兵营里自然不能放姑娘们进去。我叫人去寻他出来，你们见一见便走。”

莫愁正松下一口气，却听到营内一片骚动，不远处两个兵士正拖着一个壮汉过来，边走边怨道：

“这如何招的兵？痨病鬼也来，受罚挨顿鞭子，一口老血喷出来，也不知还能活不能。”

“县尹只管下令，征兵的看到壮年就带走，谁管你是不是痨症。这个人也还得去查军簿，让家人带走，八成是活不了了。”

莫愁凝神一看，被拖着的正是蒙远，心中一阵绞痛。“蒙大哥！”她一把推开兵士扑到蒙远身边，此时蒙远面色灰白，胸前臂上尽是鞭痕血迹，仅一息尚存，“蒙大哥！我们来得太迟了，这就带你回去。”莫愁和青儿哭成一片，从兵卒手中扶过蒙远。

“你们是？”那两个兵卒刚一开口，就被莫愁杀气腾腾的眼神抵了回去，莫愁恨恨道：“劳烦军爷帮我俩人找副抬板，我们要带大哥回去。”说罢又拉着蒙远的手，泪如雨下地哀声道，“蒙大哥，再忍片刻，我们去找最好的郎中。”

训练营死了新兵，本不足为奇，但那看守兵士恐这人真与屈由相识，便挥挥手阻止了正要发作的兵卒：“去吧去吧，帮姑娘一忙，且当日行一善。”

当日，莫愁和青儿把蒙远抬回屋内，一路不时有黑血从蒙远口中浸出。莫愁心碎，把蒙远安置在床上，哽咽道：“大哥，你且歇一歇，我这就去抓药。”

“不用了，莫愁。”蒙远勉强睁开眼，枯唇微微抽动，似笑非笑，

“莫愁，别做徒劳的事了。”蒙远面目温和虚弱，气若游丝，莫愁明白已无力回天，只好忍下心中烈痛，握住蒙远的手泣道：“蒙远哥，你万不可胡思乱想，前几日喝药才有起色的。”

蒙远想伸手为她理一理乱发，却没有丝毫力气，只用尽了气息说：“莫愁，人各有命，我就是死了也写不出一句诗，但我走之前有你在身边，也是值得……”

语毕，蒙远已没了气息，双目未合，眼角尚有热泪。莫愁再也无法抑制悲痛，伏在他身上痛哭。

这是她多年来亲密且敬重的兄长，最艰辛惶恐的年月他们都在一起，他护她更胜同胞兄妹，这样鲜活温敦的一个人，如今却再也无法醒来了。

行道迟迟，载渴载饥，我心伤悲，莫知我哀。

莫愁哭到无声，闭上眼睛。在永远沉睡的蒙远面前，她之前与屈原争论的平民和贵族谁该上战场的问题，显得如此空虚无力。

而另一边，是恢宏的屈家府邸，修门花窗，红壁砂板。

屈原所在的楚国，已雄踞南方七百多年，周知屈、昭、景为楚国三大族，分别起于楚武王、楚平王、楚昭王，以屈姓起源最早，直至楚王熊槐时，三族后裔仍为显赫贵族。

此时屈原和屈由正在堂中闲坐，漆案上有精美的铜鉴缶盛着桂花冰酿，屈由将甜酿盛入斛中，但见屈原看着铜鉴出神，便“砰”的一声将斛置在案上道：“又作什么诗！”屈原一笑，喝了桂花酿，又半晌才道：“哥，人是生来就有贵贱吗？”

这疑问在莫愁离开之后，就一直在他心中萦绕不去，甚至比她美妙的舞步、不染尘俗的面庞更让他难以释怀。莫愁问：“若不分贵贱，那沙场陷阵的为何都是平民？”只一句，他即刻觉得自己诗中那些香草美人，都是让人羞愧难当的空中楼阁。

屈由不解，随意道：“贵贱自然是天生的，有人生来为奴，不可能做将才，上了沙场也只能冲锋陷阵。”

屈原不语，又为他添了甜酒，才缓缓道：“哥，你看这铜鉴缶，酒在中央的缶内，冰在外环的鉴内，冰为使酒清醇而设，酒入腑，冰被弃之。而论本质，两者皆是水，水加酒曲酿为酒，加硝石制为冰，又怎说谁贵谁贱？”

“原弟，我只知道贵贱是天命，但并无高下。农奴和平民不愿打仗，将士又岂愿带兵？到了沙场，只有生死，不分贵贱。依楚之法，农奴和平民战败为俘，而覆将必杀，这亦是贵贱。”

话说至此，屈由不禁苦笑，又道：“原弟向来多思，岂知书斋战场，两重天地。唉，今日怎么想起这些？”

“哥，你还记得蒙远吗？”屈原一顿，将思绪从万里之外抽离回来，和屈由说了蒙远被征兵的事。

“这极容易，弟弟何必忧虑，我叫他们放蒙远回去就是。”

见屈原面有难色，知他自视清正，如此一来，便是徇私枉法，屈由立刻明白几分，便拍肩道：

“弟弟放心，蒙远旧伤未愈，我这就去找将官，让蒙远习练时不过度劳累。总之，他是莫愁姑娘的大哥，我自会关照。一起去吧？”

两人翻身上马，一路疾驰，待冲进军营，屈由叫来兵士道：“有个叫蒙远的新兵，去把他带来。”

兵士一惊，脸色突变：“将军，蒙远他……”

“他怎么了？”屈原忙问道，不祥之感涌上心头。

“他……有痨症，挨了鞭打，就在军营里犯了病……现已拖出去，遣返了。”

“什么？”屈由大叫一声，正欲对兵士继续发作，却有几人匆匆赶来，要屈由前去处理要事。屈原见状，速速飞身上马，在渐深的暮色中疾驰而去。

夜已深了。此时蒙家院子里，百戏班的众人默默围坐，低声抽泣。

蒙远静静地躺在草席上，换了干净衣衫，脸上斑驳的血痕已被莫愁擦拭干净。这时青儿慌张跑来道：“莫愁姐，屈原来了。”

“好，来得好！”莫愁一抹眼泪便往外走，浑身的怒火像暴雷一样蓄势待发。

“莫愁，你肯见我了？”屈原看到她又惊又喜，问道，“蒙远怎样了？”

“与你何干！”莫愁厉色道。

屈原一震，只想着莫愁大概还记着前日争执，只好温言道：“莫愁，你这执见对我不公，你我的出身不能选择，但我心如明镜，天地可鉴……”

青儿当下喝道：“别说了！”莫愁却在一边静色道：“不，让他说。”

“屈原不才，莫愁姑娘前日问我：人若不分贵贱，为何沙场前线都是农奴平民？我只问大家，楚国是贵族的楚国，还是农奴平民的楚国？我们的土地养育着贵族，还是养育着农奴平民？大楚有难，将军百战沙场，兵卒义不容辞，贵族和农奴平民各司其职，这才是我们共同的楚国。”

莫愁冷眼看他，只听屈原的声音越发激奋：“贵族自古领王命、赴沙场，我屈家军世代效忠楚国，无数将军战死沙场。贵族尚可如此，农奴平民岂可对家国命运熟视无睹？蒙远带病被征，确失妥当，但他日痊愈之时，亦当为国征战，方是我铁血男儿！”

一片寂静之后，有人嗤笑，大家陆续散了。

屈原满心诧异，还未回神，却被莫愁一把拖进屋内。待他踉踉跄跄地站定，抬眼便看到草席上的蒙远已是枯槁灰白，不禁浑身一凛。

“你说啊！你对他说！”莫愁一声怒吼，眼泪喷涌而出。

“怎……怎么会这样？”屈原颤抖地伸出手，想要试他的鼻息，却被莫愁一把拨开：

“别碰他！”

看着莫愁悲恸欲绝，屈原心中震痛，不知该如何言语。

“屈公子，我再问你：草芥如家父，毒日头下打鱼种地；蝼蚁如蒙远，吞刀吐火讨饭钱。我们赋税一文不少，却没拿过楚国一文钱。你说这是谁的国？收起你虚伪的好意吧，我不接受！要为国杀敌，谁拿了楚国的俸禄谁去！”莫愁抑制怒火，看着眼前的屈原，厉色冷声道，“屈公子，从此你做你的王公贵族，我做我的农奴女子，还望互不相扰。”语落一揖，转身欲走。

“莫愁！”屈原一把拉住她，不料莫愁猛一甩手，抄起一条鞭子，狠狠抽了过去。

“啊！”屈原一声惨叫。一条巨大的裂口在青锦宽袖上豁开，精细的凤鸟绣纹被拦腰斩断，手臂皮肉绽开，一颗颗血珠争先涌出，污了那赫赤凤鸟、苍青云纹。

“屈原，我不怕你屈家权势，今天我给你这一鞭，一要你亲偿蒙远万分之一苦痛，二是以此警告，今后你胆敢再扰，来一次，便领一鞭。我莫愁此生此世不想再见你！”说罢转身疾走，一路风尘。

屈原怔在原地，天旋地转。他刚刚大义凛然的慷慨陈词，在整个时空向他漫来。他在那时空的中心，周围尽是谩骂和嘲笑。他绝望地看着自己，这个人此刻如此无知可笑，甚至可鄙。

众人渐渐散尽，百戏班的姑娘们各怀心事，待到月上天心，三三两两倚靠着睡了。莫愁却心下惨淡，一夜无眠，独自在屋内为蒙远守灵。夜深之时，身后房门吱嘎一响，青儿擎着烛火进来，见莫愁坐在蒙远棺前怔怔出神。青儿知道莫愁心事，只好轻抚其背道：“姐姐……”

莫愁回神，只默默从怀中摸出一卷绢帛，铺开看，上面密密麻麻的楚篆诗文。莫愁一声轻叹，含泪从青儿手中接过烛台，拎一角燃起，口中念念：

“若有人兮山之阿，被薜荔兮带女萝。既含睇兮又宜笑，子慕予兮善窈窕。”

火苗跳动，青烟骤起，莫愁一时泪如雨下，泣不成声。

“怨公子兮怅忘归，君思我兮不得闲。山中人兮芳杜若，饮石泉兮荫松柏。君思我兮然疑作。雷填填兮雨冥冥，猨啾啾兮狖夜鸣。风飒飒兮木萧萧，思公子兮徒离忧。”

“屈公子，从此你是你，我是我。”

语毕，绢帛成灰，柔肠寸断。

屈原那夜不知是如何回来的，跌跌撞撞，失魂落魄，径直走向昔日贵公子饮酒的船舱。那几人见他两眼通红，曲裾深衣上有斑驳血迹，谁也不敢近前来劝。屈原只管闷头喝酒，酒入愁肠，几分迷醉，抓过身边人便问：“人是否生而贵贱？为什么我生为贵族，她生为庶民？”

那人只晓得他醉了，便胡乱应付道：“人各有命，贵贱有别，天命不可违。”

“不，我不信天命，我倒要问天！拿笔来！”屈原一喝，立即有人递上兔毛软毫与莹白绢帛。

“遂古之初，谁传道之？上下未形，何由考之？冥昭瞢暗，谁能极之？冯翼惟象，何以识之？明明暗暗，惟时何为？阴阳三合，何本何化？圜则九重，孰营度之？惟兹何功，孰初作之？斡维焉系，天极焉加？”

众人但见屈原口中念念有词，笔下如有神通，似癫似狂，皆屏音息气，不敢作声。

“惊女采薇，鹿何佑？北至回水，萃何喜？兄有噬犬，弟何欲？易之以百两，卒无禄？薄暮雷电，归何忧？厥严不奉，帝何求？伏匿穴处，爰何云？荆勋作师，夫何长？悟过改更，我又何言？吴光争国，久余是胜。何环穿自闾社丘陵，爰出子文？吾告堵敖以不长。何试上自予，忠名弥彰？”

绢帛用尽，一案诗篇堆砌，墨香尤新。船外月光盈盈，水声弥漫，屈原已伏案而眠。

今夜船内皆是旧日相识，几人略一商议，叫来车辇，将他送回屈府。柏惠闻讯赶来，见屈原满身酒气，一脸颓然。

“怎么喝成这样？”柏惠心中一痛，又见他袖筒残破，手臂上似有鞭伤，不禁“啊”地叫出声来。身边屈由已猜出几分，近前看了看道：“母亲且安心，原弟这伤不深，不出几日便好。”柏惠盯住屈由道：“他这是去哪儿了？”屈由一时迟疑，推说不知。

“莫愁……莫愁……”屈原昏睡中喃喃自语。柏惠一怔，只为他盖好了丝衾薄被，默然看了一会儿，便退出了。

深潭之下，屈原挣扎着，一身白衣在水中漂荡。他奋力睁开眼寻觅着什么，这时，山鬼从远处游来，长发在水中招摇。

屈原定住，山鬼妩媚一笑，看着他，眼中似有万千言语。两人在水中对视、旋转……屈原伸手，却怎么也触碰不到她。焦急之中，山鬼忽然开口说话：

“你害了蒙远，是你害了蒙远。”

“不，不是我……我说过，我要改变权县，我要改变这天地！”屈原听到自己的声音在水中荡漾开去。

“你改变不了，你改变不了权县，因为你是屈公子，你离不开你的屈家府邸、锦衣玉食……”

山鬼越来越远，声音也越加飘忽。

屈原心急如焚，想嘶喊道：“我可以，我一定可以。”无奈如万鬼扼喉，万石压身，拼尽力气挣扎，终于夺回一口大气。

梦魇过去，屈原从床上坐起，额上汗水淋漓，手臂上的鞭伤丝丝隐痛，他当下肃容自语：“不，我屈灵均一定要改变权县，改变这天地。”

次日屈原精神好转，束发更衣，欲入宫尽文学侍从之职。家仆拿起那件鞭破的青色深衣问是弃是补，屈原温色道：

“这件且原样放着，加以樟木防蠹，单独置一漆箱内。”

于是家仆侍以松柏色鹤鹿花草纹织锦深衣，佩以峨冠博带。

自周朝起，城郊西斋即是太子学宫，至楚王熊槐时，也于章华台西面修建兰台，方便太子宫内读书。屈原一步一步走过章华台，复道回廊，朱红画壁，高台层叠，其间奇花异草不胜枚举，拾级而上，如入天宫。楚宫多高台，一因楚地湿热多雨，高台利排水，二因楚国重巫，高台以祭天。楚人向来浪漫多思，楚灵王做乾溪之台，五百仞之高，欲登浮云，以窥天文。然而这万般精细华美、万种钟磬之音都在宫台之内，宫外不出十里，战事频繁，民生困顿，楚王大概一无所知。

屈原这一路所思，已不止于先哲诗句、兰草美人，他前所未有地急切地想去权县履职，除了一点私心以外，也只有如此，他才能切身体会楚国百姓之疾苦，以寻求强国之本。

此刻的兰台宫内，帘帐低垂，铜薰袅袅。屈原身为太傅，手握竹简踱步而述："治大国，若烹小鲜。以道莅天下，其鬼不神。非其鬼不神，其神不伤人……"

公子横昏昏欲睡，欠伸不止，拿过一支笔，将楚篆"大"字，加一横、一撇，末尾添一弯，使"治大国"俨然变为"治犬国"。

"子兰，你看。"公子横斜举起书简，低声唤子兰，掩口而笑。

公子兰素知兄长荒诞，心中嗤笑，却回他一脸赞赏。这无聊之举也被屈原看到，于是他停下脚步问道：

"子横，依你之见，什么是'治大国若烹小鲜'？"

公子横不假思索说道："这无非是……"

一时却想不到像样的见解，便话锋一转："这我兰弟都知道，何须问我？"说罢看向子兰。

公子兰早已习惯他无赖胡为，稍一思忖便道：

"夫子，小鲜即是小鱼。小鱼鲜嫩，烹煮时需小心缓慢，万不可频频搅动，否则鱼肉松散破碎，难免调味不均、色相俱毁；治国也是同理，不能频繁改制，扰乱上下人心。烹鱼烦则碎，治民烦则散，知烹鱼则知治民。老子以烹鱼喻治国，实是提倡无为而治。"

屈原徐徐点头，抚掌称善。

子横却不悦："什么无为而治，夫子出题我让你答，这便是我的无为而治。"

"子横此言，并非全无道理。"屈原颔首，接着说道，"昔日老子作《道德经》，其中有言：'我无为，而民自化；我好静，而民自正；我无事，而民自富；我无欲，而民自朴。'但老子的无为而治，并非无所作为，而是以无为而有为。"

不知何时，楚王已站在窗外，眉目含疑若有所思。

“以无为治国，实是以法治国。凡事关心则乱，唯独法制井然有序。无为而治于帝王和储君，则是清心洞察，知人善任，君王不必也不可事必躬亲，只需将适合的臣子加以适合的官职，使万事互相效力，互得益处。”屈原谆谆教诲着。

公子横一片漠然，随口道：“不过烹鱼之事，如此申引何趣？大楚国君，自以大局疆土为重，我楚国七百年历史，一鱼是残是整，有何挂碍？”

“太子！”屈原忽作正色，厉声愠道，“这楚国，不只是楚王和你的国，不只是王公贵族的国，它更是所有庶民百姓、贩夫走卒的国！”

公子横一震，这夫子向来温文敦厚，今日竟忽然恼怒至此，只好垂头起身唤道：“夫子……”

“善，大善！”楚王抚掌而入，“屈子今日所言，不谷闻所未闻。”

屈原一惊，即落落行礼。

公子兰与公子横亦俯身行礼，齐声道：“父王。”两人对视一眼，各怀心事，亦想看楚王如何对待屈原。不想楚王挥挥手道：“今日不谷与先生论道，你们且下去吧。”二人只好行礼以退。

楚王负手而立，冷眼看屈原道：“自古《诗经》唱诵：‘溥天之下，莫非王土；率土之滨，莫非王臣。’先生寥寥几句，便是连先祖都不认了。”

“灵均不敢。”屈原俯身一揖，却是清清正正，面无惧色。

先秦以前的君臣，并不似后日拘谨。大争之世，旦夕存亡，各国君王皆是求贤若渴，齐聚人才，尤恐待遇不佳，他日为敌国所用。

“大王，且来这边。”屈原引楚王走出学室，拾级而上兰台。此时已是又一年的仲夏，兰台之下繁花遍地，群鸟飞舞，远山薄云氤氲，云梦泽一片黛蓝。

“‘溥天之下，莫非王土’，臣以为，‘王’，意指王法，而并非君王。”

屈原顿了一顿，见楚王并无愠色，即和楚王并肩扶栏而立。

“大王看今日云梦泽何其美，殊不知数百年前何其荒。”

“嗯。”楚王应声不答，听屈原缓缓道：“于一国而言，百姓如泽中之水。水若不安，波澜暗涌，则水患无穷；水若流失，日久天长，泽必成干涸枯地。”

楚王已有不悦之色，冷冷道：“倘若泽不存水，水亦何安？”

“大王，汪洋中是水，塘泽中是水，江河湖海、云霜雨露，无处不是水。水不会消失，但云梦泽有水为泽，失水则为荒野。”

接着，屈原一拱手道：“大王不知，如今，我楚国有雄兵百万、十年余粮。但若楚国继续苛政，置百姓于水火，不出十年，必匪盗险恶，民生凋敝，楚国危矣！”

“放肆！”楚王厉声道，但他亦眉头紧缩，神色忧虑。过了半晌，缓缓道：“屈子，不谷并非不明白，先王打下的楚国如今虚有繁盛。只朝中人心难测，各怀鬼胎。我重灵均，望灵均亦不负我。”

屈原见熊槐以“我”相称，实是一片推心置腹。

“谢大王！灵均必不负大王！”屈原深深一揖，随即道，“那么灵均三日前所求之事，大王可答应了？”

“下权县任县尹，以亲身近民情，灵均有心，不谷自然成全。权县离我郢都最近，若权县能治得太平安康，灵均之法，便可在整个楚国推行。”

屈原叩首行礼道：“谢大王，灵均九死不辞！”

屈原不知自己走后，楚王独自凭栏，远远跟着的心腹宦官走上前，恭敬道：“大王，权县看似静水无澜，实则景昭两家势力均在，屈原一介书生，此去……”楚王轻轻摇头，对着那片黛蓝色云梦泽轻叹一声：“诗人治国，螳臂当车，他不谙世事，需砺炼才知艰辛。”

屈原也并未想到，去权县的决意让屈伯庸勃然大怒。

屈家祠堂。屈伯庸在先祖灵位前上香，屈原垂首跪于蒲团之上。

自周朝起，只有帝王、诸侯、大夫能自设宗庙祠堂祭祖，周礼规定天子七庙，诸侯五庙，大夫三庙，士一庙，庶人就于寝。庙内供先祖牌位，每年春秋行祭礼，由族长率族人共同祭祀。宗庙亦是族长行使族权之地，族人违规，要在宗庙列位先祖的牌位前接受惩罚。

"先祖在上，伯庸教子无方，今带不肖子灵均拜祭先祖，求列祖列宗英灵护佑屈氏，使灵均迷途知返，犹未迟也。"

从被按进祠堂，屈原便心知一二，想来父亲只是不舍自己离家受苦，但又何须如此大动干戈。

"竖子，对先祖起誓。"屈伯庸的声音平静而不容置疑，屈原无奈地竖起三指。

屈伯庸继续念道，并令儿子跟着念："屈灵均此生绝不为官。明日我便带你面见大君，请大君收回成命。"

"这不可能！"屈原噌地站起身，正色道，"父亲，绝无可能。"

屈伯庸大怒，一脚踢在屈原膝上，并大喝道："跪下，孽子！"

檀香袅袅，寂静无声，屈原不可置信地看着因暴怒而两眼通红的父亲，再次跪倒在蒲团上。

"父亲，这是为什么？"膝头隐隐作痛，反而使他平静，他缓缓道，"从小我想骑马练剑，父亲只教屈由；后来我读书作诗名满郢都，父亲仍是冷脸以对；如今我一腔热血满腹经纶，只求去做一个小小县尹，父亲竟让我跪在祖宗面前认错。父亲，我不解。"

屈伯庸背对屈原负手而立，双肩隐隐抽动。只听屈原继续低声道：

"父亲，年幼时你带灵均站在巫山之巅，看楚国万里山河，灵均问你：‘楚国到底有多大？’父亲说：‘你且放眼望去，你能看到多远，楚国的疆域，就比那还辽阔千倍百倍。’那一刻，灵均心中豪情万丈，屈家公族，世代为官，灵均也盼自己长大后有一天可以为国所用。”

说罢，屈原轻叹一声：“但灵均百思不得其解，父亲对我不加褒扬也罢，为何横加阻拦？若说父不爱子，灵均从小读书学礼，皆是父亲循循善诱，可每当灵均真正想做实事，父亲一定出手相阻。父亲，在列祖列宗的英灵之前，可否给儿一个解释？”

“放肆！孽子！”屈伯庸没想到屈原反戈一击，回身吼道。

“原儿，怎么这样跟爹说话！”祠堂的大门被推开，柏惠走了进来。她了解屈伯庸的脾气秉性，自从屈原被拎到祠堂，她便坐卧不安，只好一直守在祠堂外，也听完了父子俩的对话。

“母上大人也来了，”屈原站起身来，“灵均知道母上大人要说什么，但这次去权县之事，是孩儿深思熟虑的结果。父亲既不告诉我原因，又不成全，恕孩儿不孝。孩儿去意已决，若再相逼，只有以死相告。”说完深深一拱手，将惊呆的屈氏夫妇留在原地，大步离去。

“孽子啊……孽子！”屈伯庸颤声吼道。

“良人，还要瞒着他吗？”柏惠向前挽住屈伯庸，轻叹一声。

“生于端午，运途多舛，五月到官，至免不迁。”屈伯庸每说一句，便觉万箭穿心，他深深叹道，“这么多年我也矛盾，但若是天命，怎么躲得开？罢罢，看他自己的造化吧。”

柏惠默然颔首，只在先祖的灵位前跪下，低声祝祷。

五月初五，阴邪至极，猛兽毒虫得势，人们用龙舟遣灾送瘟，挂艾草驱毒虫，佩符避邪，浴草汤喝苦水，夫妻禁房事。因此端午出生的婴孩，多被视为不祥，据说长大了不是害己，便是害父母，倘若为官，必有灭顶之灾。

后世也多有记载。《宋书·王镇恶传》有载，东晋名将王镇恶因出生于农历五月初五，家人以为不祥，想将其在族谱中除名。《世说》有载：胡广本姓黄，五月五日生，父母厌恶他，竟将其装进一陶罐后投于江。《孝子传》则载：纪迈五月五日生，其母弃之。

对端午出生之婴孩的忌惮之深，可见一斑。

屈原更甚，生于端午的午时午刻，忌中之忌，但出于本能，屈氏夫妇对这个婴孩的爱甚于惧，就对外称他是未月生，除却当日稳婆和几个家仆，旁人皆不知真相。

一夜无风，三人都没睡好。屈伯庸明白，他今日拦住，明日一样会来，该来的总要来，索性坦然处之。只是这端午之咒如一把悬剑置于屈府之上，令人时时不安。

如果灵均知道这一切……不，不能告诉他。柏惠辗转反侧，虽然屈原已行过弱冠之礼，但在她心里，依然是垂髫稚子，让她牵肠挂肚、难以心安。

此时屈原怔怔地躺在床上，这几天发生的事情太多，蒙远、莫愁、权县、跪祠堂、权县、莫愁、山鬼、莫愁……屈原反反复复地想，睡了醒，醒了又睡。他没有再梦见山鬼，他心里只有一个清晰的声音说：

“莫愁，我来了。我要改变权县，改变这天地！”

第十二章 · 离家

乘骐骥以驰骋兮，
来吾道夫先路。
——《离骚》

斜阳西照，远山如黛。

章华台矗立在一片金色光辉中，乐师执钟磬瑟管，各司其声，女乐师齐唱道：

“应律兮合节，灵之来兮敝日。

青云衣兮白霓裳，举长矢兮射天狼。

操余弧兮反沦降，援北斗兮酌桂浆。”

歌声远远回荡，山风骤起，一只苍鹰在空中盘旋，突然间羽翅掠过宫台，向山下大地俯冲而去。

楚王负手而立，远望余晖之下万般胜景、千重宫阙，想昔日楚灵王建此离宫，举国营之，数年乃成，台高十五丈，精美华盛，无以复加，然而父辈留下的基业甚大，大到他几乎难以控制，如今天下，周室衰弱，列国相争，不进则退矣。

“大王，屈原来了。”

侍从上前禀报，楚王微微一笑道：“善。”

屈原远远过来，峨冠高履，玉带系腰，见楚王拱手一拜道：“大王。

不知大王传灵均来，所为何事？”

“赏乐。”楚王笑道，显然今日兴致极好。

屈原凝神一听，女声齐唱：

“应律兮合节，灵之来兮敝日。

青云衣兮白霓裳，举长矢兮射天狼。

操余弧兮反沦降，援北斗兮酌桂浆。”

歌声悠远，钟磬清幽，回荡在山谷间，恍如天籁。

这是他所作的《九歌》之《东君》。东君者，太阳神也，歌以祭日。此时他与楚王凭栏而立，风吹衣袂，神色朗朗。章华台高，高到需歇三次才能登顶，高到一登顶，心中便豪情万丈。

“灵均，你看我大楚山河，恢宏如画。无数次不谷在梦里，策马走过我楚国每一寸疆土，亲手抚摸过我楚国一草一木。梦里的楚国强盛繁华，子民安宁良善，不谷和贩夫走卒谈笑，和游侠策士围炉温酒。梦里的楚国，是不谷梦寐以求的国度啊。”

楚王看远山轻叹，此时胸中亦是沟壑万千。

“灵均不曾想到，大王竟有如此诗性，灵均知遇大王，乃灵均之幸。”屈原心中微喜，“大王，我们大楚，有壮美山河，有绮美楚乐、秀美楚女、华美楚辞，若大王有意行美政，理想之国近矣。”

楚王微微一怔，沉吟道：“好！我和灵均，素有灵犀。身为王者，守着父辈打下的江山，是财富，也是重担。如今大争之世，不进则退，不谷也日夜思索如何既守得疆土，又令国富民安。灵均所说美政，不谷愿闻其详。”

屈原略一沉吟，缓缓道：“灵均所谓美政，即明君贤臣共兴楚国，君有美德，臣有美行，各从其类……”

不想楚王轻轻摇头道：“美则美矣……灵均，写诗和治国之间的距离，远比你想象的长。”

楚王看着余晖渐渐散尽，远山变成模糊的青灰一片，娓娓道：

“灵均此去权县，也是不谷深思熟虑之结果。四百多年前，武王灭了权国，收回封地，将权国故地设为县，将权国残余的公族集中留在此地。权县虽然和郢都比邻而居，却是天壤之别。灵均可知，为官治国，确是需要上天入地之力。权县虽不比郢都大，却是经络俱全，各方势力盘根错节，若想在那里肃清政风，必是艰难险阻，举步维艰。但若真能治理好权县，于你必然是一次全新的砺炼。这次你要面对的不再是山川河流、日月星辰、奇花异草，而是最难琢磨的人、最微妙的关系，牵一发而动全身。”

说罢，楚王深深看向屈原，恳切道：“一个权县，即是一个小的楚国，不谷相信你此去会获益匪浅。等权县民和年丰，百姓安居乐业，那时候，你即可回来辅佐不谷，以美政治天下。”

屈原拱手，一揖到地：“谢大王知遇之恩。灵均有大王，生也无憾矣。”

“暾将出兮东方，照吾槛兮扶桑。抚余马兮安驱，夜皎皎兮既明。驾龙辀兮乘雷，载云旗兮委蛇。长太息兮将上，心低徊兮顾怀。”

天色已暗，章华台四周点上铜卮灯，如繁星点点，歌声和钟磬铜铃声飘在风中。

屈原赴任前最后一夜，柏惠辗转反侧不能入眠，隐隐看到屈伯庸的书房依然亮着，就披上长袍过来。见室内一豆烛光，屈伯庸提笔跽坐案前，眉头轻结。柏惠心下明白，走过去，在一边轻轻坐下。

思索良久，屈伯庸落笔写下：谨言，慎行，临渊，履薄。

一横一竖，一折一弯，仿佛字字千钧，所有的牵挂忧虑不舍都在里面，却如山之静默。

见他收笔，柏惠坐过去靠在他肩上，抚手嗔道：“你和原儿，真是前世结怨，这些话，就不能当面说吗？”

“当面说？他也得肯听啊。”屈伯庸苦笑道，“好吧，前世结怨，今生父子，他对我有怨气，我有债偿债便是。”

柏惠笑出声来：“冤有头，债有主，他和你年轻的时候太像，你怨不得别的。”

两人都笑了，想起历历往事。又说了一会儿话，传来中夜打更声，屈伯庸说：“更衣睡吧，原儿大了，我们既不能护他一生，还是让他早些去砺炼。”说罢沉默片刻，又缓缓道，“明早你去送他便好，竹简交与他，老夫要迟些起来……”

次日早晨，听到柏惠、屈由都去送行了，屈伯庸停在屈原的房门前，怔了半晌。

轻轻推开房门，仍是熟悉的一切，黑漆案几，木雕卧榻，一只一只的凤鸟纹刻在上面，展翅不能飞。屈伯庸仿佛看到儿子幼时玩耍的身影，以及成年以后他们之间的那些争吵。他在儿子身上看到了自己，那些近似鲁莽的勇气、洁身自好的执念……细细的灰尘在窗口射入的阳光中轻盈地飞舞，屈伯庸闭上眼睛，心中一叹。

柏惠和屈由一路送屈原至郢都城门。这一别与往日不同，柏惠只忍住心下无限担忧，对屈原道：“其余的娘亲不管，只好生照顾自己，叫娘亲放心。若不顺遂，有家等着你。”说罢微微含泪，不能自持。

屈原亦有些动容：“娘亲放心。爹那里也请娘亲替儿多说几句好话。”

“你放心。”说着，柏惠拿出竹简，“原儿，这是你爹留给你的，你多理解他一片苦心吧。”

屈原诧异地接过竹简，郑重点头，对母亲兄弟一一拱手拥抱告别，便头也不回翻身上马，一路驰骋到郢都郊外，才拨转马头，回望着那一片遥远模糊的郢都。风瑟瑟，旷野已是秋意，屈原从怀中取出竹简，缓缓打开，是父亲熟悉的字迹：谨言，慎行，临渊，履薄。

“爹……”屈原泪水涌出，翻身下马，朝着郢都方向深深稽首。

再说百戏班那边，纵使再悲伤，埋葬蒙远之后，莫愁和姐妹们还是要走上街头卖艺谋生。

郢都之外的城镇，权县最大，市井繁荣，贩夫走卒济济，十分喧闹。莫愁和姐妹们一如既往地舞蹈杂耍，观众不停叫好，倒是为这权县添些喜色。面具之下，她翩然舞动，轻盈，迷人，像初生小兽般活泼有力。她舞蹈时会忘记那些贫穷不公和艰辛，像重新得到了一个自由的世界。她的舞性仿佛与生俱来，像最自然的生灵，与音乐浑然一体。当时大概是这样一个世界，王公贵族强赋新愁，温文委婉，庶民百姓却喜欢直接自然地应声起舞，而莫愁，也需要这样的时刻，在那面具背后，她可以哭可以笑，重要的是，可以暂时都忘记。

但人群中很快起了一阵骚动，刘歪嘴那猥琐的声音响起，莫愁知道，片刻的愉悦很快要被打断了。

“哎呀，这一个个，都这么好看哇！”刘歪嘴看看青儿，又看看莫愁，垂涎不已。跟班招远见他这般色心狂躁，立刻过去谄媚道：“刘爷，看上哪个了？我去给爷带过来！”

“别，这种事，还是自己办才有意思！”刘歪嘴眯起眼，拍拍招远说道。

说着，刘歪嘴突然拨开人群，边说边伸爪扑向百戏班的众女子：“先抓到哪个，哪个就先陪爷玩！”姑娘们一声惊呼，吓得四散奔逃。

招远一挥手，一众家丁蜂拥而上。莫愁见势不好，大喊道：

“你们是谁？光天化日之下强抢民女，王法何在！”

“王法？哈哈，王法就是我刘家的家法！”刘歪嘴一阵荡笑，丑相毕露，跳上去一把抓住青儿要亲。青儿哪里肯依，伸手一掌，扇在他那歪嘴上，刘歪嘴抬手就甩给青儿一巴掌。

“青儿！”莫愁冲过去要护，却被招远背后一棍击在肩上，一踉跄，跌倒在刘歪嘴面前。

“嘿嘿，又送来一个，爷看看。”刘歪嘴一把掀开莫愁的面具，看到莫愁眼里都要瞪出火来，张开的嘴就合不上了。

“仙女啊，生气都这么好看。”刘歪嘴狠狠咽下口水，一把推开青儿，色眼迷离地盯着莫愁道，“就你了。”

此时，看戏的百姓早已跑散，百戏班众女子被绑的绑，伤的伤，铜锣鼓镲滚落一地，满目狼藉。莫愁本想啐一口，又见招远带一众家丁手持棍棒步步逼近，只得生生按了下去，压住怒火道：“你把我这些姑娘们都放了！”

“这好说，爷也是个挑剔的人。”刘歪嘴满脸狞笑，目不转睛地盯着莫愁，挥挥手道，“招远，把这些妞都放了，爷就要手里这个上品。”

“莫愁姐姐！这怎么行！”青儿闻言大惊，“我们怎么能把你丢给这群虎狼。”

“快走，别管我！”莫愁厉声吼道。青儿还想再说，却见莫愁被招远按住，其余家丁都手持棍棒，她们这一班女子，丝毫没有还击之力。莫愁看她还犹豫，又怒吼一声：“快走！”然后暗使个眼色给青儿。青儿只得含泪先带众人离去。

“娘子，真爽快。”刘歪嘴一张圆胖油滑的脸凑上去，狞笑了一下便招呼手下道，“即刻送小娘子回府。”

当下就来两人，一左一右守着，莫愁心里一叹，只拼命思忖伺机逃脱。无奈一路家丁前拥后簇，到了刘家宅院，被刘歪嘴推进屋里，大门在身后轰然合上。

莫愁摸了摸袖中的匕首，指尖感到一丝凛冽的寒意。带刀防身是她多年的习惯，她不怕死，大不了鱼死网破，也不愿玉落污潭。

“夫人，咱们这就入洞房！”

眼看刘歪嘴搓着手扑过来，莫愁一闪，冷眼道：“慢着。”接着稍一思索，便说，“你光天化日把我抢来，这像什么话？我人服你，心却不服你，若要我心甘情愿，那就三日后明媒正娶！”

“小娘子，别给我耍花样。”刘歪嘴冷冷笑道，“娶不娶你都是我的人了。”说罢又凑过来。只见莫愁忽然抽出一把匕首抵在颈上，厉色道：“你要强来，我便死给你看。”

“别，你容我想想。”刘歪嘴显然没想到这出。他见过，准确说是蹂躏过不少美貌的姑娘，但莫愁这等姿色气度却是少见，他还真舍不得美人伤了自己，坏了兴致，反正人都关在自己府内，就再忍几时罢了。

“娘子如此讲究，刘爷自然答应。”刘歪嘴直起身子，朝外唤道，“来人，三日后我要娶小娘子入府，一切婚事替我准备妥当。”说完便朝莫愁诡笑道，“快把刀收起来，这般烈性，爷以后怎么受得住。”说完转身出门，即刻有人过来上了一把铜锁。

听到锁声，莫愁松下一口气，收好匕首四下打量。总算有片刻安宁，容她想下一步如何脱身。

这应该是刘府的一处偏房，有浮夸艳俗的漆柜和案几、棕黄漆木卧榻，盖被陈旧霉腐，令人生厌。雕花木窗落满灰尘，莫愁轻推，发现皆已紧锁。莫愁坐回榻边，想如果三日内逃不出去，就只有大闹婚宴了，她有匕首，若自己不能活了，也必要带这个畜生一起走。

不久，有人送晚膳进来，出去仍是锁紧了门，不让她有片刻机会。

许久，只听到外面已是三更，周围一丝动静都没有，想必看守人都已睡着。这时屋顶上传来窸窸窣窣的声音，有猫扑鼠叫，瓦片碰撞，一丝丝灰落下来。

莫愁一喜，把漆柜摞在榻上，爬上去站稳，刚好触到屋顶。她找到一柄伞，轻手轻脚地捅动屋顶，一层层土灰掉落，瓦片松动，不多时就取了几片进来。

不过片刻，屋顶已拆出一条半尺宽的细缝。莫愁又把案几搬来摞在漆柜上，爬上去，竟可以探身出去。毕竟有艺在身，莫愁手一撑一跳，已然坐到屋顶，又顺着屋顶探到一棵大树上，双手一借力，轻盈地落在庭院里。当下忙猫腰四下查看，见无异常，便蹑手蹑脚往府门爬。

一只手已经搭在朱红门闩上，莫愁深吸一口气，心中嗤笑一声。不料忽然有人拍她的肩，回头一看，是招远狞笑的脸。

“我说夫人，您就别费力气了。”招远边捆她边说，“明天还得找人修瓦，咳。”

这次换了一间关她，匕首被收，有四人日夜看守。

这一夜，莫愁想了无数与他同归于尽的办法，不，如果有可能，还是要他死得远一点儿，单是想到靠近他，莫愁便恶心得浑身震颤。

这对卢茂来说同样是煎熬的一夜。待天一破晓，卢茂就带着卢乙和青儿，高举诉状，跪在县署门前。

“苍天在上，求大人救救我女儿！”卢茂的头一遍遍磕在地上，嘶喊道。

几近辰时，铜锁朱门终于打开，出来两个睡眼惺忪、欠伸不止的衙役，皱眉吼道："何事喧闹？"

青儿定睛一看，这两名衙役正是阳角和朱耳，心下一叹。

"刘歪嘴当街强抢小女为妻，望大人为小民做主！"卢茂递上诉状，额上已是一片青肿血色。

"老县尹已死，新县尹未到，你便是磕到天黑也没用啊。"朱耳和阳角抖开诉状。待到读完，朱耳捧腹笑道："我当什么要命的事，刘歪嘴可是权县的望族，家里良田万顷，你能攀上这门亲事，还不快快摆酒庆祝，来喊什么冤！"

卢茂悲愤难忍，痛泣道："大人，刘家虽是望族，可草民不想攀这高枝，小女也并非情愿。昨日刘家来强下聘礼，草民不从，刘家家丁暴打草民，扔下聘礼便走。草民挨打事小，但大人再不明断，小女明日被迫成婚，却是终身之痛啊！"

围观的百姓窃窃私语，面有忿色而不敢言。朱耳只一嗤笑，道："明日成婚？那老丈还不速速回去准备？"说完转身便走。青儿气极，跳起来怒斥道："你们这还有王法吗？"

"王法？"朱耳冷笑起来，"姑娘，你是新迁来的吧？谁不知权县权大过法。"

县署大门轰然关上，卢茂老泪纵横，伏地悲呼。

转眼已是第三天，刘府内一片迎新之色，听说刘歪嘴又要娶亲，当地权贵与纨绔子弟俱来观礼。

"娘子，你倒是扮好了没有？宾客都等不及了。"刘歪嘴着玄色爵弁服，挺胸凸肚，满面油光笑道。

这时有丫鬟扶莫愁出来，众人一看就惊呼道："美人！"只见莫愁缅次束发，着玄色纯衣纁袡，绣纹重重，环佩叮咚，一双明眸满是怒色，反而平添几分明俏。刘歪嘴更是垂涎不止，搓手顿足。

莫愁却是暗暗左顾右盼，这院中四处是人，要逃几乎是不可能了。方才梳妆时，她借口发缅太长，丫鬟拿来销刀剪短，她已乘乱将刀藏在袖里。莫愁稍一思忖，神色更烈。

刘歪嘴早已几杯浊酒下肚，一步三摇，举着手道："我的美人儿。"上去就捧脸要亲。莫愁突然一把从背后勒住他的脖子，抽出销刀抵在他的颈上，大吼道："都让开！都进屋去！但有不从，我便一刀要了这老狗命。"

众人大惊，不知所措。刘歪嘴感到颈上那一点冰凉尖刃，只得说："听她的，听她的。"一面却给招远使眼色。

莫愁以刀抵着他往外走，厉声道："让你外面的人也散开，小心你的狗命。"

"好，好。"刘歪嘴诺诺道。眼见得外面家丁已神色镇定，刘歪嘴抬腿向莫愁绣履狠狠一踏，趁莫愁失去平衡，又一脚踢在她腿后窝。莫愁向前扑倒，销刀也飞了出去，檐上跳下四个家丁，一网将她罩住。

"唉，你性子可真烈。"刘歪嘴掸掸土皱眉看着莫愁，又冲招远道，"方才谁给了她销刀？查出来上家法。"

莫愁在网中如困兽一声哀号，挣扎中被家丁抬起。就在这时，一粒石子"啪"地打在刘歪嘴的后脑，他"哎哟"一吼，捂着头怒视道："谁打我！"

众人向门外看去，只见卢茂拎刀，青儿持棍，卢乙在给弹弓装下一颗石子，他们前面是一位峨冠博带又风度翩然的男子。

他只是站在那里，便与千千万万的众人不同。

"是你？"

莫愁惊讶万分。

是的，是屈原。她心下乱跳，一边是绝望中的生机，一边又恨此刻相逢如此狼狈不堪，两人眼神交会，万般滋味尽在其中。

“莫愁姑娘，我来迟了，教姑娘受了委屈。”

屈原忍下心中怜惜。刚刚看到她的时候，她一身华服罩在网中，尘土弄花了妆容，眼神却是不惧，动人得像一头山中小灵兽。他赶过来时想了千般万般场景，他怕莫愁依然不想见他要赶他走，但远远看到莫愁被困，他对自己说，即使再受她一万鞭，也要救她出来。

刘歪嘴定睛一看，想起这便是前日护卢茂的屈原，实在不知其来历，便道：“臭小子，怎么又是你？”

屈原缓步前行，冷冷道：“我也想问，怎么还是你？”

“我今日大婚，碍你何事？”刘歪嘴横道。

“你光天化日之下强抢民女，辱我大楚王法，我身为楚国子民，岂能不关我事！”屈原负手立在刘歪嘴面前，斥道，“不只关我的事，关莫愁姑娘亲人的事，也关外面围观的这些楚国百姓的事！”

刘歪嘴探头一看，果然院外已挤满了人，他一时不好发作，只强词道：

“如何是抢？是她贪图富贵，主动要嫁我的。”

“刘歪嘴，你休得胡说八道，我就是死也不会嫁你！”莫愁在网中怒斥道。围观百姓窃窃私语。

“你仗着权势，便横行霸道和强取豪夺。我楚国立世七百年，法度严明，哪容你这般无法无天！”

今日来的宾客多是当地权贵，刘歪嘴自觉有失颜面，便朝屈原厉声吼道：“你擅闯刘府，搅我大婚，我楚国法度严明，自然不容你欺我良民！招远，带家丁来！”

话音未落，卢茂突然扬起刀向刘歪嘴扑去。屈原大惊，一把抱住卢茂道：“使不得！出了人命就无处讲理了！”

“他们要我女儿的命，我就要他们的命！”卢茂挣扎吼道。

刘府家丁见势不好，举起棍棒步步逼近。屈原和卢茂还在纠缠，一人举棍要打。卢乙眼疾手快射出一弹，那人惊叫而倒。一众人又冲上去，一片混乱。莫愁心急如焚，在网中大吼道：

“都住手！”

这一声喊得撕心裂肺，响彻天地，惊得所有人心中一震，停了动作。刘歪嘴嗤笑一声，伸手拨开家丁，直走到屈原面前冷冷道：“小子，打狗还看主人，咱们今天新仇旧恨一起算！”说罢一挥手，“来人，把他们押到县署！”

这一下卢茂更急，挥刀挡住屈原道：“我们不去！谁不知道县署是你们的地方！”

屈原却笑道：“如何不去？我们这便去县署讨王法公道。”说罢按下卢茂的刀，走去解莫愁的网，本想对她说“莫愁姑娘随我们一起去”，但当看到她的眼睛却失了语。莫愁暗笑，只道：

“公子带我一道，我是证人。”

屈原脸一红，赶紧正色道：“是，带证人。”就搀扶莫愁起来。这一来倒是刘歪嘴愣了。席上一直不动声色的景连走来，神色阴鸷道：“这稚子要玩，你去陪他便好。”

一行人出门上路。

这一路，屈原手掌都带着莫愁臂上的余温，那点儿让他心悸、疼惜、眷恋不止的温度。此时她跟在身后，和卢茂、青儿随便说着话。他听到她轻声细语地安慰父亲姐妹，那声音悦耳如春日的轻风轻吻在脸上，屈原脸又一红，只好加快了脚步。

此时阳角、朱耳正和师甲说些杂事，但见屈原和刘歪嘴一队人轰然进来。师甲正要发作，却思忖这公子风度翩然、面无惧色，恐怕来历不凡，便改口道："公子和刘歪嘴所来何事？"

刘歪嘴一进县署，只当到了自家府上，斜睨屈原一眼便道："先生，今日小民大婚，正在行礼，不想这厮擅闯我刘府，还想抢走我夫人……"刘歪嘴滔滔不绝，屈原听得笑之鄙之，心中暗想：这只有一句是对的，我是要把她抢走。

这时，阳角上前对师甲窃窃耳语，刘歪嘴意味深长地笑道："还请先生为小民做主，责罚恶人，还我娘子，小民还赶着回去完婚。"

卢茂叫道："大人明断啊，刘歪嘴强抢小女，逼其成婚，公子只是仗义行侠，出手相助啊！"这一喊，朱耳认出了卢茂，他暗想讨好刘歪嘴，便斥道："你这老朽，昨日就劝你回去了，如何又来闹！"

屈原看着堂上几人鬼祟，知招远早已打点，心中愤慨不已，当下只得压下怒火道："百姓有冤未伸，县署有案未断，怎能轻易回去？"

还少有人敢当庭顶撞，朱耳跳脚要骂，却被师甲按住。他明显感到这公子与众人不同，不敢轻举妄动，便试探道：

"你是何人？为何不跪？"

"笑话，我无罪，为何要跪？"

师甲一怔，细细打量这人，不过是身着松柏色凤鸟纹深衣、峨冠高履，但他眉目间有股凛然正气，浑身散发着难以侵犯的气场，师甲只得又问：

"那我问你，你擅闯刘府，是否属实？"

"属实。"屈原落落对答。

"你扰乱刘歪嘴婚礼，是否属实？"

"属实。"

莫愁不知屈原何意，只默默观察，青儿却是忍不住叫道："是刘歪嘴欺我莫愁姐姐在先！”师甲皱眉道：“还不到你说话。”又转向屈原道：

“既然如此，你还敢说自己无罪？即刻向刘歪嘴赔罪道歉！”

“什么？赔罪？”刘歪嘴惊诧地张着嘴，半天才道，“他毁我大婚，赔罪就完了？”

师甲意味深长地看着刘歪嘴：“那你意欲如何？刘歪嘴，我素知你品性，见好就收吧！”

刘歪嘴一时怔住，以为是打点不够，便怒视招远。但招远正看向阳角，大家都不知今日师甲为何不同往常，连刘歪嘴的颜面都不看。

“见好就收？师甲如此断案，真是闻所未闻！”屈原稳稳说道，“刘歪嘴光天化日强抢民女，其父不从，便雇家丁殴打卢茂。敢问师甲，这在楚国当定何罪？”

“小子，这是权县，我的罪岂是你能治的！”刘歪嘴按捺不住，一时大喊。

屈原不语，只看向师甲，一字一句斥道：“你不辨是非，罔顾对错，颠倒黑白，错勘曲直。师甲之职，你不配得！”

“噤声！你好大胆！”师甲斥道。

堂内几人都已看呆，堂外也尽是围观百姓，卢茂见莫愁平安，只想息事宁人，拉住屈原道：“走吧，这里不是讲理的地方。”

莫愁看屈原气定神闲，成竹在胸，就上前笑道：“父亲有所不知，这不是讲理的地方，却是讲礼的地方！”说着指指自己的袖口，又看向刘歪嘴笑盈盈道，“大人，今天银条没带够吧？”

“你瞎说什么！”师甲的脸瞬间红了起来。刘歪嘴则怒视招远道：“我让你给的银子是不是又私吞了！”招远叫冤跳脚问阳角，一时县署大乱，堂外百姓一片嘘声。

“新县尹即刻到任，县署繁忙，你们速速下去吧。”师甲挥手道，“老夫今日不与你们计较。”

刘歪嘴早已不耐烦，索性嚷道：“大人，今日和上次办案给的银子一样多，上次您不是痛快将那人杖责，今日我再加倍如何？您有什么难为情，全天下谁不知道权钱交易，您出个价吧，我今天非要这小子跪下领罪，解我心头之恨！”

堂外一阵骚动，师甲气得颤声道：“荒唐！”却又无话可说。

刘歪嘴还在叫骂。屈原心下想，我素日也听说权钱之交，却不想已如此赤裸坦荡，这大楚天下，邻郢都仅一郊之隔，蛆蝇小利藏污纳垢，势利凉薄，实不能忍。正欲发作，转念一想，而这地方却有莫愁，心下一片温柔，就不欲多与他们撕扯计较。

莫愁也正看向屈原。她狼狈不堪的时候又遇见他，却是他先脸红。她看到他为自己和父亲伸冤时的正颜厉色，比那些诗篇不知还动人多少。莫愁正想着，却见屈原走到判桌后，在县尹之位安然坐下，正当师甲喝道“大胆狂徒”时，扔下一卷文书。

师甲惊觉不对，扑上前拾起文书，展开一看，慌忙跪地稽首道：“小的不知，请县尹大人治罪。”

刘歪嘴和众人一并呆住，堂外百姓先是一怔，反应过来便齐齐叫好。屈原起身指着师甲斥道：“师甲，你在这衙堂之上，收受贿赂，偏袒奸恶，有何面目对我大楚国君、大楚百姓！”

那师甲捣蒜似的磕头，只念念道：“求大人饶命！”

屈原冷冷道：“我问你，刘歪嘴光天化日强抢民女，雇家丁殴打卢茂，这在楚国该当何罪？”

“鞭刑，五十鞭。”师甲颤巍巍地回答。

刘歪嘴此时瘫软在一边，屈原冷面道：“速去执行。”阳角两人紧张谄笑着把他拖下去，交给刑人。

“我再问你，衙堂公人纵凶为恶，勾结恶霸，该当何罪？”

师甲已是一身冷汗，颤道：“杖刑，二十杖。罚俸三月。”回身看看已吓软的阳角、朱耳，狠狠心道：“自去领刑！”

“第三问：师甲收受贿赂，不辨善恶，罔顾是非，该当何罪？”

师甲已抖得像风中惊蝉，口不能言。屈原丢下令牌道：“杖责十，罚俸半年。”

堂外百姓一片呼声，卢茂喜极而泣，看向屈原道：“屈公子，千恩万谢！”

脱了险境，这一声“屈公子”，突然让莫愁想起旧事，想起他们之间不可逾越的鸿沟，她眼睛一红，两串泪珠滑下，卢茂只当她是惊喜委屈。莫愁擦泪道：“谢谢你，县尹。”

第十三章 · 县尹

吹参差兮谁思？

——《九歌·湘君》

秋意寒，仍有桂花微香，碧叶垂阴。人们皆出来采花，取桂花至酒中，以盆盖，密泥封之，经七日开罐，是为桂浆。后世有记：“绿蕙不香饶桂酒，红樱无色让花钿。”

只是在权县，这清甜桂浆却只能落在龌龊横陈之处。此刻景连派人邀了程虎，要了一桌酒菜，在刘歪嘴院内等他回来。刘歪嘴和屈原闹上县署的事已在权县传开，权贵之间窃窃私语，景连也微微有些不安。

“景爷，你说这屈原是个什么来历？刘爷去了这么久……”程虎闷下一杯酒道。

“怕什么，县署是谁的地方，你还不清楚？”景连嗤笑一声，“这权县虽比邻郢都，但到底天高皇帝远，早已是我们三家的天下。敢动咱们几个的，不是资历尚浅的初生牛犊，便是有眼无珠的莽夫，说到底，都是来送命。”他满目阴沉，言罢又微微皱眉道，“不过，今日那公子确实气度非凡，恐非常人。”

话音未落，便听见门口一阵杂乱的脚步声，有人呻吟着被拖进来。景连和程虎慌忙站起来，定睛一看，这血迹斑斑皮开肉绽的一具，竟是刘歪嘴！

“刘爷？你这是……”

程虎和景连大惊失色，忙问旁人：“这是怎么了？”两个小的立刻抽泣道：“刘爷去了县署，才知道，今天那公子就是咱们新县尹！”

“千真万确？”程虎难以置信。景连怔了一怔，叫人把刘歪嘴抬进去安排妥当，出来和程虎重新倒酒。

“又来个生事的，当真见不得爷清闲。”程虎阴沉道。

“看来这个新县尹，不识时务得很。”景连冷冷道。

话说屈原让莫愁一家在旁厅小坐，待他处置了那几人，又与其他县役交代了些杂事，便过来找他们。

这是权县的县署，莫愁从没想过有一天会坐在这里，他们这种庶民百姓，不是走投无路才不愿来到县署，即使来了，也是跪着或站着。权县这些年，县尹只有一个比一个更贪，她恨权贵，却不得不常常任他们摆布。她现在坐在这里，穿着那一身她厌恶至极的华美嫁衣，冷冷地看这房间里的青铜龙凤案、蛇纹漆座屏、云纹绘漆几，华美冰冷如恶兽。她能隐隐地听到他的声音，他温和、平静、不容置疑、足以宽慰她的声音。

“莫愁！”

这一声把她拉回现实，屈原站在她面前，刚才那个疾言厉色的县尹此刻眸中却是一片温柔：“今天我刚到权县，就遇到青儿，我虽紧赶，还是到得太晚，让你受苦了。”

莫愁眉眼一动，只静静说：“谢谢县尹大人，并不曾受什么苦。县尹大人这里若没有什么事，我们便先回去了。”

“莫愁……”

屈原一时语塞，卢茂过来教训莫愁道：“你这孺子，毫无礼数！”

又看向屈原，小心道，“屈大人，你若无事，可否赏光去老夫家里一坐？”屈原心中一喜，见青儿和卢乙也纷纷叫好，于是安排完一些县署杂事，一队人往卢茂家去。

一路秋风骤起，远处隐隐有黑云。“只怕有雨！”几人疾步回到卢茂家，闲话一阵，便跽坐在几案边等待午食。这不是屈原第一次来，但每次都重新惊讶于这里毫无遮拦的一贫如洗。一会儿，莫愁从庖房出来，捧一盆鱼汤置在案上，每人面前一只木豆盛菽、一双竹箸，再无其他。

菽作为豆类可以制成浆或粉，尤其在青黄不接时可救急充饥。《诗经·小雅》中记“中原有菽，小民采之”，说的正是此物。

“大人，没什么可招待，新打了鱼，您尝尝。”卢茂搓手道。看卢茂一脸歉意，屈原忙缓言道：“伯父多虑，我甚爱吃鱼。素日家里竟不怎么烹鱼，馋得很。”

楚地多水，盛产鱼，屈原说家庖不常做，大概只是因为太过普通。

此时莫愁已换回艾绿色长袍，头发松松挽起，跽坐下来为屈原等盛汤。屈原喝下一口，惊觉这次滋味不同，卢乙已抢先道：“姐姐，你今日放了盐？”

“是啊，你救我有功，算是奖赏。”莫愁笑道。

屈原听到心中暗喜，自觉领了这情，莫愁却道：“屈大人，恐怕依然不合您口味，吃不惯不必勉强。”

屈原语滞，闷闷道：“莫愁姑娘手艺好，只加盐已鲜美至极。”即刻大口喝汤不语。几人皆笑。

突然远方一阵闷雷，疾风骤起，卢茂几人忙去闩门关窗，还未落座，大雨已瓢泼而至。

“好雨！好雨！”卢茂快意道。渔翁多爱雨，因雨后水重，鱼常聚于河面，网鱼更易。此时门窗俱在风雨中砰砰作响，卢茂依然兴致盎然地对莫愁道："去拿后院那坛酒来，与屈大人尝。"

莫愁微微一哂，便跑去捧了酒坛出来细细开封，嗔道："这还是去年此时封的金桂酒，可比不了你的琼浆玉液。"卢乙喜道："姐姐快倒上。"莫愁却是缓缓将酒倒进盂内，泡进温水，拿来几只盏摆开，说："等一等吧，这天气喝不得冷酒。"卢乙不解，皱眉道："我们平日不尽喝冷酒吗？"

"就你话多，你喝是不喝？"莫愁明眸一瞪，卢乙赶紧噤了声。

窗外大雨淋漓，木屋于风雨中飘摇，然而一室静谧。片刻酒温，卢茂端起酒盏对屈原道："大人，乱世之中，小民命如草芥，今日若不是大人相救，小女莫愁危矣！"说罢隐隐含泪。

屈原忙端酒道："伯父言重了，此乃灵均分内之事，灵均既是来做县尹，自是要惩恶锄奸。"卢茂却是面色沉沉，叹道："大人有所不知，刘歪嘴同景连、程虎，并称'权县三霸'。你今日因我们开罪于他，怕是要遭他记恨报复。"

"我若是怕，便不来权县了。"屈原神色磊磊道。

"大人可知，前几个县尹不是下落不明，即是死于非命，请大人一定万事留心。"

突然一阵惊雷炸起，几人看向窗外，天空如炸裂般闪光，风发出小兽般的咆哮，整个木屋在狂风暴雨中飘扬。忽然屈原的盏中一响，几滴酒花飞溅而出，随即卢乙喊道："漏雨了！"风雨更猛，雨像是无遮拦地淋下来，抬头一看，竟是屋顶的薄草被风卷走，露出一个大洞。

暴雨如注，几人赶紧撤了杯盏。卢茂面有愧色，从后院搬出梯子，莫愁亦抱了一捆蒲草过来。

梯子搭稳，莫愁欲抱草扶梯而上，却被屈原一把拉住。

"我来。"

“你哪里会！”莫愁嗔道。

屈原并不理她，只夺过蒲草，一手抱着，摇摇而上。

莫愁在梯下看他，这贵公子显然并不谙熟此道，显得笨手拙脚，他向上爬时宽大的袖袍滑落下来，露出手臂上浅浅的鞭痕，那应该是他生来的第一道伤。他已经爬到屋顶，大概在思忖怎么上去，莫愁看他被雨水打湿的发髻和略紧张的表情，觉得实在好笑。

屈原显然是没了退路，只有先把蒲草用力扔上去，心一横手一撑，居然跳到了屋顶上。然而上面才是真正的暴雨癫狂，他根本无法睁开眼睛，只能凭手摸索蒲草，一点点铺过来。

暴雨之下，屈原恨自己如此笨拙。

又一阵狂风，刚沓好的蒲草被卷起，屈原扑去按住，不想触到了另一只手。

温润如玉。

“你怎么也上来了？”屈原的手瞬间弹回来，那一点余温还留在指尖。莫愁不语，只麻利地抱着蒲草一一沓好，屈原亦跟着学。

狂风暴雨，无遮无拦，呼啸声中有一个寂静的世界。很多年以后他再想起，还是犹豫不决，是应该将莫愁与他同置于这狂风暴雨中热烈相爱，还是应该放她在那平静陋室里安稳过活。

蒲草铺了大半，雨渐渐小了。屈原四下看了看道：“今日索性都重铺一遍，这一场风雨，有好几处都不稳了。”莫愁看看说好，转身道：“这些不够，需再去拿些上来。”

雨真是停了，不久彻底放晴，远望去，一片斑斓秋色中，现出一道彩虹。屈原在草垛上坐下，看着自己的指尖发愣。忽然卢乙探出头，扔上一捆蒲草跳过来说：“屈原哥哥，我们一道来。”

屈原暗暗苦笑，铺了一会儿问道：“卢乙，伯父他们呢？”

“赶去网鱼了，这可是网鱼的好时候，家父让我和哥哥说一声，他们来不及招呼了。”

“你怎么没去？”

“姐姐让我来帮你。”

当下随意说了些闲话，沓好蒲草，细致检查一遍，屈原才回去。

许是累了，一夜睡得极好，梦中又与山鬼遥遥相望，她在崖那边。屈原说，你等着我，我要搭一座天梯。山鬼微微一笑，仍是万种风情，眼里却无限哀伤。

屈原不知此时郢都宫内，正是波诡云谲，嬴盈腹中那团混融着秦楚血脉的骨血，在整个后宫有无数双眼睛窥觊。

对后宫的女人来说，子嗣代表着全部，从来没有盛宠不衰的美人，仰仗君王宠爱可立身一时，但若要终生依仗，需得有自己的子嗣。周室衰弱以来，各国储君更易之事屡见不鲜，所以得太子位并不意味着绝对安全。子嗣代表着在王族的权力，是在后宫的险恶环境里最有优势的筹码，也意味着对其他宫嫔的威胁。

这种威胁，久居盛宠之位的郑袖自然嗅觉敏感，而嗅到这威胁的自然不止她一人。

大王对公子横和公子兰的区别态度，让南后不安，她早知道郑袖的勃勃野心和毒辣手段。南后为人温婉，行事低调，却亦知在暗处使力，才能使风头占尽的郑袖忌惮她几分。南后常想自己初进宫时，以为单纯宽厚便可使人怀德，不出太久便明白，这后宫至高之位，绝不可仅以善保。

这一天，子横来汇报功课，提到前日屈子训斥他被父王看见。子横本是撒娇求宠，不想南后劈头怒骂子横不学无术、荒诞不经，骂完之后，见子横惴惴而立，便拉他坐下道：

“孩儿勿怪母亲。如今孩儿大了，也当为自己前途考虑。如今周室衰弱，礼制混乱，各国易储之事并不鲜见，你虽身为太子，一日未登基，便皆有变数。你弟弟子兰深得父王喜欢，你不可不自危，亦不可不防他。”

公子横脸色大变，惊道：“孩儿竟不曾想到！孩儿当如何做，母后请明示！”

南后一听这话，不禁暗暗皱眉，子横确不如子兰聪颖懂事，性子又粗鲁直莽，她若是大王，日久也必有区别。当下叹道：“我如何知道怎么做，自是横儿在功课上用心，讨得父王喜欢，对你弟弟的举动，凡事留意便好。”

公子横不明所以，只好谢过南后，又说了一会儿闲话便起身告退。

公子横刚走两步，便听到有人唤他，转身看到是秋露疾疾而来。

秋露当下施礼道：“奴婢可否请公子借步而谈？”

说着引他自偏僻处的回廊，低声私语道：

“奴婢斗胆此行，实是因为近日南后忧虑太甚，日不思食，夜不能寐，奴婢侍奉南后多年，心下不忍。公子此时若能为南后分忧，既是为她，也是为己。”

公子横自从南后宫中出来，也满心懊恼，此时如遇救星，当下就拉住秋露道：“请姐姐明示，如何才能铲除我和母后这心病？”

秋露略一思索，沉吟道：

“公子不可操之过急，需慢慢让大王失尽对子兰的欢心。如无事，只有我们生事。”

说罢更压低声音，在子横耳边窃窃私语，子横脸色一沉，频频点头。

几日后，公子兰跪倒在郑袖面前，颤声泣道：

“母后，孩儿只是让她帮个小忙，不知她此时有孕，更不曾想到她会跌倒啊……”

“糊涂！”郑袖劈手拍案厉声道：“你嬴娘此时恩宠正盛，连母后都要敬她三分。你和子横玩掷箭，你竟敢让她爬假山帮你们捡箭！如今她失足摔下，腹中骨血若有闪失，你我在宫中当处何境地，你可知道！”

子兰已吓得瑟瑟发抖，泣道：“宫中娘娘甚多，嬴娘又素日低调，孩儿当真不知嬴娘有孕。孩儿只是懊恼今日怎么偏去了桂篱园戏箭，若像平日都在兰园内，就不会生此事。孩儿顽劣，连累了母后，孩儿知错……”说罢久久伏地不起。

侍女小乔忙劝道：“娘娘，公子只是无意，也得了教训，您且息怒，此时想想如何补救是好啊。”

听到此话，暴怒之下昏了神的郑袖突然一怔，拉起子兰静色道：“母后问你，今日去桂篱园，是谁的主意？”

“子横说，近日秋桂极是好闻，桂篱园以桂为篱，闻名遐迩。母后也素知我喜欢兰桂薰香，我便提议今日去桂篱园戏箭。”

“那嬴娘过来时，子横何在？”

“子横开始便频说腹痛，那时正好去更衣了。”

郑袖略略一怔，拍案而起：“好个南后！竟一石二鸟！”

子兰浑身一震，疑惑道：“难道此事早有设计？”他细细一想，确有蹊跷，便问道：“若父王问起，孩儿可否直言？”

“稚子！”郑袖斥道，回身坐下，缓缓饮一口小乔端来的醴浆，沉吟道，“这事空口无凭，又涉及王后，大王怎会听信我一家之言？只能先吃着哑巴亏。而当务之急，是确认嬴盈是否安然无恙。这嬴妃素日低调，不像生事之人，我们速去看看，但愿能从她这儿捂住消息。”

公子兰连连点头道：“母后明智，孩儿随母后同去致歉。嬴娘娘看在孩儿面上，应不至于为难母后。”

郑袖冷笑一声叹道："我哪里怕她为难，我怕的是大王。"

她并非不知自己恃宠而骄、张扬跋扈，她自信自己明艳伶俐，并有一套绝技笼络楚王，然而她更明白古今无一人能终其一生冠宠后宫，她必须早做打算。人的野心张露，不会悄无声息，连以前见她已迷七分的楚王近日都有察觉，来她宫中的次数越来越少。这次之事，如果楚王归咎她有意为之，恐怕他们之间的嫌隙就更进一步。

想到此处，郑袖急急地拉起公子兰，命小乔带些珍奇补品，速往嬴盈宫中去了。

江篱宫，嬴盈腹中隐痛，蜷在榻上歇息。听传报说郑袖来，嬴盈心下一沉，叫虞娘将自己扶起坐好。

"嬴妹妹！"郑袖红着眼睛疾步进来，一看她，便伏在榻边嘤嘤而泣。一边子兰也跪倒道："子兰今日扰娘娘受惊，千错万错，子兰请娘娘责罚。"

看着眼前的郑袖和公子兰，嬴盈心中一叹。她并不知今日究竟是小儿顽皮，还是早有算计。她是秦国联姻嫁来的公主，谁都知道若是在母国受宠，怎可能被远嫁，初来楚国时她心灰意冷，凡事低调，如今突然怀了王儿，她不得不正视眼前复杂险恶的环境，如果此时能被郑袖拉上一把，想来日后也会得到庇护。

想到此处，嬴盈镇定心神，微微笑道："公子快起来，盈娘晓得你是无意，怎会怪罪于你？"又忍痛拉郑袖起来，握其手道，"嬴盈素知姐姐处事严苛，没想到教子亦是严格。快别吓着公子，姐姐放心，我无事。"

"妹妹当真无事？"郑袖含泪问道，"真是吓坏了姐姐。妹妹腹中胎儿日后与子兰亦是手足，若真被子兰所伤，姐姐亦心如刀绞。"

嬴盈轻抚小腹柔声道："并无大恙，想来安胎几日便好。"说罢额头已微微见汗。

郑袖拭泪点头，又指着子兰道："竖子！一会儿去你父王宫中领罪。"

嬴盈当下明白，让虞娘去扶子兰起来，握起郑袖的手道："姐姐千万别惊动大王，一则大王政务繁忙，何必来听这些琐事；二来子兰本是无心，何罪之有？姐姐当真不必放在心上。"

郑袖暗暗松一口气，两人握着手说了一会儿话，又交代了送来的补品如何炖煮，便带着子兰回去了。

路上小乔便问："夫人，这下我们平安了吧？"郑袖微微一叹道："还早，南后那边必有动作，我不可不防。"

后宫之事，本就是尔虞我诈，百般算计，在可控的范围内，看谁能算到更远。

此时南后已到楚王宫中。近日她难得茶饭，身形消瘦，细细梳妆之后，竟比平日更娇盈可人，令楚王一见又怦怦心动，加之南后素日温婉，楚王揽其腰温言道："王后所来何事？"

"大王，"这一声便千娇百媚，"臣妾听说近日金桂正好，大王可有兴致与臣妾同采桂花，臣妾好制桂浆与大王。"南后糯糯一声，楚王连声道："好，好。"

宫中的桂花都在江篱宫附近，两人携手缓缓而行，无限温情。采了一阵花，楚王抬头一看正是嬴盈寝宫，便低声对南后笑道："嬴美人又给不谷添一王儿，南后何时再给不谷生个皇子？"南后脸色绯红，顿足轻嗔道："大王不知羞。"两人嘻嘻闹闹一阵，南后道："大王，好久没见嬴妹妹了，正到此处，我们去看看她吧。"

楚王一喜，轻戳其额笑道："你当真不知何为妒，别的姬妾，都恨不得不谷不见任何女人。”说罢便往江篱宫去。

刚踏进宫门，就看到虞娘慌慌张张地出来，见到楚王一惊，随即施礼道：“大王，夫人有些不适，奴婢这就去请太医。”

“不适？”楚王怔道，“如何不适？”

“有些……有些胎象不稳。”虞娘别无他法，急急道，“夫人的身体奴婢最清楚，还需要奴婢亲自和太医说明。”说罢额上已是一层细汗。

南后即刻道：“大王，我们自去看看，让虞娘先去请太医要紧。”

“去吧。”楚王挥挥手，与南后疾疾走进宫里。

此时嬴盈已因疼痛晕厥，身边几个侍婢正围着低低哭泣。楚王拉过一人瓮声道：“到底怎么回事？前几日还好好的！”

那奴婢如何知道曲折原委，只直言泣道：“今日娘娘帮公子兰捡箭矢，从假山上跌落下来，恐怕动了胎气。”

“逆子！”楚王怒骂道。来回踱两步，见嬴盈仍是昏迷不醒，多留无益，便愤然拂袖而去。

南后知道楚王必是往郑袖宫中去了，心里暗出一口气，对几个侍女好生安排一番，便回宫去了。秋露见南后回来，奉上一杯蜜汁道：“这回郑袖怕不好翻身了。”南后缓缓摇头道：“我刚刚看那嬴盈，虽苍白虚弱，但不像要滑胎之象。”秋露沉吟道：“奴婢也听说了，嬴盈虽纤柔，但并不体弱。”南后面沉如水，缓缓道：“事已至此……”秋露一怔，即刻道：“奴婢明白。”

楚王进来的时候，郑袖正与子兰用膳，回头看到楚王阴沉的脸色，身后跟着近身侍卫，心下便明白了八分。

“来人！把这逆子拖出去，荆楚二十！”

“大君！这是为何？”郑袖扑过去死死护住子兰，惊叫道。

“这逆子做的事，还用不谷说吗？放开！”见郑袖护子，楚王更怒。侍从上前扯出子兰，郑袖不放，子兰高声泣道：“是孩儿做错了，孩儿领罚！”说完便拨开郑袖的手，被侍卫牵去。

楚王嘴角抽动，却很快平静下来，对郑袖斥道：“你儿倒是比你明白事理！”

郑袖听到外面一声声行杖，心如刀绞，泪如雨下，跪地抱住楚王腿泣道：“大王为何如此狠心，这是大王亲生儿子啊！”

楚王冷冷道：“那嬴盈腹中亦是不谷亲生孩子，你如何不怜她？嬴盈此时生死未卜，你叫我如何对你心软！”

子兰的惨叫声越来越虚弱，郑袖失声痛哭道：“我知道大王不信我，我指天起誓，此事真真与我无关，兰儿并不是有心所为啊大王。”

此时南后已匆匆赶来，大惊失色跪道：“臣妾听说子兰被打，大王何至于此，子兰万错都是孩子，臣妾恳请大王留情，子兰体弱，经不得这打啊！”

郑袖心中一片杀气，指甲几乎嵌入地内，此时也只得大哭道：“求大王开恩啊，子兰再打，怕是真不成了。”

打的都是子嗣，楚王岂能心中不痛，他不过想给郑袖一个教训，见子兰此时连哭的力气都没有了，楚王对侍卫喊道：“罢手！”

郑袖欲扑到子兰面前，却被楚王拦住：“先谢王后为你求情。”郑袖攥紧拳头，指甲深深嵌入掌内，低头对南后道：“臣妾谢王后大恩。”南后柔声道：“都是孩子，我也心痛，快去看子兰吧。”郑袖抬头深深看向南后，切齿道：“好。”南后面上滑过一丝若有若无的笑，又看向楚王：“大王，今日一定累了，要不要回臣妾宫中去？”楚王点头，默默而行。

侍众人走出宫门，子兰已经被几个侍女扶到榻上。郑袖解开子兰的衣襟，只见荆条打过的地方，都皮开肉绽、血肉模糊。郑袖扑在榻上痛哭一场，这时小乔急急地走进来说："夫人，秋露也派人往太医院去了，怕是王后要下手。"

郑袖当下顾不得子兰，速速拉着小乔冲出去。当下已是夜里，两人一路气喘吁吁跑到江篱宫，在附近的回廊蹲下，远远见到一个侍女抱着什么过来。郑袖一把拉住小乔，紧张道："一会儿你冲过去撞倒她，一定要撞碎那药罐。她若问你，便说是我打骂了你，你心情烦躁跑出来。"说完自己疾走到黑暗里，直到听到"砰"的一声和无数尖叫哭泣吵闹，这才喘一口气慢慢走回宫去。

许久才见小乔回来，小乔喘下一口气道："夫人，我一路陪着她重新回太医馆煎药，步步都看着，又送她回江篱宫，这回应该妥当了。"

郑袖含泪道："难得有你周全。"

此时子兰还在昏睡，干裂的嘴唇在睡梦中哆嗦不已。郑袖默默流了一会儿泪，突然觉得疲惫万分。她有那么一瞬间羡慕起农家妇女，守着一方田地生儿育女，丈夫不多金，也娶不了三妻四妾，她每天洗衣煮饭，有儿女绕膝。郑袖想着凄凄一笑，又看定眼前这青玉蟠螭灯、金银彩绘案，看着她云条锦袖上精细的重菱纹，她突然站起来。她是郑袖，是楚国夫人，她有无所不用其极的谋算，她有公子兰，有可能成为整个帝国的王者，而她，也将是万人之上的皇太后。想到这里，郑袖眼里又燃起生机和欲望，她看着小乔缓缓道：

"咱们面前，还有很远很长的路。"

小乔跟随郑袖多年，熟悉她的脾气秉性，也知道她这主人非常了得。做奴婢的，自然要跟着有前途的主子，否则有一天树倒猢狲散，猢狲的下场也不会好，所以她必须忠心，必须聪明，必须为主子出谋划策和赴汤蹈火，为主人，也为自己。秋露也是一样，各为其主，各尽其职，只看谁算得过谁。

“夫人，这事是嬴美人告诉大王的吗？”

“说不好，嬴盈素不与我们交往，为人低调，但这深宫之内，一旦有了子嗣，心境必有变化。”郑袖沉思道，“但她兴不起风浪，我不惧她。”

“今日王后遣人去太医处，是要置嬴盈于死地吗？”

一听南后，郑袖恨恨道：“她不过想落井下石，让嬴盈彻底滑了胎，我们从此就难翻身，一石二鸟，实在狠毒。”郑袖眼中杀机毕现，“南后今日让子兰所受的，我将来必要加倍奉还于她！”

郑袖努力让自己冷静下来，这夜点了秋兰香，方得入眠。

嬴盈这时已被喂了汤药，胎象好转，她夜半渐渐醒来，凭母亲的直觉感到腹中胎儿已然安稳，微微欣喜。只转念想到今日楚王和南后来看她的时候，她虽昏厥不能动弹，却略有意识，模糊地听到了那些对话，后来又听到奴婢说有人打翻了药罐，她被喂药的时候，根本不知道那药究竟要她的孩子死还是活。

她边想边流泪，她不过一颗别人手中反手云覆手雨的棋子，她的力量根本不能保护自己的孩子。她生在秦国王宫，母亲亦是没有能力保护她，才让她在两国联姻时远嫁楚地。如今她大概要重复母亲的命运，她绝望至极，恨这王宫中的每一个人。

不过是平常的一夜过去，谁也不知道在楚王的后宫，那些阴谋、欲望、野心、仇恨，在如此强烈地纷纷涌动。

而此时权县在一场秋雨后，空气沁人心脾，屈原第一次在清晨好好打量这个城镇。

有远山如黛，有河流和鱼群，有挑夫吆喝着山歌走过，贩夫走卒、渔民樵夫，都开始了一天的生计，这是屈原没有见过的权县，此时如诗如画，生机勃勃。屈原突然想起那天在屋顶上见到的彩虹，一场暴雨之后，清清丽丽地挂在天边。庄子道：“天地有大美而不言。”极是。

一个渔夫拖网走过，洋洋唱道：

“手如柔荑，肤如凝脂，领如蝤蛴，齿如瓠犀，螓首蛾眉，巧笑倩兮，美目盼兮……河水洋洋，北流活活。施罛濊濊，鳣鲔发发。葭菼揭揭，庶姜孽孽，庶士有朅……”

这是《硕人》，在唱美人。屈原心下一动，今日也本有意去体察民情，便差人去将师甲、阳角和朱耳叫起来，驱车出行。

几人一路欠伸不止，都问：“大人这么早去哪儿？”

“江边，捕鱼！”屈原淡淡一笑。

“您这爱好，还真别致。”师甲摇摇头苦笑道。上次刑罚之后，三人竟都收敛，一路只看屈原脸色。

马车在一片渔歌声中停下。

这是云梦泽的一隅，与他在章华台上看到的云梦泽完全不同。这里氤氲弥漫，一排排渔人在江水中撒网收网，鱼篓整齐地摆在岸边，依然鲜活的鱼只翻跃跳动。再往前走已是泥泞之地，有三三两两的人就在泥滩上坐着躺着。今天好天气，凡是劳力必定都去打鱼，这些剩下的，多是重病之人和幼童。

他怔怔地看了一会儿，回头对那三人道：“随我去看看。”

“大人，你那木履……”他们其实是想说自己的木履如何走那泥地，但见屈原早走了上去，只好深一脚浅一脚地跟上。

这边是农奴的圈地，往来的人大多衣不蔽体，一篓一篓鱼被倒进大筐里由车推走。渔夫打鱼，整个白天打到的鱼几乎都交了供尝，临到黄昏如果运气好，打到的鱼才是自己的，然而还要卖鱼以易物。

屈原叹道：“渔家却没鱼吃，大半的鱼上供给渔头恶霸。师甲，他们才是这权县真正的县尹啊。”

师甲沉吟道：“大人，权县离郢都一郊之隔，渔头恶霸，实是有通天之力。”说罢深深一叹，“这些人，老夫劝大人少动为妙。”

“通天之力，呵。”屈原轻轻一笑，指天道，“暴雨之后方现蝃蝀，我屈灵均不怕。”

几人在湖边走，屈原看到远处突然一怔，随即和师甲说些政务杂事，越说越要紧，要师甲当下带两人回去督查。

来湖边，本来也算一点儿假公济私，尤其当他看到湖边那个熟悉的身影。

她是山神，她是水神。

他静步走过去，接过她的鱼篓。莫愁抬头一惊，这个让她整夜不能寐的男子，在这个清晨降临在她面前。

她脸色绯红扯鱼篓道：“还给我，脏了你的手。”

“我来，我能帮你。”

莫愁不语，眼下千愁万绪，只轻轻松了手。

第十四章 · 规矩

奉先功以照下兮，
明法度之嫌疑。
——《九章·惜往日》

咸阳宫外，寒风瑟瑟，百年前老子手植的银杏已亭亭如盖。秦王负手而立，樗里疾与一众臣子立在一边，面色凝重。

“臣不解，区区一策士，大王何至于此？”樗里疾低声问道。

“寡人迎的不只是这策士，而是我秦国的天下。”秦王一字一句，肃容道。

一道尘烟自远方浮起，猎风中有秦旗飘扬。秦王眉目略缓，见一队车马护送一辆辒辌车驰来。车马愈近，放缓行至宫门前停下。秦王向前几步，却见那辒辌车车帘不动，秦王负手车前，亦不作声响。

半晌，车帘被掀开，有人眯着眼，欠伸道：“今日这太阳，甚舒坦啊！”一抬眼看到秦王，忙收起手臂行礼道，“大王何以此处？恕张仪失礼！”

秦王一笑：“丞相使楚，一路奔波劳苦，本王特来迎丞相凯旋。”说罢亲扶张仪走出辒辌车。

鼓乐声起，一众臣子面面相觑。

“岂曰无衣？与子同袍。王于兴师，修我戈矛。与子同仇！

岂曰无衣？与子同泽。王于兴师，修我矛戟。与子偕作！

岂曰无衣？与子同裳。王于兴师，修我甲兵。与子偕行！”

于楚人而言，秦素为虎狼之地，一因地理环境恶劣，大漠风沙呼啸不尽；二指秦人有虎狼之性，秦国祖先曾从戎人手中将周室旧都寸寸夺回，至秦穆公“西取由余于戎，东得百里奚于宛，迎蹇叔于宋，来丕豹、公孙之于晋”，秦人好战，战不怕死，嬴驷之前的半数君王血洒沙场，秦方有今日之势。

承明殿内，秦王与张仪跽坐于几案边，秦王低头把玩着手中的和氏璧，忽然啪的一声，将璧掷在案上。

“全天下都将和氏璧当稀世至宝，这样待它的，恐怕也只有大王了。”张仪抚须笑道。

“寡人要的是天下，不是一块石头！”

秦王起身愠怒道：“赴楚之前，张子笃定楚国不会借璧，我们便以其冒犯炎帝之名，举兵伐之。可如今寡人出师之名未实，却把璧拿到了。那熊槐真有此度量，陷我大秦于被动。”

张仪面无惧色，起身缓缓道：“大王不必忧虑，仪早有准备。楚国不借璧自有出兵口实；借璧，也未尝就没有。”

“嗯？”

见秦王看向他，张仪向前一步瓮声道：“大王，若有人说这璧只是和氏璧的替身，您意欲如何？”

秦王一惊，低声道：“当真？”

张仪微微摇头：“大王，翻手为云，覆手为雨，这璧是真是假都不重要。”

秦王当下明白，若反诬楚国借来假璧以祭炎帝，兴师罪名不但成立，亦可更重，张仪真不愧鬼谷子的学生。

秦王暗喜，又请张仪落座，神采奕奕道：“那依丞相之见，寡人当何时伐楚？”

张仪却摇头道：“大王，楚威王连年征战扩张，已为熊槐留下了十年余粮、百万兵卒，现在楚国虽呈下坡之势，但仍在列国之中疆域最广，国势尚强，所谓‘百足之虫死而不僵’，大王不可轻视。虽说韩国申不害已老，魏国庞涓已死，皆不足为惧，赵国今年虽有转强之势，但一时还不至兴风作浪，唯独楚国，疆域最大，国力最强，即使近年盛极而渐衰，实力犹存。我大秦若劳师远征，一味强攻，楚必联合三晋反击，只会陷我大秦于危境。若再有西面犬戎趁乱骚扰，大王，届时能有几成胜算？”

铜壶滴漏，水一滴一滴打在浮舟之上。半晌，秦王沉吟道：“那依丞相之见，该当如何？”

“凡事缓则圆。我们当秣马厉兵，静待时机。”

秦王看一眼那和氏璧，轻叹道：“我大秦于逆境立国，历代君王皆披甲上阵，浴血沙场，大秦的每寸疆土都是性命换得，寡人怎能置国家于险境？丞相所言极是，时机不到，不可轻举妄动。”

张仪长揖为礼：“大王放心，仪自有安排。”

张仪凭策士之舌受秦王重用，朝中早有人不满。这日惠园菊花正好，秦王和侍从散步至此，迎面遇到樗里疾。樗里疾一行礼便问伐楚之事，听到张仪的建议不禁怒火中烧。

“王兄，要等到什么时候？此时不伐楚，难道还要等到楚国休养生息、更加强大吗？那张仪只逞一张巧舌赢大王信任，大王怎能把江山社稷都托付于他！”

“张仪进言不无道理，十五代君王的江山社稷，寡人自当慎而又慎。”秦王挥挥手道，“今日好兴致，只赏菊。”

樗里疾一怔，只好收了声，跟上秦王。

这是惠园，芈八子的宫苑，奇花异草遍植其中。此时金菊吐蕊，乱花迷眼，两人缓步慢行，说些无关之事。

“扔了它！”

忽然芈八子的声音传来，两人循声望去，只见芈八子面带怒容，小小的嬴稷手中拿着一块甜糕，满脸委屈。

“扔！”芈八子厉声吼道。嬴稷一惊，撇着嘴将甜糕掷给园边的黄狗。

“母亲，舅父让张仪大人给孩儿捎来甜糕，这也是母亲幼时吃过的，母亲自楚国来，就不想念故国吗？”嬴稷忍不住号啕起来。

“稷儿！”芈八子扶过嬴稷肩头，正色看他，“你是秦国人，永远都是，和楚国没有丝毫关系。你那舅父熊槐，当年和熊商以狩猎之名将我骗出宫，令我酒醉之后，将我送上和亲的马车。他今日对你所为，不过想补偿自己当年的恶行！”

芈八子不觉含泪，嬴稷惊异道：“母亲竟不是自愿嫁到秦国？”

“傻孩子，自古联姻皆是政治交易，又有几人情愿背井离乡。若是得势受宠的公主，又怎会被远嫁？”说罢哽咽道，“我当熊商、熊槐是父亲兄长，他们不过视我如一枚弃子！”

嬴稷缩进母亲怀里，恨恨道：“孩儿第一次知道，母亲受苦，孩儿长大必为母亲复仇。”

芈八子揽过嬴稷，轻抚他的发丝：“稷儿，会有这一天的。”

园外，秦王与樗里疾相视一笑：“纤弱楚女尚有此恨，灭楚大计何愁不成？”

丞相府。月吟跽坐抚琴：

“蒹葭苍苍，白露为霜。所谓伊人，在水一方。溯洄从之，道阻且长，溯游从之，宛在水中央。蒹葭萋萋，白露未晞。所谓伊人，在水之湄。溯洄从之，道阻且跻。溯游从之，宛在水中坻……”

浅唱低吟，余音绕梁。有轻缓的木履声在身后停住，月吟心中一悸，那歌声琴声，竟多了无限深情。

“蒹葭采采，白露未已。所谓伊人，在水之涘。溯洄从之，道阻且右。溯游从之，宛在水中沚……”

一曲终了，张仪拊掌而入。月吟款款起身，回身拜道：“大人！”

张仪一笑道：“月吟，你果然天资过人，琴技愈发好了。”

“哪里，全凭大人教导。”月吟说罢脸颊飞红，怔一怔又微笑道，“得知大人今日归来，月吟特备了酒馔，请大人同饮。”说罢便引张仪至内室坐下。

张仪见这红漆案几上，铜鼎中有猪脯，有鱼炙，盂中有稻，有汤，酒已在铜鉴中温好。月吟缓缓倒酒至爵中，轻柔一笑道：“这酒是家传秘方酿得，大人请尝。”

“月吟有心了。”张仪接过酒爵一口饮尽，不觉心下思忖，刚刚听她琴声，动人心弦，哀而有伤，便温言道，“月吟今日有心事？”

月吟一顿，半晌才缓缓抬头道：“是月吟不解，大人爱美食美酒，为何独不爱美人？”

张仪不由一愣，只听月吟轻声道：“大人半生操劳，何以至今未娶？”

“我以为何事。”张仪心中一暖，叹道，“我当年和苏秦师从鬼谷先生，苏秦习得合纵之术，我习得连横之法，不知为何，先生颇厚苏秦而轻我张仪。学成下山之时，我立誓此生必以连横之法一统天下！”

说罢，只觉陈年旧事纷纷涌来，张仪又为自己倒一杯酒饮尽，黯然道：“志不成，心难平，美酒美食可负，但美人有心，仪不愿负。”

听闻此言，月吟满心戚戚，昔日若不是张仪救她，她早因父亲连坐而死，张仪将她接入府中，令人悉心教导，起初她以为张仪要招她为妾，如今半载也并无动静。月吟从来只见张仪忙碌，竟从不曾亲近女人，时日愈久，月吟却对他动了真情。

月吟独斟一杯酒，一口而尽，以绢帕轻拭酒痕，楚楚望向张仪道：“大人，天下事，天下人共同之事。大人何必为了天下人共同之事，而疏于个人之事？”

此时张仪也猜出几分，虽有些许醉意，依然道：“月吟，你不懂。”

“月吟不需懂，月吟只知道，我这条命都是大人给的，月吟不愿大人为国事如此操劳，而不顾自己的欢愉幸福！月吟爱慕大人已久，求大人今收月吟为妾，终身服侍大人。日后大人若负我，也是我心甘情愿。”

月吟泪光闪闪，心下一沉，忽然起身将长袍束带轻轻一抽。张仪一怔，只觉得眼前如莲花盛开，一层比一层轻薄。她的幽香和刚刚的酒意令他迷醉，不等回神，月吟已倒在他怀中。

“月吟，别……别这样。”张仪情不能自持，月吟已一吻封住他的唇。

既见君子，云胡不喜。

这是让她日久生情的男子，他是乱世奇才，是秦国丞相，是救命恩人，而此时，她只愿他是她的男人。她听到他越来越急促的喘息，她愿接纳他，渴望接纳他。

风吹帷幔，无限旖旎，而正意乱情迷，张仪突然罢手，轻轻推开她站起身来。

“大人……”

“月吟，这不行。”张仪低声道，背身去整理衣衫。

“大人不喜欢月吟？”月吟几乎红了眼圈。

“不，月吟，你配得上天底下所有男人喜欢。”张仪深深看她，“也因为如此，你是我留作大用的。”

月吟一惊，恍然道：“大人一直让月吟练琴习舞，也是为了这大用？”

张仪点点头，看着眼前的月吟梨花带雨，更楚楚动人，伸手为她理一理发丝道：“月吟，待我张仪一统天下，必不负你。”

说罢转身离去，月吟顿时跌坐在榻上，泪流不止。

再说这楚王自从送了假璧到秦国，便终日惴惴不安，这日又唤了子尚到兰台：

“秦国那边可有消息？”

子尚垂首道：“还没有。”

楚王气恼，踱步道：“这张仪以祭祀炎帝要挟我借璧，现在拿到了，却丝毫不见动静！”

“也许那张仪只为骗和氏璧也未可知？”子尚谄笑道，“若真如此，他恐怕要大失所望，那真璧依然在我兰台宫中啊！”

楚王颔首，又听子尚阴声道：“张仪此人，太过狡诈，大王必须留有后手。”楚王听出他这是为自己邀功，不免嫌其聒噪，冷声道：“若比狡诈，恐怕他不及你。”

子尚一凛，想起自己近日作为，私通后妃、收受贿赂、培植党羽，哪一条都可论死罪，楚王这么说，莫非是他听说了什么？子尚的脸色变得难看。

熊槐明白，身为君王，既要人畏威，又要怀德，于是缓和道：“朝中令尹之事，王叔可有想法？”

子尚松一口气，心想此事终于提上议程，便先试探道：“楚国自古三户大族，臣以为，昭、景两家都适合。大王识人辨骨，想必已有定论。”

楚王却摇头道：“昭和忠直淳良有余，权变谋略不足。”

那莫不是景颇？子尚心中暗喜，却听楚王说：“景颇权变与谋略又太过，谋略太过，恐其失德。”

子尚唯唯道：“也是。如今大争之世，唯我楚国疆域最广，国力最强，全倚大王明察秋毫知人善任。”楚王并不接话，略一沉吟看向木易，问道：“你可知，如今屈原的县尹当得如何？”

“前日小奴已派人去打探，听说屈原为改善农奴生活，要惩罚权县的渔头。”木易垂首道。楚王一笑，子尚不明所以，只小心道：“这屈原才情过人，只是性子稍躁。权县渔头皆是官商勾结，岂是刚去就动得了的？”

楚王继续笑道：“这便是灵均，论做人做事，他可和你不同。”

子尚面上唯唯自嘲，心下黯然，他看出楚王对屈原的赏识和惜才，他们之间有种别的君臣都无法企及的默契，这让子尚感到不安。

此时的权县，官员皆整装待命，“抓恶霸渔头”的命令正在悄然执行。阳角和朱耳驻守码头，只盼守株待兔。

“嚯，刘歪嘴来了。”阳角一拍大腿，扯起朱耳就走。

“哥，且等一等，可不能像过去那样随便抓个人就走，最好人赃俱获，县尹那儿才好交待。”朱耳把他扯回来，两人蹲在暗处，仔细看着刘歪嘴。

刘歪嘴自上次受罚就在家养伤，许久没出去逞威，而且他卧床这些天，渔民们还没交供尝。刘歪嘴这天自觉已好了大半，立刻带着家丁直奔渔场。一到辖区，正遇见一个重病的老农奴，刘歪嘴见他衣衫褴褛、形容枯槁，心中不觉生厌，抬腿一脚，当即把人踹倒在地。

“你的供尝，零敲碎打都欠了百来斤了。何时给我！”

那老农奴捂着胸口急喘一阵颤声道：“刘爷，可否再宽限几日？老奴一直病着，实在无法捕鱼啊。”

“呸！谁信你！捕不到鱼，不会去别人那里赊啊？”

说罢又来一脚。这次却是用力过猛，扯到了自己的伤口，刘歪嘴“哎哟”一声，气急败坏一挥手道：“给我打！”招远带着一众家丁冲过来，忽然听到有人大喝一声：“住手！”回头一看，却是阳角和朱耳凛凛站着。

“刘爷，县尹大人的新政，不可随意殴打、敲诈农奴，难道你不曾听过？”朱耳揶揄道。

“什么鸟县尹！我为何听他的？”刘歪嘴只逞口舌之快。

阳角哈哈大笑，凑近刘歪嘴耳边道：“县尹大人交代，要我们去抓几个虐待农奴的渔头。此时我们正好手上没货，还得谢刘爷救急。”说罢一撸袖子，跟朱耳扑上去将刘歪嘴捆起来。

“走，你也一道去。”阳角拍拍那挨打的老农奴。

“你们这样，可要坏了规矩！”刘歪嘴横道。朱耳一脚踹去，狞笑道：“规矩？改了！”

刘歪嘴到县衙先被关在狱中。屈原一众人出来，见远方云层堆积，师甲道：“近日怕是多雨。”屈原怔了怔，对师甲几人笑道：“不知几位是否愿意帮我个忙？”

不多时，一架马车在卢茂家门前停下。阳角和朱耳搬着木梯径直进去，卢茂一惊，却看到屈原带着师甲也进来，见他便笑道：“伯父，您家房子需好好修一修，免得再不经暴雨。”说着阳角两人已铺开工具。

莫愁亦出来，见屈原一怔，随即瞪他道：“你怎么管这么多！”屈原脸一红，师甲几人都会意偷笑。

这时亦有许多农奴过来，原是他们看到县尹进来，想必发生了什么事，卢茂只好说：“有劳大人为草民修房，大人一心为民，实是权县百姓之福。”农奴一片叫好，师甲见此情景，亦捋须道：“屈大人已将刘歪嘴关押了起来，以惩他虐待农奴，择日定罪。”

一时群情激奋，卢茂抚掌道：“大人，你当真为权县百姓做了大好事！权县农奴有望过上太平日子了！”屈原摆手笑道：“这是灵均分内之事。此等恶徒，强收供尝，动手伤人，当真不除不快！改变权县，就从这里开始。”

“今天关了刘歪嘴，明日若冒出马歪嘴、杨歪嘴，你可治得过来？”莫愁哂道。

屈原转头看她，目光却是更坚定温柔，竟看得她又脸红，只听得他的声音：“我来，自然是要彻底改变。”

师甲一惊。他混迹官场多年，见过许多位县尹，青涩的、油滑的、老到的都有，但从没有一个县尹像屈原这样，清正、坚定，带着初出茅庐的勇气和要把乐园搬到人间的信念。一瞬间，师甲似乎看到了权县的希望，但他更担心这个初次为官的青年根本难以应付权县复杂的局面，那看似几个渔头恶霸的问题，背后却是盘根错节的权力勾结，那权力甚至直通朝堂。

卢茂家始终人头攒动，农奴都在交口称赞这新县尹，莫愁心中烦乱，径直端起木盆去江边浣衣。

已是斜阳夕照，渔舟归来，一片晶莹碎光落在江面，不远处有几个浣衣女子唱道：

“青青子衿，悠悠我心。纵我不往，子宁不嗣音？
青青子佩，悠悠我思。纵我不往，子宁不来？
挑兮达兮，在城阙兮。一日不见，如三月兮。”

“一日不见，如三月兮。”

莫愁默念，怅然若失。那衣袍自是洗不净了，莫愁即使来来回回地洗，也总是这件洗了十遍，那件还未着水。是的，如何可以不想他？他干净清秀得像山间最美的一株仙草，他看向她时那温柔坚定的眼神，像春天的微风吹拂过脸颊，他不顾她恶言相向，他当真是打也打不走，骂也骂不走。莫愁不禁一笑，却突然听到他在身后说："笑什么？"

莫愁惊道："我何曾笑？你在我背后，又怎会知道？"

"有没有笑，背影可看得出。"屈原狡黠一笑，没告诉她，实是她已发呆很久，他从如镜的水面，竟都看到了倒影。他也没说，看到她走出家门，他就再没心思在屋里停留，只有一路追来，哪怕远远看着。

"嗯，房子应该修好了，你明日上午若无事，能来县署吗？"屈原挠挠头道。

"去县署？为什么？"

"给你一个答案，"屈原又一笑，"关于如果出现了很多歪嘴该怎么办的答案。"

莫愁心下轻叹，她家祖辈都在权县，太明白权县的顽疾绝不是凭热情和决心就能解决的。她想去，是多少有些担忧屈原要面对的局面，然而还是嘴硬道："没兴趣！"

屈原稍稍失望，望着她怅然道："好吧，那屈原只有加大力气，让姑娘足不出户，也能看到权县的改变。"

天色见晚，屈原看不到莫愁脸色绯红，只见她回身抱起木盆，路过他时嗔道：

"这么晚了，还不回去！"

屈原心下一暖，远山早已模糊得只剩轮廓，江水声静而舒缓，他看着眼前素衣素颜却无比动人的女子，听远处渔歌响起，恍然有一种鲜活可触的甜蜜。这渔歌、气味潮湿的空气、泥泞的河滩、面前不施粉黛的女子，甚至比往日里那些锦衣美食、香草诗辞、雄仪大典更动人千倍百倍。

见他又恍惚愣住，莫愁皱眉道：“走不走啊！”

“走走，这个我来。”屈原说着便去抢那木盆。

“别，你哪儿是做这事的人。”莫愁揶揄道。见屈原不松手，又吼道，“放手！”

“就是让我帮你又如何！”屈原气急喊叫。

“不需要！”莫愁也吼道。这一声吼得心虚，她当真不需要吗？她们卖艺受人欺辱的时候，她们唯一的房子在暴雨中飘摇的时候，她打算和那些恶霸鱼死网破的时候， 哪一次不是他出手相救？不，那是他欠蒙远的，欠我们一家的！莫愁一想起来，又恨恨道：“再不放，小心我又动手！”说罢便看向四周。

屈原无奈，真怕她又随意捡个石头或木棍来打，便急急道：“好好，放就是。”但莫愁本来用力就大，他这一放手，她突然失去重心往后一歪，一盆衣物全甩了出去。

“啊！”长袍短衫四散一地，上面全是泥泞。莫愁气急败坏，拿木盆从江里舀起一盆水便向屈原扣去：“都怪你！”

屈原愣愣地站在原地，从头到脚都在滴水，半晌，抹了一把眼睛才道：“解气了吧？”

莫愁忍不住噗嗤一笑，嗔道：“活该！”便弯腰去捡那些泥污的衣袍。屈原赶紧跟上来，赔笑道：“都脏了，一会儿我陪你重洗。”

莫愁看他那一身湿袍还粘着碎叶水草，强忍着笑道：“罢了，这江边冷风一吹，县尹若受了风寒，我可担待不起。回去吧。”说罢便把木盆塞给屈原，自己先起身走了。

一路冷风瑟瑟，两人言笑晏晏，说些无关紧要之话。莫愁时时担忧他这一身湿衣，突然看看天色，抢过木盆就跑，边跑边丢下一句话：“恐要下雨，快些走吧。”屈原一愣，只得抱紧双臂就追。一路气喘吁吁，不觉就到莫愁家门口。还不等两人平下喘息，就听轰隆一阵闷雷，随即暴雨倾盆而下，两人都湿透了。

“也好，这样回去还好解释，免得爹又说我欺你。”莫愁大笑道。屈原亦看着她笑，很想在暴雨中将她抱住。突然房门开了，卢茂讪道：“还想去给你们送雨篷。”

几人忙进了屋，见师甲已在案边喝浆，这木屋在暴雨中再无飘摇之感。“屈大人，草民真真千恩万谢。”卢茂在一边拱手道。屈原看看那屋顶，四壁皆已重新修整，欣慰道：“只是小事，伯父不必挂心。”

当下卢茂给他找了身干爽衣服换上，一行人便驱车回去。

第二日还未到辰时，县衙前已被百姓挤得水泄不通，一个个渔头陆续进来，在院内围桌而坐，皆窃窃私语，神色狐疑。

“你说，这县尹大人请咱们来，是藏的什么心？”

“新官上任，宴请渔头，想套近乎？”

“从没这样过啊，往常都打散了来，私下里什么都好说，这次难道要统一上供钱？”

所谓上供钱，自然是指渔头抽取了渔民的供尝，再拿出一部分分给县衙大小官员，这早已是心照不宣的规则。

“套近乎？我听说刘歪嘴还被关在牢里，已被饿了两天。县尹这是要杀鸡儆猴吧。”

正说着，屈原和师甲缓缓步入，他博冠高履，腰佩长剑，一身正气凛然。偌大的院子突然鸦雀无声，屈原在正座落落坐下，看向众渔头肃色道：“屈原初到权县，还不曾好好见过各位，今日是想请各位一同用餐。”

说罢一抬手，阳角和朱耳将一碗碗鱼汤端上来，在渔头面前一一放好。众人面面相觑，不知这县尹真意。

“请！”屈原挥手道。

渔头们看向鱼汤，暗忖怎么也不会在这场合被下毒，只硬着头皮端起碗喝。然而刚一入口，全都“哇”地吐了出来。

“大人，如此腥气，如何入口啊！”

“无菜也罢了，为何盐都不放？”

众渔头纷纷掷下碗，皱眉怨道。

屈原冷冷一笑道：“你们不吃，却有人吃。”

只一挥手，两名衙役便把刘歪嘴拖过来。那刘歪嘴已饿得头昏眼花，如行尸走肉，他视线呆滞地掠过那些熟悉的渔头，却在看到桌上鱼汤的时候，突然两眼一亮，一把推开衙役，跳到桌前，端起一碗便灌进去。旁边那渔头已看呆，怔怔道：“我刚刚吐在里面。”不想刘歪嘴置若罔闻，又抢了一碗来喝。满桌人皆欲作呕，一片混乱。

屈原看着众人惊异错愕，只自己端起鱼汤，一口口喝起来。

“县尹在吃？居然吃完了？”

这些渔头恶霸都归位坐正。屈原身后不知何时，已站了一队佩刀的玄衣衙役，一片肃煞之气。只见屈原正色道：

“本官初来权县时，第一顿饭便是在渔民家吃的这汤，我和各位一样难以下咽，但当我知道这对他们已是难得一吃的美味，我真是羞愧难当。他们是渔民，每月能打数百篓鱼，而想吃一次放盐的鱼汤却几近奢望。请问诸位，这问题出在哪里？”

渔头皆垂首默坐，在难堪的沉默后，终于有人小声嘀咕道：“渔民渔头各司其职罢了，他们吃不起鱼，和我们也无干啊。”

屈原拍案道：“说得如此轻巧，若不是被你们逼交供尝，渔民凭一己之力打鱼卖鱼，何至于此！”

“县尹大人，交供尝是咱权县的规矩，十几年来都是这样啊。”有渔头愤愤不平。

“规矩？规矩不利百姓，只利蛀虫，早该废了！”屈原站起身，一字一句道，“从今日起，权县削减供尝，每日五十斤的惯例减为十斤，余者以五取一之数类减！”

“十斤？”当下一片惊异之声。刘歪嘴饱足之后略略清醒，不禁问道：“您当真？”

屈原只斜睨他一眼，冷冷道：“你说呢？”他身后那一队玄衣衙役亦看向他，刘歪嘴便不敢再言。

这时师甲呈上一册竹简、一支兔毫笔，屈原接过来掷在案上，看向众人缓缓踱步道：“那么谁来第一个画押？”

众渔头瘫坐一片，知道今日已无法随意糊弄过去，个个垂头丧气。师甲便将竹简拿到刘歪嘴面前，肃容道：“你先吧。”刘歪嘴无奈，盘算着虽减了供尝，他亦有别处进财，只得抓起笔草草写了名字。

这一来其他渔头亦不好推脱，只得一一签名画押，不敢有怨。

围观百姓越来越多，有人高声问：“咱县尹出了什么新规矩？”师甲便展开竹简正声念道：“自今日始，本县供尝，每户每日五十斤改为十斤，余者以五取一之数类减。渔头不得私自加重供尝，更不得欺侮、虐待农奴。”

人群中爆发出猛烈的欢呼，权县还少有这样的时刻，人们奔走相告。青儿在莫愁耳边轻声说：“姐姐，他当真要改变权县了。”

莫愁摇头道：“我也不知道，希望不是新官上任一时热情。”说罢拉着青儿就要走。青儿笑道：“姐姐你当真不要多留一会儿？”莫愁脸一红，掐住青儿嗔道：“你也学坏了不是？”

正说着，莫愁往县衙那高台上看去，却正撞上屈原的目光。莫愁一惊，周身的空气仿佛越来越紧，心悸得语无伦次。在那遥远的高台之上，在漆木雕花的屏风之前，屈原衣冠楚楚，神色动人。

“姐姐，被施了法吗？”青儿笑着戳她。待她回神察觉自己失态，脸色绯红，拉着青儿转身就走。

渔头们画了押，陆续散了，刘歪嘴径直来到景连府上。见景连正跽坐案前喝茶，两三个侍女垂手立在一边。

“景爷好兴致，岂不知如今屈原已在县上闹翻天了吗？”刘歪嘴一掀长袍，跽坐在景颇对面。侍女来斟茶，刘歪嘴一口饮尽，将茶盏掷在案上道：“景爷，那屈原究竟什么底细，敢这么动咱们。实在是气不过啊！”

“刘爷，要沉住气，屈原刚刚上任，这是要立威，你且让他立啊。”景连呷了一口茶道。

刘歪嘴不解，更加气恼：“他如今都踩到我头上了！这权县，什么时候由这些外来人说了算！”

景连冷笑道：“刘爷，少安毋躁。屈原是大王派来的，咱们这时出手有冒犯大王之嫌，且忍一忍，正好让屈原觉得我们无声无息好欺负，这样他始终在明处，我们在暗处，到时想做什么不容易？”

刘歪嘴当下会意，连连点头，又多少有些不甘道：“一个屈原，兴不起什么风浪，对吧？”

景连指指自己的头，对刘歪嘴道：“你仔细想想，权县来过多少县尹，凡是不配合咱们的，有多少能全身而退？”说罢摆摆手道，“刘爷，凡事淡定，切勿坏事。”

“可这屈原跟以前那些草莽不同！”刘歪嘴亦摇头道，“景爷，要不您再找景大人探探朝里的风声？大王与他亲疏远近如何？又打算让他留任多久？”

“刘爷！”景连重重地将茶盏掷在案上，茶水溅了刘歪嘴一脸，“此时大人正与昭和争令尹之位，哪有心思管你这些鸡零狗碎之事！最近别生事，若给景大人添了麻烦，误了令尹之事，以后才有我们好受！”

刘歪嘴摸一把脸，颓然叹气。景连斜睨他一眼，恨恨道：“再等等吧，你我拭目以待，看这屈原究竟能兴起多大的风浪！”

第十五章 · 女戎

女婵媛兮为余太息。

——《九歌·湘君》

权县，冬至市集。

这是一年中最大的集贸时期，摊贩售卖各种日常或稀奇之物，垂髫之童，斑白之老，鳞次栉比，青年男女携手而行，冬日阳光和煦，一片欣欣之气。

昔日管仲、商鞅、墨子依次规划了城镇雏形，城镇中心便有定期的贸市。这天，全镇百姓皆出来游赏购物。

“啊呀，屈大人！”人群里立刻有人认出了屈原。那人说着便立刻放下挑担，俯身跪倒道，“不想在这里遇到屈大人。大人新规，减免供尝，实是救我们草民百姓于水火啊！”

屈原连忙俯身扶他道：“快快起来。这不过县尹分内之事。”

“遇到大人，真是权县之福！”那人千恩万谢起来走了。片刻又有人冲来，拉住屈原欣喜道：“可是屈大人？大人上任之后，权县竟真有指望了！今日请大人去草民寒舍同餐可好？”

屈原连连推托。好容易安抚停当，闪到一边，对师甲苦笑道：“我今日还换了素衣素袍。”

师甲笑道：“百姓眼睛雪亮，且大人这精神气质，便是披麻出来，也会被认出。”

屈原一瞥，见街上不时有小儿戴傩戏面具嬉笑而行，极憨极喜，便狡黠一笑，抓出几枚贝币给师甲道：“去买两个傩戏面具。”

“大人，老夫也要戴吗？”师甲面露难色。

“咱们今日算私访民情，不露身份，才看得真切。”屈原笃定道。

原来这本是县衙公休日，屈原正好无事，便拽上师甲来市集闲逛。此时两个人已戴着憨丑的面具穿行于人群中，虽然引嘲笑围观无数，屈原仍一路与师甲道：“此处排水道当改。”“此处道路不便。”“此处可添凉亭石凳一二。”师甲一一记下，心中思忖调度安排。

街市略略走了一遍，突然，面具后屈原眼睛一亮，在原地怔了片刻。师甲循着一望便当下明白，笑道：“大人，老夫想起今日县衙内还有些琐事，老夫先去办吧。”屈原却自持道：“有吗？师甲自己便可处理吗？”

师甲笑道：“自然，自然。那老夫先走一步。”说罢拱手一揖，转身便走。

屈原暗喜，扶好面具，拨开人群就向莫愁追去。莫愁原是和卢乙一道来街市，隐隐觉得后面有人，回身一看，一个戴着傩戏面具的男子正直直地望着她，卢乙不禁“啊”地叫出来。

“你是何人？为何跟着我和阿姐？”

莫愁看那眼神，还有那熟悉的身段形体，早已猜到，忍住笑拉上卢乙道：“不认识，咱们走咱们的。”

又是这般，屈原心里一叹，只得闷头跟上。街市上戴面具的多为小儿，屈原这一路得了无数笑谑。

“阿姐，那人还跟着我们！”卢乙回头叫道。

莫愁心中怦怦乱跳，却有种隐隐的甜蜜蔓延上来。她忍住笑意，拉着卢乙疾步快走，一直快到镇上的西边，突然一回头道："君子坦荡荡，你戴着这鬼面具，一直跟着我们做什么？"

这边已是街市的尽头，逛街的百姓少了，屈原只得摘下面具道："唉，只是偶遇。"卢乙大喜道："屈原哥哥！"

"偶遇？偌大的权县，哪有那么容易偶遇。"莫愁又一瞪他，嗔道。

"姑娘此言差矣，你看那《诗经》，这也既见君子，那也既见君子，想见的人，总是说遇就遇到。"屈原越说越没底气，又赶紧笑道，"你们这是去哪儿？"

"城东。"莫愁利落地回答。

"太巧了，我也要去城东！"屈原笑道，"走吧？"

不想卢乙却挠头道："阿姐，咱们不是要去西边买脂粉吗？"莫愁恍然大悟道："对啊！我竟记错了。那么屈大人，小女子就此别过。"说罢一揖领着卢乙就走。屈原正呆在原地，不知所措，却听卢乙笑嘻嘻地回头道："屈原哥哥，你要不要同去？"

"多嘴！"莫愁一拍卢乙脑袋，心中却有无限甜蜜。

所谓脂粉，即胭脂。大约自纣王起，以红蓝花汁凝为脂，当时以燕国所生，故曰燕脂，后世渐记为胭脂。到战国，青年女子已皆用脂粉扑面，脂膏敷唇。《续博物志》亦有记："此有红蓝花，北人采取其花作烟支，妇人妆时作颊色用，如豆许，按令遍颊，殊觉鲜明。"

"莫愁姑娘，不见久矣！"脂粉店女店主笑脸迎过莫愁，寒暄几句将她引到柜边，一一指给她看，"这儿有新制的几种脂粉，此为重绛，此为石榴，此为山花，色皆美，姑娘慢慢看。"

莫愁点头坐下，拿起那小木盒一一看过。卢乙早去了隔壁店铺看弹弓，屈原便凑到莫愁一边。

“这位公子是？”店主笑问。

莫愁斜睨一眼，冷冷道：“不认得。”

“咳咳……”屈原无奈，只得冲店主苦笑一声，自己来回看那些脂粉盒子。

屋后有几人在制脂，屈原踱步去看，与制脂师闲谈几句。那人见屈原虽素衣素袍，却是谈吐举止不凡，便一一为他讲解：“制脂多用红蓝花，于盛花期整朵采下，置于石钵中反复杵槌，花瓣中便会析出红黄两色，淘去黄色后，即成红色胭脂。此外还有蜀葵花、重绛，黑豆皮、石榴、山花及苏方木等，亦可提取出红色，只是所制胭脂颜色略有不同，气味相去甚远。公子您慢慢看吧，有事叫我好了。”

屈原看了一会儿，见莫愁已把那些脂盒看了千遍百遍，想她一是意欲拖延，二大约是真的挑花了眼，难以决断了。

果然，莫愁抓过卢乙，按着他问道：“哪个好看？”

“阿姐，这有什么区别？”

“哪个好闻？”

卢乙探头一个个闻过，认真道：“都好闻。”

莫愁气恼，嗔道：“去，去，接着玩弹弓去！”

“我来。”一只手接过那香盒。

“你懂什么！”莫愁轻斥道。

“姑娘可知‘朝搴阰之木兰兮，夕揽洲之宿莽’‘朝饮木兰之坠露兮，夕餐秋菊之落英’出自何人笔下？”屈原笑盈盈道。

莫愁不语，只得默默挪出了位置。

屈原坐定，将那些雕花木盒一只只打开，观其色，嗅其味。

“这枚颜色过重，气味过郁，不配姑娘。”

“这枚气味尚可，然而色泽过艳。莫愁姑娘的妆，要有妆若无妆才佳。”

“这几个也统统不合适。”屈原略一思忖道，“掌柜，且帮我拿只新木盒和一把铜匙。”

店主应声过来，几个制脂师也围上来。

屈原挑出四只盒子，分别是绯红、桃红、杏色及茜色，稍稍思索，便从各个盒子中挑出一些脂粉，置于新木盒中，之后拌匀，轻轻闻一下，又调入其他两种，再观其色闻其味，又重新去柜台挑出一种调入，方才递给莫愁道：“试试这个。”

那颜色正是粉中透白，不浓不淡，莫愁凑近一闻，清冽宜人。

屈原笑道：“方才听制脂者说，这几样分别取材于江蓠、白芷与幽兰。我想江蓠生于江滨，洁而不污；白芷生于僻壤，超而远俗；兰花绽于深秋，幽香不艳。几种融在一起，正合莫愁姑娘的气质。”

“先生此方极妙，小的也学到一招。”制脂者面露喜色道。

屈原和颜笑道：“万物有灵，知其属性而用之，多不会错。”

“好了好了，走罢。”莫愁早在一边又羞又窘，只拿好粉盒，又拿出几枚贝币给店主。

“姑娘，你此时这脸色，哪里用得着敷脂粉。”女店主调笑道。莫愁亦知自己已绯红了脸，窘得拉着卢乙便走。

刚走几步，莫愁还未想好如何摆脱他，卢乙便撒起娇来：“阿姐，走了一路，不如我们找家浆铺罢。”他深知这些日子因减了供尝，家里竟有些余钱，好不容易来街市，自然要多解解馋。

“好！”屈原应道，“前面便有一家，他家蜜浆最是好吃。”

莫愁无奈地看向屈原：“你到底要跟我们到几时？”

“我带卢乙去饮浆而已！”屈原笑盈盈答。

当真打不走，骂不走，莫愁心下一叹，只得跟了过去。

所谓蜜浆，便是当下流行的饮品，米汁以罐装密封发酵后，加入蜂蜜或甘蔗汁，酸甜适口，平民贵族皆爱。制浆已成当时的独立职业，有后人记："浆千甔，此亦比千乘之家。"说的就是靠制浆致富的人家。浆种类丰富，加酒则为醴浆，加蜜则为蜜浆，加酸梅则为梅浆。

那店里满满当当都是人，几人围案跽坐。小竖端上一只大的夹砂红陶壶、三只陶豆，一一斟满。屈原饮下一口那汤白汁水，竟觉得比素日家仆精制的都好喝，卢乙却说："阿姐，竟没有去年你制的好。"屈原喜道："你也会吗？我原觉得这就好极了，不想还有更好的吗？"

"县尹大人不知，我们权县的水好。"莫愁斜睨他一眼，"我说，你今日没有政务吗？"

"我？来体察民情哪。"屈原木讷道。不知为何，他一看向她，就有些紧张失措。

"体察民情？县尹大人是以脂粉和蜜浆看整个权县的民情？"莫愁揶揄道。说罢只喝蜜浆，看也不看他。店很小，几案很小，他们围坐在一起。他穿一件天青色长袍，系缁色腰带，挂一枚小小玉佩。君子玉不去身，然而那五福络子又是谁做的？莫愁默默地想。

卢乙大笑道："阿姐真是嘴不饶人。屈原哥哥，三日后是我生辰，你也来可好？请你吃鱼汤！"

"又多嘴！"莫愁掐住他，"谁说要给你做鱼汤？"

"哥哥！我这阿姐如此凶，你可考虑清楚了？"卢乙"啊啊"叫道。莫愁一听这话几要翻脸，连声吼道："给我回家！"说罢一把将卢乙拎出店门。

看她越去越远，似乎还是气呼呼的身影，屈原哑然失笑。她就是与他见过的任何女子都不同，是那种在一片衣香鬓影中一下就能认出的女子。

那的确是，满堂兮美人，忽独与余兮目成。

屈原回县署后，铺开那卷《山鬼》图，看得怅然出神。画中山鬼神情淡然，屈原抚卷长叹："有时真想长眠于梦中，倒省去了许多相思而不得之苦……"

正此时，师甲来报："大人，刘歪嘴和程虎求见。"

"他们？"屈原皱眉，顿了顿道，"让他们进来！"

屈原收起画，刚转身，就见刘歪嘴和程虎谄笑着进来。

"屈大人此时无事？"刘歪嘴殷勤笑道，在屈原对面坐下，满面横纹一起颤抖。程虎将一个精细的雕花漆盒推到案上。

"这是何物？"屈原冷冷道。

"刘歪嘴这就为大人打开。"刘歪嘴诡笑一下，恭敬地将漆盒打开，一只玉璧盛在其中。

"小的听说君子好玉，特找了这玉璧来，配大人再合适不过。"

屈原轻哼一声，拿起玉璧细细把玩。这确是价值千金的好玉，云谷纹雕，其精细应是宫中匠人所为。屈原轻轻放下玉璧，手指轻叩案几，看向刘歪嘴道："你想要什么？"

"爷这是说什么话，小的只要屈爷喜欢便好。"刘歪嘴媚笑道。程虎也连连点头，又偷偷看一眼屈原，低声道："以后屈爷能凡事行个方便，更好。"

"例如呢？"屈原也俯身探向他，似是饶有兴趣。

刘歪嘴见屈原玉不离手，心中有了几分把握，于是更放肆地说道："例如，例如我还真挺喜欢卢家那闺女。这次便罢了，下次再遇到小的想娶谁回家，屈爷只当没看到可好？"

"还有呢？"屈原心中震怒，但仍不动声色地继续问。

“还有啊？”刘歪嘴喜得搓手，低声道，“供尝给我个特赦吧。我好歹是这片最大的渔头，我收得多，给屈爷的自然也多。”

“这玉哪里来的？”屈原把璧玉放回盒里，推向刘歪嘴。

“宫里的啊！”刘歪嘴说罢，被程虎一脚踩过来，才改口道，“不不，家传的。”

“那你可知道，古曰：‘君子必佩玉，君子无故，玉不去身。’这是为何？”

话锋突转，刘歪嘴茫然不知所以：“为，为显富贵吧。”屈原起身踱步，正色道：“玉之美，有如君子之德。温润而泽，仁也；缜密以栗，知也；廉而不刿，义也；垂之如坠，礼也；叩之，其声清越悠长，其终诎然，乐也；瑕不掩瑜，瑜不掩瑕，忠也；孚尹旁达，信也；气如白虹，天也；精神见于山川，地也；圭璋特达，德也；天下莫不贵者，道也。刘歪嘴，你倒是能明白多少？！”

屈原顿了顿，又说：“相鼠有皮，人而无仪。人而无仪，不死何为？”

屈原的语气越来越沉，说罢一抬手，师甲从那玄鸟雕花屏风后出来，将一卷竹简放在屈原案上：“屈大人，刚才的对话，都已录下。亦有阳角、朱耳为证，已画押。”

刘歪嘴和程虎愣在原地，惊问道：“爷，这是做什么？”

屈原指着刘歪嘴厉声吼道：“你这种欺上罔下、鱼肉百姓、蝇营狗苟之小人，竟想来贿赂本官，真当本官是你们一样猪狗不如之人吗？即刻把这玉璧领回去，好生当作祖先供着！”

即刻一队玄衣衙役执棍而出，两人抱玉落荒而逃。

出了县衙，刘歪嘴和程虎依然惊魂未定，一思量，径直来到景连府上。景连挥退了歌舞姬，又命人上浆汁来，安抚二人坐下。

两人皆气急败坏，怎肯安坐，程虎嚷道：“景爷，这屈原接连几次，把我们一众人的威风都煞了，如此下去，咱们如何在权县立威？还不给他些教训吗？”程虎咬牙切齿，景连斟上一杯浆汁，缓缓道：“我也想，但恐怕现在还不是时候。”

“景爷，您对谁也没这么忌惮过啊，不过是一介书生，要我说，上老规矩就得了！”程虎看向景连，目光阴冷，手掌一劈。

“胡闹！”景连起身斥道，“这屈原是大王亲命的县尹，与大王亲近可想而知。你这么手起刀落确实利索，待大王追究起来，你能保得自己全尸否？”

刘歪嘴听了这话意志崩溃，捶案号啕起来：“我受不了了，我刘歪嘴几时受过这个啊！”

景连皱眉，冷笑一声道：“莫慌，并不是什么天大之事。人凡有才必想有为，有所为便有所失。过去我还想静待时机，如今也不想等了。过来。”

几人凑在一起，听景连低声布置，唯唯称赞。

屈原已有些时日不曾回宫，在他的治理下，权县似乎从过去郢都城外阴暗的一隅变得明亮。屈原想，所谓邪不压正，大概如此，以诗心治世治人，不久便可有新世界。

然而，此时楚宫之内，又有多少人在为一个婴儿的出生而各怀心事。几个月前嬴盈那一阵剧痛已牵起无数人敏感的神经，而此刻她们守在江篱宫前，亦把所有的心怀鬼胎、阴谋算计、砒霜蜜糖、乱刀攒动，压抑在一张张千娇百媚的面孔之下。

郑袖虽至今难辨上次是南后一手安排，还是嬴盈也背信于她，但十分明白，嬴盈孕期必不可再出意外。那之后郑袖找人看守照顾，防范甚严，食材药物都有专人烹制，南后竟再无时机下手。然而对于嬴盈腹中这个孩子，两人心怀忌惮却是一致的。

楚王、郑袖、南后守在内室外。庭院里已有楚巫点燃祭香，齐唱巫歌，向主管子嗣的少司命求乞保佑。其余宫嫔皆立在外。只听得嬴盈的惨叫一声高过一声，奚奴进进出出忙碌不休，南后不禁唏嘘道："才听女医说还有月余临产，臣妾还在细细准备小儿新生所用之物，如何今日突然又腹痛？"

南后放箭，郑袖不得不接，也哀声抹泪道："真是苦了嬴妹妹。妇人从怀孕到生产，便是鬼门关走几遭，嬴妹妹能平安至今，也是福大了。"

南后脸色隐隐有变，挽起楚王手臂轻声道："我宫中不比民间，江篱宫诸事俱备，稳婆技艺精湛，臣妾亦为妹妹一直祝祷，想必妹妹虽孕期有伤，也终无大碍，会为大王平安产下子嗣。"

楚王抚其手叹道："皇后有心了。若都像皇后这般待人体己，不谷后宫不知清净多少。"郑袖欲辩驳，但见楚王神色焦虑，只得生生按下，心中一股恶气无处可去。

"怎样了？"楚王拉住一个匆匆出来的女医，那女医神色紧张道："回禀大王，不大好，娘娘自上次动了胎气，就一直胎象不稳，如今怕要早产。"

楚王心下一沉，他虽不知这些女人妊娠之事，但亦知临产不顺之凶险，况且嬴盈是秦国公主，若出意外，亦要费周折交涉。

那嬴盈的号叫声越来越响，听者皆悚然。突然，号叫声骤停，一阵虚弱的婴儿哭声传来，几名医擘奔走出来大声道："生了生了！"楚王连连拊掌："大善！"余下人等皆挤过来问："是王子还是公主？"

稳婆抱着洗净的婴孩应声出来，俯身道："恭喜大王，贺喜大王，大王得了位小王子！”

“恭喜大王！贺喜大王！”众人皆跪下齐声道。

楚王看过小王子，便问稳婆：“嬴妃如何？”

“夫人尚好，只用多了气力一时虚弱，待奴婢将室内清理干净，大王即可进去。”

楚王松下一口气，郑袖亦是，但听说是男婴，一时心下复杂。南后神色亦难以揣测，郑袖借机道：“大王添了公子，王后如何面无喜色？”南后轻轻一笑：“妹妹有所不知，素来早产伤身，嬴妹刚才那惨状，我们虽未直面，却都已感受几分，如今小公子平安，我只在思虑如何为嬴妹妹制备饮食，调理治愈。”

郑袖心中轻哼一声，不作言语。此时有女侍出来报内室已整理清洁，一行人鱼贯而入。

嬴盈虽略略修整，还是虚弱万分。楚王过去握住她的手道：“盈儿受苦了。”随即叫人将孩子抱来给她看，“你为不谷生了小王子。”楚王柔声道。

那团粉嫩小婴儿眼睛似睁非睁，手足乱动，懵懂可爱。楚王看着心中无限温柔，对嬴盈道：“盈儿自秦远嫁楚国，又为不谷诞下这孩子，不谷为他取名子秦，以纪念你我之情。”说罢便用手逗弄那小婴儿，“稚子，叫你子秦可好？”那婴儿本能地紧紧攥住楚王一根手指，楚王大喜道，“看哪，子秦定是喜欢！”

嬴盈微微一笑，初为人母的幸福甜蜜漫在心头，但她又隐隐感到恐惧，她敏锐地感觉到因为楚王对这幼子的喜爱，这屋内已游荡起令人不安的气氛。出于母亲的本能，她握住楚王的手说：“谢大王厚爱。子秦早产，比别的孩子先天不足，贫妾斗胆恳求大王费心，令人悉心照料。”

楚王伸手为她理了理额边乱发，柔声道：“嬴妃放心，皇后会悉心安排，你好生养着，待子秦满月，不谷为他设重宴。”

当下又好生安抚几句，交代了医女、稳婆继续观察，楚王一行便回各自宫中。

虽是深夜，郑袖仍不能入眠，她一把推掉安神的熏香炉，大吼道：“没用的东西，清出去！”

小乔自然知晓，便扶过郑袖安抚道：“夫人，棋局不到最后，难辨输赢，之前是错子的，之后能变利器也未可知。这宫中能与夫人智色相当的，能有几人。”

郑袖思忖片刻，稍稍冷静，诡笑道：“是，这回这棋子该我用了。”

江篱宫众人散去，见嬴盈已睡着，虞娘悄声出来，走过一段曲苑回廊，在一处僻静的死角一抖衣袖，一只信鸽探出脑袋，继而拍拍翅膀，向西边直飞而去。

回宫一切如常，虞娘正要吹灭最后一支青玉蟠离玉枝灯，忽听身后嬴盈道：“虞娘，这是最后一次。”那声音虽虚弱，却坚决得不容置疑。

虞娘心中一凛，回身扑跪下来，嬴盈冷冷看她：

“你不必再多说了，我如今已有子秦，为母则强，我必须全心倚靠大王，保全孩子。”

虞娘一时泪流满面，嬴盈自入楚以来，她还是暗暗和秦国传递消息，只怕有一日她和自己在楚国不济，还有后路，如今她诞下小公子，却要孤注一掷了。其实虞娘也并非不知道，母国对她并不看重，嬴盈自远嫁出来实则孤苦无依。

“你若还想回秦国，我且找人通融许你回去。”嬴盈黯然道。

虞娘重重俯身哭道：“老奴这辈子都是公主的人！从无二心！”

嬴盈心中一叹，亦生出几分悲凉，只轻轻道："请起来吧！"

丞相府。青铜鼎袅袅熏香，风吹帷幔，张仪抚琴，月吟起舞。

看过月吟跳舞的人，皆说天下再无舞姬可看。别人起舞以姿，月吟起舞以灵，不论男人女人，多看一时，已觉这软玉温香，令人沉醉。

琴音不稳，月吟感到了张仪的目光，不由脸色微红，她索性闭上眼睛，随琴声轻盈旋转，跳跃，像从前任何一次一样深深地沉浸于曲中。她所有无法企及的梦幻都在起舞时释然，她在那时可以是任何人，可以主宰自己的命运，可以和最爱的人结婚生子，她有幸福、平安，有这世界上她渴望的再平常不过的一切。

琴声一挑，一曲毕，那只玉手停在空中，就此定格，仿佛一只极美的陶俑。

张仪一愣，失神望去，她美得窒息的曼妙身姿、春海棠一样的脸庞、乳玉一样的手臂，阳光正从她指缝间丝丝漏下。

一只鸽子扑棱棱飞进来，张仪才匆匆回神，对月吟轻声道："今天就练到这儿吧。"

张仪把布条从信鸽腿上取下，展开读完，神色大异。

他看向月吟若有所思，轻笑道："月吟，案边来坐。"

"是，大人。"那声音如微风抚过琴弦。

"月吟，你来这里多久了？"

"回大人，已近三年。"

张仪轻叹一声："三年了，我每日寻良师教你练琴习舞，如今，马上要有大用了。"

月吟一怔，心下明白十分，强忍住颤抖看向张仪道："但凭大人吩咐，月吟万死不辞。"

“好！”张仪颔首，叫来两三得力侍从，“月吟一月后启程，路途遥远。去为她细致准备停当，若有不周，唯你们是问。”

“起程？”月吟万没想到要离开秦国，“去哪里？”

“先去齐国，后去楚宫。这月我将派人教你齐俗齐语。”

月吟大惊失色，跪倒在地泣道：“大人为何如何狠心，要月吟背井离乡，去那陌生之地？我可以为大人做任何事，死而无怨，只是万不想离开秦国。”

“莫是秦国还有什么牵挂的亲人？我必为你安排照顾。”张仪疑惑道。

“大人，月吟最眷恋的，不是故国，而是大人啊。”月吟泣不成声。张仪心下一痛，她不再是三年前那个孤苦无依的小女孩，她早已长大成人，有自己最隐秘的心事，而他，其实也早已习惯被这个乖巧温柔的姑娘悉心照顾，那是一种慢慢潜入的情感，在自己毫不知觉的时候，已生长得难以斩草除根。

然而，大丈夫欲立于世，又怎能耽于儿女情长。

张仪狠下心道：“此事已定，不可再议。”

说完，张仪如疾风一般走了，攥住的双拳内，指甲已深深嵌入皮肉。

秦宫，承明殿内。张仪双膝下跪，呈上一卷早已写好的策论。

“张仪探知，齐王正在民间遍访绝色美人。从细作得知，这美人实是意欲送给楚王熊槐。楚王爱细腰，风流天下闻，齐国名为联姻，实为暗中派遣细作。张仪思忖，若此时我们寻一名美女送与齐国备选，日后齐王将她送入楚宫，我们便有一枚活棋，齐楚二国亦如置于大王股掌之中。所谓‘英雄箭矢美人腰’，张仪这几年按楚王喜好培养出一名舞姬，色艺俱佳，只待大王一声指令，张仪即刻安排。”

秦王思忖片刻，放下竹简，神采奕奕道：“果然兵不厌诈。将欲弱之，必固强之；将欲废之，必固兴之；将欲夺之，必固予之。丞相此计甚好，速去安排！”

张仪站在门口，看月吟收拾行装，看她素白的手将那些耳坠、步摇、发簪一一收入漆盒内，将那些月白的、石青的、艾绿的、绢的、丝的、织锦的裙裾长袍，一件件叠好，放入藤箱内。张仪静静地看着，这个温柔、美好的女子，将无声无息地成为一枚棋子，如此曼妙、能叫所有男人迷了眼睛的棋子。

她此时如此纤细、柔弱，浑身都是无声的悲悯，张仪突然如此渴望从背后拥她入怀，听她好好哭一场然后说不用走了，然而他只能停在原地。

张仪感到一阵悲伤，想着这偌大的朝堂之上，偌大的秦国，偌大的天下，有谁不是一枚棋子。月吟是，他是，秦王也未必不是。他们的悲伤和深情，只能化作一模一样的无情。天下皇宫里至高的让所有人觊觎的，不过是一个叫“寡人”的位子。

那是至高的孤独，要忘记自己有血有肉、渴望真正的爱与被爱。天下一统，不过是在角逐权力的热切的欲望中，找一种亢奋的幻觉。

沉默之后，张仪轻轻问道：“可都收拾妥当了？”

月吟转过身，微微点头。

“从明天起，田姬是你唯一的名字。”张仪亦努力保持着平静。

“是，大人。”月吟静色答道。

又是沉默良久，张仪轻声道：“你怨我吗？”

月吟浑身一颤，眼泪无声地流下来。

沉默了那么久，张仪忍痛道：“对不起。”

他们之间隔着的距离，不过一只手臂，他伸手就可以拥她入怀，她上前一步就能扑入他的怀抱。然而他们静止着，她无声地流泪，他亦是压抑着隐痛不能出声。

一日清晨，在渭水岸，氤氲弥漫。此时冬尽春至，万物复苏。

月吟一身素白衣袍，江风吹起，衣袂飘飘。

“一切已安排妥当，你且放心。”张仪轻声道。又指点几个青衣侍从先上船去。

“你生于临淄大户人家，幼时起知书学礼，擅歌舞琴艺，父亲原为生意人，但商道不达而家道中落，所以你愿去参选美人，以求选中来日荫你父母兄弟。”

月吟点头，回身拱手拜过：“父亲。”

“这是你的两位兄长。”张仪逐一指过她身后二人，静色道，“他叫李元，他叫李一，是我长期训练的高级护卫。这两人名为兄长，实为侍从，必对你忠心，若遇不测，他们也必抵死护你平安。”

月吟忍泪道：“大人费心。”说罢也向两位“兄长”深深一拜，“月吟先谢过两位哥哥。”

张仪亦郑重道：“拜托你们！”

“为我大秦一统天下，万死不辞。”两人答道。

“对了，你们先往临淄，日后到了楚国，还要帮我留意一个人。”张仪突然正色，沉吟道：“此人叫屈原，年纪轻轻，颇有谋略胆气，亦受楚王赏识。此人若能为我大秦所用，自然最好，若不能，日后必是劲敌。”

月吟点头道：“大人放心。”顿一顿又道，“还请大人照顾我幼弟幼妹。”

“且放心吧，这边一切交给我。”说罢张仪一顿，半晌才肃容道，“月吟，你此去楚国，但永永远远是秦国人，他日若有二心，我即使想，也未必能保护他们。”

“月吟明白。”

船公撑开船，桨一荡，便向江心划去。他人皆已坐进船舱，只有月吟还怔在舱外。看张仪的身影越来越小，月吟忽然跑到船尾，张手在口边大声喊道：“大人，今日一别，不知何日再见，月吟再为您跳最后一支舞，此后，再无月吟。”

月吟翩然起舞，在江上仿佛一尊绝美幻象。

“蒹葭苍苍，白露为霜。所谓伊人，在水一方。溯洄从之，道阻且长。溯游从之，宛在水中央。”

江风吹动，那歌声穿过薄薄的雾气，飘飘浮浮、哽哽咽咽。

“蒹葭萋萋，白露未晞。所谓伊人，在水之湄。溯洄从之，道阻且跻。溯游从之，宛在水中坻。”

船渐行渐远，歌声缥缈，直至消失不见。张仪站在原地良久，忽一抹脸颊，转身怅然道：“竟落雨了。”

第十六章 · 瘟疫

哀众芳之芜秽。

——《离骚》

不觉春尽夏至，昭和已经不记得自己是第几次从木易那里出来。这个与楚王最亲近的侍从，早在楚宫里修炼得如同一只老狐，说话做事滴水不漏，任昭和百般试探，总能不伤体面地巧妙避开。

婵媛迎过来为他更衣，柔声道：“良人切勿心急，木易那儿不行，我们便想其他办法。”说罢又轻叹一声道，“也怪我无能，那景颇夫人与南后是亲生姐妹，我娘家却无人说得上话。这令尹之位，恐怕他们要更多一酬胜算了。”

昭和亦轻叹一声，拍拍她的手说：“夫人不必如此，如今我们再寻可用之人。大王耳根软，只要能找人说上话，几次三番，便能有些作用。”

说罢昭和想了想，对婵媛说：“去把那金镶玉璧取来。”

婵媛微微一惊，“金镶玉璧？是昔日常平战胜，王后钦赐的玉璧？”

“是啊。”昭和微微皱眉，“眼下只有找子尚了，从他那里想想办法。子尚好财且眼毒，除了这价值连城的玉璧，还有什么能让他入眼？”

婵媛点头：“也好，这不过一只器物，比不得令尹之位。”

子尚府。侍从早被子尚遣下，昭和将一只漆盒放在几案上，轻轻一按那铜制莲舌，机括收缩，雕花盒盖缓缓打开，金镶玉璧赫然呈在子尚眼前。昭和果然没猜错，子尚一看到那玉璧便两眼熠熠，轻轻拿起就再舍不得放下，喃喃道："如此好玉，当真令人开眼。"

昭和见他言语试探，便笑道："尚大人喜欢便好，此璧正是献于大人的。"

"啊，这如何敢当，子尚不敢夺人所爱。"他说着，却没有要把璧放回盒内的意思，"这璧可是昭大人的心爱之物，当年太后所赐，我们素知让昭大人拿出示人都难得。"

"昭某一介武夫，放在我这里，岂不使玉璧蒙尘？送与大人，才是物得其主。大人收下，且当成人之美吧。"

子尚摩挲那美玉，轻轻一笑问道："恕子尚直言，今日可是为令尹之位而来？"

昭和一怔，苦笑道："尚大人爽利，确是如此。"

子尚把玉璧小心放回龛内，推到一边，缓缓道："那大人可知，这世事或需直道而行，或需曲道而行？大人来找我，无非想让我去向大王进言，但大王耳根虽软，亦有自己的判断，耳边风吹得多了，逆反厌烦也未可知。"

昭和见状，知道子尚已有主意，便诚恳问道："老夫明白，但请大人指教，如何曲道而行？"

子尚手蘸残茶，在案上画出一个三角。

"天下皆知，王族三姓，朝堂之上，一半重臣都出自屈、景、昭三家，大王心里亦有天平。"他指点最上面的一个点道，"屈家无意令尹之位，当做此点，下面两个点分别是你昭家和景家。昭大人在朝堂多年，自然知道凡想成事，必须得到大多数朝臣支持，若屈家这个点倾向于你，那么……”

昭和一介老政客，如何会不明白，却摇头苦笑道：“老夫何曾不想，但那屈伯庸心高气傲，恐不愿涉我两家之争。”

子尚笑道：“这个其实容易，不涉两家之争，是因为两家尚无关联。”

昭和一怔，抬头看向子尚。

“我素知令爱年已二八，天赋异禀，琴艺过人。屈家二公子亦是青年才俊，已封为权县县尹。”

昭和当下明白，顿了一顿，对子尚深深一揖：“谢过王叔。”

云梦泽边，群莺飞舞，嬉戏的小童陆续被傅姆唤回家中，昭碧霞看日头寸寸下落，夕阳映上她的茜色裙裾，散成一片橙红。

忽然有人轻唤一声：“碧霞。”她一喜，转身嗔道：“仓云哥，你如何又来迟了！”

仓云刚欲开口，昭碧霞就拉住他道：“云哥快过来，夕阳正好看。”

“好。”仓云微微一苦笑，随她走到泽边，拣一处草滩坐下。

霞光万道，满江潋滟，远山已成墨色，昭碧霞轻倚在仓云肩上道：“果然天地有大美而不言，此情此景，再高明的画师也难复制。”

仓云沉默了一阵，轻轻推开昭碧霞：“霞妹，你看到的是霞光潋滟，美不可言，我看的却是残阳如血，落日孤烟。”

“云哥？如何说这些？”昭碧霞一惊，慌忙问道，“可是家父又对你说了什么？”

仓云并不答，只指着对岸颓然问她：“你可去过那边？”

“不曾。”昭碧霞望去，是模糊的星星点点的烟火。

“那边亦是楚国地界，却与郢都天壤之别。那是市井陋室，鱼龙混杂，窝棚遍地，到处是战弃的老兵、乞丐、酒鬼、赌徒。”仓云轻叹一声，“霞妹可知，那却是仓云出生之地。”

昭碧霞心中一痛，又挽住仓云的手臂轻声道：“人不能选择自己的出生，云哥已凭才情做了父亲的门客，又何必耽于过去？”

“一水之隔，我却用了十年来到对岸。但只用别人一指之力，就可以让我回到那草棚。”仓云一笑，自嘲道。

“云哥，告诉我，父亲对你说了什么？！”昭碧霞抓过他愤然道。

“我一介小小门客，昭和大人怎会告诉我，”仓云惨笑，“也正巧我路过听到，大人想将你许给屈大司马之子屈原。”

“怎么可能？！”昭碧霞大惊失色。

“大人此时正与景家争令尹之位，如果屈昭联姻，胜算自然更大。”

昭碧霞只觉得一股血气涌上心头，她居然被父亲用以权力交易。稍稍镇定心神，她直视仓云正色道：“云哥你且放心，我的事自由我做主。”说罢拂袖而去。

仓云笑笑，独在水边坐着，一直到天色完全暗下来。

婵媛见女儿冲进来，面有愠色，早已猜到八九分。她并非不知女儿心仪仓云，只是她直觉就不喜欢这个年轻门客，不是因为他出身寒门，而是因为他带着一种让人不安的气息、一种隐隐的戾气，这当然是阅历丰富的人才能看到。昭碧霞垂髫之年开始练琴，十几年来她见过的，不过是华辞美乐的世界。和屈家联姻，一则昭和可借力，二则屈家家境殷实，家风清肃，女儿真嫁过去，也令人安心。

“娘，请告诉爹，我不可能和屈原定亲！”昭碧霞正颜厉色，一字一句道。

婵媛一怔，只柔声道：“家庖做了你爱吃的蜜饵，快过来。”昭碧霞心下一软，仍扭头过去不看母亲。

婵媛拉她过来。昭碧霞推了几次，最后只好在母亲身边坐下。

“碧霞，若这次说的是旁人，娘断然不会答应，但屈原是名门子弟，才情过人，其父屈伯庸亦是为人磊落……”

“娘，这不过因为他是屈家公子吧。”昭碧霞打断母亲，冷冷道，“谢谢您和爹从小教我不曲意逢迎，这次我便用到了，我不嫁，不会嫁。”

“碧霞，不完全是你想的这样。” 婵媛有几分无奈，她无法完全撇清两家联姻的目的，“你长大了，总归要嫁人，屈原恰是个好选择。”

听到屈原的名字，昭碧霞“嚯”地站起来：“别用为我好的名义实现你们阴暗的交易！”

“你！”婵媛气急，却不知如何反驳。

“别说他是大司马的公子，他就是一国之君，我亦不嫁！”昭碧霞厉声吼道，夺门而出。

昭和从内室出来，看婵媛拭泪，摇头缓缓道：“别担心，仓云那里我会安排。我真正担心的，倒是屈家的态度，若他们不同意，我们还要另想办法。”

婵媛心下复杂，对子女的态度，男人多不像女人，他们的爱会权衡，为了自己的宗室强大，有时看起来很无情。

然而此时，屈原浑然不知这里发生的一切，更不知自己正陷入一场蓄谋已久的阴谋。

这天卢乙生辰，莫愁一早起来，梳洗整齐，就去细细烹了鱼汤，备好几样苴菜，又把盛酒的陶盏一一洗净，她突然发现自己在吟歌，脸颊一红。这时正好卢茂打鱼归来，大汗淋漓，莫愁递上绢帕道：“爹，快歇歇。”

卢茂看莫愁心情甚好，边擦脸边笑道：“今年入暑却比往年都热。

鱼群上浮，我打了极多鱼，晚些去卖了给乙儿换个礼物。”说罢看到那一桌食物，不禁问道，“乙儿呢？往年生辰他可早起了。”

“我去叫他。”莫愁笑道，心中却想，再晚一会儿也好啊，有人还没有来，若是乙儿起来便叫着吃饭，当着爹的面怎么好意思拦他。

莫愁走进内室，看卢乙在榻上轻轻翻动，就嗔道：“还不起床，鱼汤都做好了。”待走近看，却发现卢乙脸颊赤红，一摸额头，烫得惊人。

“乙儿，你怎么了？”莫愁惊道。突然发现他的手正在拼命挠身上，掀开内褂一看，竟满是红点白尖的疹子，再一看腿上、脚上，也已经遍布，一片片被抓破的地方流出脓血。莫愁略懂医术，却是从未见过这种病症，一时慌张无措，只拼命摇晃卢乙道：“乙儿，醒醒！醒醒！”

卢茂闻声进来，亦是惊惧无措，转身奔去找郎中。

屈原今日原是兴致极高，拿着木枪，到卢茂家就喊：“乙儿！快出来！”不想一位郎中神色惶恐掩袖而出，屈原一怔，赶紧奔进房中。

“莫愁，乙儿怎么了？”看莫愁趴在卢乙榻边哭成泪人，屈原心里一紧。

“郎中说是瘟疫……”莫愁泣不成声。

“瘟疫？”屈原大吃一惊。

瘟疫猛如虎，昔日西蜀曾遭疠气，缓者朝发夕死，重者顷刻而亡，家家有僵尸之痛，室室有号泣之哀，或阖门而殪，或覆族而丧，白骨露于野，千里无鸡鸣，举国恐慌。正在这时，只听门外一阵乱步，师甲冲进来说：“终于找到您了，大人，出大事了！”

屈原一震，道：“何事如此惊慌？”

“昨晚开始，陆续有百姓染怪病，已死十余人，病患百余，还在增加。”师甲颤道，“百姓十分恐慌，自古十疫九乱，权县怕是难逃此劫啊！”

屈原一把握住莫愁的手说："别怕，我必要救乙儿！"转身又抓住师甲催促道，"快带我去看看！"

他们赶到的时候，尸体已被抬到野外，暑热加剧了腐坏，便有蝇虫嗡嗡纷扰，一排男女老少跪地而泣。屈原略作安抚，就与师甲一一去看那些尸具。不想掀开草席，屈原惊得险些作呕，那死者全身溃烂，大小脓包尽在淌血，再看几具，亦是这样。屈原心中巨震，这和卢乙的症状一样，看来，确是瘟疫开始蔓延。

屈原带师甲即刻赶回县署，两人一路商议如何隔离疫区、安葬死者，因经验尚缺，欲再找几人细致商议。

他却不知，此时刘歪嘴和程虎的家丁正不遗余力地满城奔走相告：沛罗江边有巫师行巫术，为权县祛除病怪。不多时，江边已聚集起众多权县百姓。

刘歪嘴和程虎一使眼色，两人站上一处高台。程虎肃颜高声道："近来瘟疫肆虐，刘兄与我心系百姓安危，特意请大巫云中先生的弟子云影来一看究竟。"说着便有一位年轻巫师出来，站到人群中心。

自古蜀重仙，巴重鬼，楚重巫，楚人奉多神，笃信预言、巫术、法术有神力，不论婚丧嫁娶、女人生产、粟米丰收，都要请巫术跳不同祭舞，祈各自神灵护佑。

云中先生是众人敬重的大巫，此人若真是他弟子，也必不凡。

那云影以面具遮脸，只露双目，着一身略宽的赤色祭服，眼神肃杀。众人皆后退一步，于是辟出一片空地。只见他霍地跳跃起来，腾空飞转，上下齐舞，手掌着地便画下一笔，几个轮回，地上渐成一幅八卦之图。众人皆已惊叹，见他又拿出三支蓍草，舞步不停，口中念念，倏地将蓍草扔起，连续三次，蓍草皆落于卦图之西方。

云影停住舞蹈，双掌合十，正色对刘歪嘴二人道：“以卦象言，自西边来到权县的人瘟神附身，带来疫灾。”

刘歪嘴忙问道：“先生可知是何人？”

云影摇头道：“不可说。”

刘歪嘴又问：“那先生有何法？”

云影道：“我只兆示，不行实事。此事说来却简单，只要找到此人，淋上鸡血驱出权县，瘟疫也随即解除。”

“先生再给我们一些启示可好？好叫我们尽早寻得此人！”人群中有人喊。

云影默然点头，突然口中念念，全身俯向卦图，双眼紧闭，全身颤抖似癫似狂，猛一抽搐停下，平下喘息道：“司命兆示，此人刚来权县数月，现住城东，气宇不凡。此为天机，我不可再说。”说罢一合手，拨开众人独自离开。

观者面面相觑，刘歪嘴和程虎振臂一呼：“我们当同心，找到此人驱出权县！”

百姓应者云集，一时人声鼎沸：“我们这便去城东！”

荆山下，云影已摘下面具，招远拿出一只沉甸甸的锦袋递给他道：“这钱够你去邻县做别的营生了。”那人接过锦袋，冷冷道：“谢过。”转身疾走。

权县几乎半数百姓，已浩浩荡荡往东边走去，一路议论纷纷，猜测不断。

“可是刚来的刘姓挑夫？”

“不对，他是北边井县来的。”

“那是城东蜜浆店掌柜？听说他是郢都来的，那正是权县的西边。”

“也不像，你忘了巫师说此人仪表堂堂、气宇不凡？”众人想起那掌柜油头凸肚，纷纷摇头。

一位持重的老者沉吟道：“咱们且仔细厘清，这人从郢都方向才来不久，气宇出众……”

百姓窃窃私语，有人低声道：“屈大人好像符合……”

众人一怔，将信将疑，也有人忍不住相互耳语。刘歪嘴迟疑道：“不能吧，屈大人可是为权县做了不少好事，我刘歪嘴都感激他。不过，说来也怪，屈大人没来之前，权县确实风平浪静。”

程虎也皱眉道：“我也断不愿此人是屈大人，但瘟神附身自己多难察觉，只怕这瘟神不祛，权县的灾祸还会更多。昔日周县亦是得罪瘟神，随后瘟疫蔓延，难以控制，周县尸横遍野，连野狗吃了尸体也染病而亡，不出数月，周县几成一座空城。”

“啊！”百姓纷纷惊叫。有人恐慌喊道：“将屈原逐出权县！”这人一喊，便有许多人跟着喊，更多摇摆不定的人，成为乌合之众。

“将屈原逐出权县！”前面的人振臂一呼，后面的人云集而吼，乌泱泱地停在县衙门口。

正是暑热之时，屈原在县署内亦一额细汗。他已翻阅过《神农百草》《灵枢》《素问》，楚俗自古信巫不信医，国内典籍亦少，他只看到“古人有云，旻天疾威，天笃降丧；瘨我饥馑，民卒流亡”“戎疾不殄，烈假不瑕”“天方荐瘥，丧乱弘多”，却未看到只言片语关于瘟疫治疗的记录。屈原心下越来越沉，这时他突然听到外面嘈杂，正欲起身去看，师甲冲进来叫道：“大人，外面已挤满了百姓，有人说瘟疫是您带来的，要将您逐出权县！”

“什么？”屈原霍地站起，“何以如此荒谬！我去看看！”

“大人，万万不可出去，若真是民众受蛊，一时群情激奋，大人必要考虑自身安危啊！”师甲一把拉住他道。

“躲不是办法，我难道终日不出去？”屈原轻轻推开师甲，大步而出。

屈原正色走到门口，见外面已是乌泱泱一片，阳角、朱耳正努力拦住企图涌入的人流，便吼一声道：“莫再挤，若伤到人，岂更不值？”

众人一见是他，俱静下片刻，随即有胆大的道：“屈大人，为了权县百姓，请离开权县！”这一声又是应者云集，众人振臂呼道：“离开权县！”

有人拿出早准备好的鸡血要冲过来，师甲大惊去护屈原，只见侧面忽然跳出一个人影挡在屈原前面嘶吼道：“住手！”

众人一惊，见这美貌女子张开双臂，杏眼怒睁。

“退后！”莫愁厉色吼道，“屈大人为权县做的益事你们如何不记得？如今听了谁人蛊惑，竟在这紧要关头要驱大人离境！”

屈原一惊，竟忘了此时正面对着气势汹涌来意不善的人群，只在莫愁身后感到一阵清新安宁，那大概是她的发香。乱风吹过，发梢轻轻拂在他脸上，那微小的酥痒竟完全强过眼前的嘈杂纷乱。忽有一个小竖童气喘吁吁地上来拉着莫愁耳语几句，莫愁连连点头。

屈原回过神，见师甲仍对着人群激动颤声道：“大人亦有隔绝疫区的布置安排，此前翻阅医书典籍片刻不休，大人埋头苦寻疫情源头和医治良方，你们却听信谣言聚众胡闹，情何以堪！”

人群渐渐安静，有人面露愧色，屈原缓步从莫愁身后出来，程虎见状急道：“屈大人，我们亦不想如此，但现在瘟疫已在全城蔓延，您再不走，恐怕所有权县百姓都难幸免啊！”

人群恢复骚动，屈原摆摆手道：“你说瘟疫因我而来，证据何在？”

屈原那眼神熠熠，像能穿透招远，他只支吾道：“全县百姓都见到，巫师亲口所言。”

“对，我们都看见了，巫师说的就是这方位，就是大人这般风度气质的人。”有百姓怯怯道。

屈原轻轻一笑：“我道是巫师指名道姓，原来你们不过猜测是我。可否请这巫师过来，当面对质？”

“他怕是来不了。”莫愁看着招远冷冷道，“家父刚刚托人问过云中大巫，大巫说他根本没有这个弟子。刚刚是谁将他请来，可否再请一次，问问他究竟是不是大巫高徒？”

人们都看向刘歪嘴和程虎，几人一时失语。屈原愠怒道：“我大楚地处南方，夏季湿热，蚊虫遍布，都可能是疾病之源。你们几人身为权贵，不去安抚民心寻求正路，反蛊惑民众前来闹事，居心何在！”

人群安静，屈原温言缓缓道：“权县遭疫，我亦和大家一样忧虑。我素知楚俗信巫不信医，既然疫情已至，我们即日速请大巫跳傩舞。同时我亦会力寻病疫来源和治愈良方，请各位给我几日。”

众人沉默，携鸡血那人将陶盏一歪，鸡血泻地。

刘歪嘴和程虎气急跺脚。屈原冷笑一声道：“各位乡亲，瘟疫可怕，更可怕的是有人利用瘟疫，激起全民恐慌。自古十疫九乱，遭瘟疫的地区本是民心不稳，若是再遭蛊惑，无力齐心抗病，那权县才真是万劫不复！”

刘歪嘴讽笑道：“屈大人此言，想是心中已有把握。那巫师虽不是云中之徒，也只是功力不及大巫而已，且大家都见他虽未指名道姓，却句句直指屈大人，我们不尽信，只信一二也未不可。屈大人要么给我们一个期限，若得良方，我便派人去追查那巫师来给大人请罪；若不得，大人还是提早为离开权县做准备可好？”

屈原淡淡一笑，并不看他，只向众人道：“三日，我将彻查病源；

再三日，我必寻得解药！”众人纷纷点头，程虎厉声嚎道：“我们如何相信你？”

“我相信！”莫愁响亮的声音传来，坚定，不容置疑。

“屈大人到权县以来，咱们的生活是更好还是更糟？家中余粮是更多还是更少？街童叫声是更欢还是更悲？屈大人因减轻供尝得罪刘歪嘴几人，他们便伺机生事，要我说，这场瘟疫是他们带来的也未可知！”

刘歪嘴一听，跳起来就骂：“你血口喷人！”

屈原过来挡住莫愁，对着刘歪嘴道：“噤声！我们目前紧要的是查出病源，找到良药。百姓眼睛雪亮，即使一时受蛊，不用多时自会明了。”

民众已不再是群情激奋一触即发的状态，都各自松懈下来，屈原又找医师出来为大家说些疫期注意之事，民众当下便都四散而去。

莫愁正要走，屈原一把拉住她轻轻道：“刚才那一声‘我相信’，却是给了我百倍的力气。”

莫愁低头不语，再抬头已泪流满面：“你不要怪众人。当我看到乙儿命悬一线，听说是有瘟神带来疫病，我亦恨不得将那人逐出千里万里。”

屈原心中一痛，他不知莫愁其实经历了怎样的挣扎。在那假巫师未被证实之前，她一度犹豫要不要跟随众人前去堵门讨伐，已经失去了蒙远，疫情不止，父亲亦是难以幸免，她不能承受再有至亲之人离她而去。幸而她冷静思索，发现这讨伐原是刘歪嘴与程虎挑唆而成，卢茂不知何时认识几名巫师，速速一打听，才知这根本是嫁祸于人的阴谋。

屈原和莫愁回来的时候，卢乙仍躺在床上。大暑之日，竟阵阵寒战，冷汗淋淋，他似乎连抓挠的力气都没有，脸色惨白，偶尔低声喊渴，只一息尚存。

屈原素日手不释卷，只记得医书所示脓包必要挤破，使毒血流出，于是让莫愁找出一根银针，烛火烤过之后，为卢乙挑破脓包。

每挑一次，卢乙都发出一阵虚弱的惨叫。那疥疮中的脓血渐渐变得黏稠，屈原几度狠下心挤，卢乙疼得几度昏迷过去，也还是不见成效。

听卢乙一声声气若游丝的惨叫，卢茂和莫愁只有别过头去，屈原额上亦是细密的汗珠。

许久，屈原轻叹一声，看着卢茂和莫愁摇摇头："毒血很难挤出，我再另想办法。"

"乙儿他还能坚持多久？"莫愁垂泪问道。

屈原心中隐痛，握住卢乙手臂试他的脉象，已似雀鸟轻啄，确是垂死之象。屈原浑身一震，颓然道："不大好。"

卢茂的眼泪奔涌而出，转身躲去内室。莫愁掩面夺门而出，青儿刚要追，屈原低声道："你且照看卢乙，我去吧。"

沛罗江边，星光寥寥，屈原看着莫愁抱膝而泣，哀恸不已。她的背景看起来那么柔弱无力，屈原很想过去抱住她给她安慰，却在一瞬间感到一片虚无。他承认，刚刚卢乙的脉象让他惊恐，那轻得几乎难以捕捉的脉搏，每跳一下，都像他在竹简上用兔毛笔一点那么轻，像随时都会消失。他想象着莫愁的哀恸欲绝，想着曾经那个叫蒙远的人，他甚至有一瞬间怀疑起那个巫师的话，这是他带给她的厄运。不不，屈原镇定心神，轻轻走过去，在莫愁身边坐下。

谁也不说话。这样过了半晌，莫愁低声道："这是幼时我和乙儿最爱的地方。"

是一片河滩，在夜色里依然见得花木葳蕤，沙石成趣。

"乙儿出生不久，娘就去世了，爹和娘感情很好，有很长一段时间他颓废极了，都是我在照顾乙儿。那时候真累啊，自己心里悲伤，还要照顾一个刚刚足月的小孩和借酒浇愁的父亲。乙儿半夜哭闹的时候，我累极了，恨不得拿被帛捂死他。”莫愁苦笑，淡淡道，“然而刚刚我见他躺在那里，不知道是不是下一个时辰就没了，我心痛得像刀绞一般，恨不得躺在那儿浑身溃烂的人是我。这个弟弟，我亏欠他的太多。”

是的，她没有说，母亲走后，幸好有卢乙，她心里才不至空落。她疼爱他，其实是她需要，她要那一片温情，能在心底温暖冰凉的夜幕。如今他却神智不清，奄奄一息，她只想一想，也如万箭穿心。

屈原第一次听她说起身世，心中唏嘘不已。沉默良久，屈原缓缓道：“莫愁，再让我试试。”

屈府亦是听说了权县瘟疫的消息。屈伯庸大惊，自古十疫九乱，屈原资历尚浅，若是处理不当，后果不堪设想。屈伯庸稍一思忖，便直奔兰台宫求见楚王。

“权县瘟疫，不谷自然有所耳闻。”楚王非但不惊，反而请屈伯庸落座，缓缓道，“大司马意欲如何？”

“老臣深恐灵均毫无经验，遇此大事，只怕乱了分寸。老臣愿亲赴权县，助灵均平此瘟疫。”

楚王早已猜到，只微微一笑道：“大司马为官多年，不谷且问你，与天斗，与人斗，孰易孰难？”

屈伯庸一怔：“这，各有难处，只是天绝人多爽利，人绝人多隐晦，殊途同归。”

楚王颔首道：“不登高山，不知天之高也；不临深溪，不知地之厚也。灵均博闻强记，缺的却是砺炼。权后知轻重，度后知长短，这次灵均不论面对的是天是人，都是他自己要过的难关。”

看屈伯庸还欲开口，楚王只道：“不谷用他，即是相信他。”

屈伯庸微怔了一会儿，行礼而退。

屈原案上的竹简已经高高堆起，一灯如豆。师甲几次进来，见屈原皆是一个姿势，不曾动过。

行医最重要的是辨症，权县的几位医师皆辨症不出，屈原只好令人将医书全部搬来，一卷卷查看，有扁鹊的《禁方书》，有《黄帝内经》，有《上经》《下经》《揆度》等。春秋时期，各国已有职业医师，楚国的巫与医亦慢慢分离，各司其职。巫医分离之后，初期的阴、阳、风、雨、晦、明“六气”致病说，与扁鹊所言的五脏、肠胃、血脉、血气、阴阳等结合，为后世以脏腑经络气血为核心的中医奠定了基础。

不觉入夜，夏风微醺，权县依然笼罩在瘟疫的恐慌里。屈原只寻得数句：“藏于皮肤之内、肠胃之外，此营气之所舍也。”“外邪得以入而疟之，每伏藏于半表半里，入而与阴争则寒，出而与阳争则热。”皆似是而非，实不得要领。

竹简上的鸟篆变得模糊，屈原揉揉眼睛，见窗外已是月光弥漫。

边上有未曾动过的粟米菜羹，三更声传来，屈原不觉惊讶道：“竟已夜半。”方才觉得有些冷，就起身披件长衫到园中站一站。

南方夏夜，气息潮湿，屈原在园中怔怔站着，只听得声声虫鸣，头顶盈盈星光。他忽然觉得自己渺小，在这数百年浩如烟海的典籍面前，人生真如白驹过隙，转瞬即逝。他急切地渴望有所作为，渴望在那烟海之中留下一点光亮。

“大人，去休息吧。明日还有许多安排。”师甲的声音忽然响起。屈原一惊，回头见师甲不知什么时候也过来了。

“先生也没睡？”

“大人为治瘟疫不思饮食，我亦无法安心入眠，想到曾经因瘟疫肆虐而几近消失的村落，真是不得不为权县担忧。”师甲轻轻叹道。他实在不知这个一身清正的年轻人能否度过这场考验。这个年轻人有学识和勇气，但砺炼太少，还需要拥有处世的智慧、平衡各方势力的能力。如果能顺利度过这场劫难，则还有机会；若是不能，虽不至万劫不复，但亦会心余力绌。

“师甲，我刚翻阅数百卷医书，似有零星线索，但患病之人大多昏迷，我们只能观其表象，不知其里，因为难以辨症。”屈原轻叹口气，皱眉道。师甲却敏锐地看到这片刻之间屈原已不经意挠了几次手臂。他突然有种不好的直觉，心下一沉道：“大人可是手臂瘙痒？”

屈原一愣，看师甲惊恐的目光，忽然明白过来，卷起袖管一看，那莹白的手臂上已有一排红色疱疹。

“先生！”师甲叫道，一脸惊惧。

屈原一时心下复杂，但很快镇定心神笑道：“这样也好，只有亲自体会，才好辨症，只是师甲要离我远些。”

“我这应是初症。”屈原皱眉思索道，“还有恶寒、头痛。”

疱疹痒得难耐，屈原忍不住去挠，但一阵令人眩晕的刺痛传来，凝神一看，原是有一处被抓破。

屈原一点一点地回忆那些医书，企图把这些支离破碎的感受集中起来。他突然想到一卷，兴奋地冲师甲大喊：“我知道了！就是它！”

屈原冲进屋里，将案上那些书简略略翻阅，终于找出一卷《素问》，其中有言：“瘴气藏于皮肤之内、肠胃之外，此营气之所舍也。”

“瘴气！是瘴气！”

屈原这一喊，师甲更加惊惧。

第十七章 · 采药

九折臂而成医兮。

——《九章·惜诵》

让师甲闻之色变的瘴气，确实曾如洪水猛兽，是后世关于南方风土最持久、最恐怖的记载。“瘴”字本作“障”，意为横亘在北方人面前的障碍。对当时的北人来说，“南方，阳气之所积，暑湿居之，其人修形兑上，大口决眦，窍通于耳，血脉属焉，赤色主心，早壮而夭”。后世有贾谊被贬谪长沙，却是怀着必死的忧虑道：“贾生既以适居长沙，长沙卑湿，自以为寿不得长。”

这自然也是早期中原对南方的误解，瘴气、巫术，使得南方成为一片卑湿鬼魅之地。其实瘴气不神秘，不过那时南方多是森林湿地，每逢暑热再遇动物腐尸，往往就产生不洁之气，楚国多山多水，尤其常见，只是古时消息闭塞，记载且少，因此多难辨症。

屈原确定是瘴气，已有几分底气，又连夜查出破瘴气之毒需青蒿煎水，于是曙色未明即向莫愁家赶去。

此时卢乙正是冷热交替，一会儿大汗淋漓，一会儿寒战不止，莫愁垂泪守在榻边。突然屈原从天而降道：“伯父，莫愁，我找到方法了！”

莫愁和卢茂惊得站起，齐齐看向屈原。

“是瘴气！”屈原眼神熠熠，“乙儿近日有没有接触死物？”

“还真有！”卢茂急急道，“前日后院无端出现一堆野兔尸体，是乙儿去清理的。”

“那便对了，瘴气由湿热天气的腐尸而生，病患多冷热交替，轻则头目昏沉、呕吐泄泻，重则神昏语谵、遍生疮疖。”

二人连连点头，又急急问：“可有方法医治？”

“唯有青蒿！但这草药生在山巅石缝中，朝生夕萎，因此药店无售。”

莫愁一听，立刻惊道：“给我图样，我上山去寻！”

“不，我认得青蒿，我去！”屈原也急道。

莫愁来不及多想，欲抓起屈原就要走，忽然，屈原宽袖露出的手臂上那一排红疹让她惊住。她抬起屈原的手臂呼道：“你也染了病？”片刻又喃喃道，“莫不是帮乙儿挤脓血染上的？”

“不碍事，只要尽快找到青蒿，便不怕的。”屈原抽回手臂笑道。

卢茂哽咽道：“大人……对不住你！”

“伯父且放心，现已辨清病症，只要找到青蒿，卢乙和我，还有所有权县百姓，都会得救！”

莫愁已默然备好藤筐，只对屈原道：“走吧。”

破晓之时，一片水蓝天光，两人渐向山深处探去。一路植物繁茂，脚下皆是碎石落叶，加之露水，竟是一步一滑。山势越来越陡，视野不清，只能一再小心。屈原对山路不熟，莫愁背藤筐，以镰刀开路，在前面引他，没到山腰，两人皆已气喘吁吁。加上屈原有瘴气在身，山风一吹，不禁一阵寒战，刚想靠住一棵树稍作喘息，不想脚下一滑，身子就溜了下去。莫愁飞身过去一把拽住他，却被惯性带得两人一起往山下滑。

只听身边无数碎石滚落，回头一看，身后不远是一处断崖。屈原惊出一身冷汗，索性闭眼叫道："不想今日要与你同葬山谷！"

"噤声！"莫愁大斥道。她一手拽着屈原，一手用镰刀拼命划拨，正好见岩缝中生出一棵小树，便反转方向一刀掠过，镰刀稳稳地钩住树干。

有石子松动向山谷落去，竟无回响。屈原不敢再开口，莫愁却吼道："去抓你上面的树干！"说着借镰刀之力将屈原用力一提，使他借势握住一株幼杉。"我松手啦！"莫愁喊道。屈原只好两手紧紧抓住那杉树，看莫愁凭镰刀之力，三两步便爬到了安全之处。

莫愁看他还挂在那里，想起他刚才那混话，嗤笑一声，便从腰间解下一根绳子将一端扔去。屈原领了绳子，慢慢松开杉树，亦挪到了安全之处。

"过来。"莫愁招手。屈原赶紧挪过去，见莫愁从地上扯起几根细藤扔给他："木履太滑，将这个缠在履上。"

屈原还未完全从惊恐中回神，只怔怔道："好！"

天色渐明，暑气上来，又有蚊蝇过来扰人。屈原恍然回神，急急对莫愁道："快去找青蒿。"莫愁一笑，起身对屈原伸出手。

屈原一怔，他幻想过无数次和莫愁携手而行，却从未想过是这个场景，此时他惊魂未定，身染恶疾，污衫乱髻，狼狈不堪，她却向他伸过手来。不等他反应，莫愁一把将他抓起，一边嗔道："真是啰唆！"一边牵起他就走，"不用多时就到了，我们要快。"

屈原心下一暖，便觉得那只手无比温暖坚定，就安心让她牵着，两人携手以藤蔓、树干为依，慢慢往上爬。

终于一片天光云阔，山风啸肃，四望唯烟云。

屈原拿出绢帛，对照那青蒿图例，细细查看石缝间的植物。青蒿好认，自古入药，后世亦被《本草纲目》收录："青蒿，二月生苗，茎粗如指而肥软，茎叶色并深青。其叶微似茵陈，而面背俱青。其根白硬。七八月开细黄花颇香。结实大如麻子，中有细子。”不多时， 两人便寻得小半筐。“青蒿药力强，这些足够制一批药。”屈原欣慰道。莫愁亦松下一口气道：“下山罢。”

“这路甚滑……”屈原喃喃道。莫愁斜睨他一眼，嗔道：“那镰刀给你？”屈原自讨没趣，讪笑一下。莫愁揶揄道：“放心，我走前面，你便是再滚落，也有我挡着。”

两人便一前一后地走。也许是天色大亮，路亦熟了，屈原心里不再紧张，一路抓着藤藤蔓蔓，看前面轻灵像仙子一样跃来跃去的莫愁。遍山浓重的绿，她一身白色细麻衣袍，窄窄的松柏色织带在腰间随意一系，许是嫌热，刚才散着的长发现在松松挽成一髻，真不知比楚宫里衣锦纹绣、环佩叮咚的贵族女子要动人多少呢。

不觉已到山腰一片平地，两人正欲稍作休息，却突然听见灌木中窸窸窣窣，声响异常，莫愁低声道：“莫不是什么野兽？”正这时，突然两道黑影跳出，两把长刀寒光凛凛。

屈原一凛，一把将莫愁推到身后道：“我来应付。”莫愁轻叹一声，厉声道：“听我的！”说罢又将他推到身后。

莫愁打量那两人，皆玄巾蒙面，杀气腾腾，竟不像是山贼一类，便一拱手道：“二位好汉，我们不过摘些草药路过此地，还请说明来意。若是取财，拿去便是。”说罢摸出一只钱袋朝一人扔去。不想那人根本不接，与同伙一对视，二人直煞煞地举刀冲过来。

莫愁惊叫道：“公子藏好！”便举起藤筐挡在前面。她本也有些功夫，左挡右躲应付了几刀，但不多时藤筐几被砍碎。莫愁见不是办法，瞅准时机将藤筐往那两人头上狠狠扣去，拖着屈原就跑。

“药——”屈原回头叫道。

“痴儿！只有活人才可以吃药！”莫愁斥道。两人一路狂奔，冲入一片丛林，回头一看，黑衣人也追了过来。

莫愁一把将屈原拖至一棵参天古树旁，急吼道：“快爬上去！”说罢用力一托，屈原借着力就攀了上去。“莫愁，我拉你上来！”屈原伸手探向莫愁，不想一黑衣人冲过来，举刀欲向屈原的手臂砍去。莫愁用力将屈原手臂一推，刀狠狠地砍在树上，黑衣人连拔几下竟没有拔出。这时另一人举刀冲莫愁冲来，眼看要到跟前，莫愁一闪，那人躲不及，连人带刀撞在树上，一时气闷。莫愁抽出镰刀朝他脖颈狠狠砍去，一道血光溅出，那人应声倒下。

屈原一见血光，本来头晕目眩，但看那另一人已将尖刀从树干中拔出，大喝一声：“来受死！”就朝莫愁冲去。莫愁转身见寒光逼到眼前，一时呆住，但听一声大喝，有身影从高处直扑过来。

“啊——”一声凄厉的惨叫回荡在山林中，叫得宿鸟惊飞。莫愁看着黑衣人在自己面前倒下，胸前冒着一截刀尖。

山林俱静，屈原呆呆地站着，看那人倒在地上，眼目未瞑，鲜血喷涌。

“我，杀人了。”他心里默念。

屈原见过死人，寿终正寝的、夭折的、意外的，不久前还见过很多具病殁的尸体，那些死人有的也面目狰狞，但他都只是心里一紧，不久就忘记了。

而地上躺着的两具尸体，一具死于他最心爱的女子之手，另一具……屈原举起自己的手，也许因为闪开得快，那手上干干净净，没有一丝血迹。如果这时闭上眼睛转身离开，是不是就和这一切没有关联了？

屈原站着，他难以相信自己刚刚亲手杀了一个人。看到他心爱的女子的性命受到威胁的时候，他结束了一条性命。这是他从未想过会发生的事，他的美诗、美文，他想行的美政，和这尖刀鲜血都没有一丝关系。

这是他第一次真正意义上的直面鲜血，即使在很多年以后，屈原再想起此时此事，依然觉得天旋地转、神志恍惚。

他怔怔地，拿出那张画着青蒿的绢帛，轻轻地盖在那人脸上。那绢帛上还写着：“呦呦鹿鸣，食野之蒿。我有嘉宾，德音孔昭。”那是他画完青蒿又随手抄的诗。

一阵山风吹来，早熟的叶子簌簌落下，那绢帛“哗”地被卷起，落在远处一丛灌木上。

屈原轻轻自嘲笑道：“是啊，什么德音孔昭、诗书礼乐，在刀尖之下只有你我。”

莫愁看到他终于开口，轻步过去握住他的手道：“谢谢你，救了我的命。”

“不过是一命换一命。”屈原抽出手道，又觉得自己荒诞。他一遍遍企图说服自己毫无争议的行为，但只能在理性上暂时接受。他那双已沾了鲜血的手，一时还不愿放在莫愁的手里。

“我们且去别处坐坐。”莫愁说着，牵着他的衣襟往一边走。事实上，她亦是想离这些尸体远一点儿。

两人并肩席地而坐。“这不是我第一次杀人，我曾带乙儿上山寻药，亦是遇见一个山贼，劫了我财物，还想……”莫愁缓缓地说道，哽咽得几乎说不下去，“我就是死也不会容他在乙儿面前辱我。我找准时机，用大山石将他击倒，谁知他竟正好倒在一处尖石上，当时就没气了。”

“如果不是性命堪忧，谁愿意让自己的手沾这污血？”莫愁轻轻叹道，“那之后我常被噩梦折磨，但是有一天梦见娘和我说：‘你很勇敢，保护了自己和乙儿，娘为你骄傲。’不想伤人，便会被人伤，刚刚若不是你杀了那恶人，他便会杀了你我。灵均，你做得对，你为这世上除掉了一个恶人，而保护了两个不该被无辜杀害的人。”

屈原不语，良久才轻叹道：“我早知这不是我心中诗与美的世界，但没想到这恶意来得这样快，亦不想自己本能爆发之时亦有夺人性命之力。”说罢，不久又垂首道，“不碍事，让我沉静片刻即好。午时之前，我们还可回去采草药。”

莫愁颔首，只伴他坐着，不再说话。

不远处的山坡上，一人神色阴鸷，恨恨道：“废物！难得有人报信，两个男人，竟被屈原和一个女人杀了！”说罢对身后的侍从一挥手喊了一声，“走！”

遥远的兰台宫。今日正是小子秦弥月。

此时宫内丝竹悦耳，舞姿翩翩，楚王于中正坐，太后、南后、郑袖与其他姬妾于殿前左侧列位，诸公子于右侧列位。

楚王斜睨一眼身旁空位，木易立即上前轻声道：“已去请了，小公子哭闹，嬴娘娘正在安抚，片刻即来。”

楚王颔首，南后温婉一笑：“做了母亲确实身不由己。”郑袖亦意味深长一笑道：“嬴妹妹如今恩宠正盛，今日便是不来，大王亦不会怪罪。”

楚王刚皱眉，却见虞娘扶着嬴盈进来，傅姆抱着孩子走在后面。

“臣妾携子秦见过大王，谢大王恩典。”嬴盈施礼道。

“免礼，且来不谷身边坐，叫不谷看看子秦。”楚王喜道。

嬴盈抱过子秦，与楚王同坐。那小儿似有灵性，见了楚王便停住哭闹，两只眼眸忽闪忽闪地看他父王。楚王喜极，连声道：“我儿子秦，当真灵气。”

太后与众姬俱凑来看，惊叹赞美声不绝于耳。子兰也要过来，却被郑袖用眼神喝止，南后看到，心中微微一怔。

楚王举杯对众人道：“今日子秦弥月，不谷心中欢喜，众人与不谷共饮一杯！”说罢一饮而尽。木易拍手，编钟声起，又一队楚女鱼贯列出，翘袖折腰且舞且吟：

“秋兰兮麋芜，罗生兮堂下。绿叶兮素华，芳菲菲兮袭予。夫人自有兮美子，荪何以兮愁苦？秋兰兮青青，绿叶兮紫茎。满堂兮美人，忽独与余兮目成。入不言兮出不辞，乘回风兮载云旗……”

此歌为《少司命》。楚国神灵中，大司命主管生死，少司命主管子嗣。女人怀孕生子，都要请少司命护佑。

子秦被众人逗弄一阵，已有些许不耐，大声号哭起来。嬴盈对傅姆笑道：“小儿累了！”楚王便说：“带子秦去休息吧。”傅姆便抱起小儿回江篱宫去。

酒宴继续，一时酒酣耳热，楚王拊掌，众姬随嬴盈起舞。郑袖穿过各色飞舞的宽袖绫带，看到对面的小乔对她轻轻颔首，郑袖的脸上掠过一丝难以察觉的冷笑，不想这亦被南后看在眼里。

不过片刻，傅姆惊惧的尖叫声响彻兰台。

“大王！不好了！不好了！”傅姆抱着那婴儿冲进来，跪倒在楚王面前。

嬴盈大惊失色，扑过去夺过孩子叫道：“秦儿怎么了？”

傅姆跪在地上浑身颤抖道：“奴婢欲为小公子更衣入睡。奴婢只转身片刻，回来时，竟有棉帛将小公子盖住，口鼻尽掩，待奴婢掀开时，小公子已经没了气息……”

嬴盈哭倒在地，楚王怒视傅姆，一字一句道：“失职当斩，拖出去！”

傅姆惊惧叫道：“大王饶命，与奴婢无关啊……”一声声直喊至声干气咽。嬴盈浑身一软，抱着已殁的小儿昏倒在地。

歌舞俱散，楚王劈手将一案酒馔掀翻，无人敢言。

楚王回宫，独坐案前。他虽知道后宫一向风云不断，女人为恩宠、位份钩心斗角，但只要不太难堪便也罢了，而今伤及子嗣，他不能忍受。

此时木易正垂首立在一边，楚王盯住他静色道：“依你看，子秦之事是意外，还是蓄谋？”

木易恭敬道：“老奴愚钝，只知道这时正值酷暑，即使是楚宫之内的幼子，也多穿袍服而眠，极少盖棉帛。”

楚王手指轻叩案几，亦自知当时处决那傅姆太冲动，然而木已成舟，楚王一皱眉道：“去查。”

“老奴已安排，依惯例，入殓前要由太医院验查。”木易垂首道。

楚王微微颔首，依然眉头紧锁，片刻后道：“诏子尚。”

不多时，子尚脱履进殿，楚王一抬手道：“坐。”子尚一掀衣裾跽坐在案前，楚王道：“王叔可知子秦之事？”

子尚黯然叹道：“刚刚知悉。如此意外当真令人痛惜，定要教宫中傅姆全部重新训诫，杜绝如此令人扼腕之痛事。”

楚王盯住子尚道：“王叔并不怀疑是有人恶意为之？”

子尚一怔，片刻后即缓缓道：“大王，嬴盈是大秦公主，子秦已夭，不论真相，对外都是无意为之才好啊。”

楚王心中轻叹，政治婚姻的掣肘正在于此，即使事关他爱的嬴姬，他也只能暗中清查。正值此时，木易神色惊慌地进来道：

“大王，嬴姬自缢了！”

楚王冲进江篱宫的时候，嬴盈已被几个女侍救了下来，此时她正蜷缩在榻上，虞娘垂泪，几个女侍在一边瑟瑟发抖。

“嬴姬！” 楚王冲到榻边，捧起嬴盈的脸连声叫道。已是神情恍惚的嬴盈，竟像是不认识楚王，一把推开他道：“别过来，别想害我的孩子。”

虞娘泣道：“大王恕罪，嬴姬她救下来就已神志不清，谁也近身不得。”

此时南后亦到了，见状垂泪道：“嬴妹妹！”就再也说不出话，一直在楚王身边默然流泪。

不久木易来报，楚王有要事需先回宫，于是木易、子尚及南后留下，等待太医查验。

几人引医官到内室，木易道：“老医者，且来看小儿。”那医官来到子秦尸旁，掀开金麻布细细查看，微皱眉道：“傅姆说小儿是窒息而亡？”

“是午睡时棉帛掩了鼻息。”木易静色道。

老医者细看，随即从篾箱中拿出一根细银针施礼道：“小公子恕老夫失礼。”说罢便用那银针从小儿喉边轻轻刺入，停留片刻即抽出。几人见那银针慢慢由白转黑，皆大惊失色。

“子秦不是窒息而亡？”子尚皱眉问道。

“说不好。”老医者摇头道，“只能说不只因为窒息。”

“何人如此心狠手辣，对一个小婴儿下此毒手！”子尚叹道。

“我自会回禀大王。”木易缓缓道。

南后怔怔看着，心中却是狠狠一凛，冷冷道：“当真心狠手辣。”

子尚回府，刚刚更衣躺下，却见郑袖千娇百媚地踱过来。子尚一惊，四下看看问道：“你如何在这里？”郑袖在他身边坐下，娇声道：“我早来了，你怕什么！”

子尚搂过郑袖，瓮声笑道：“我怀里的可是天下最美的女人，你说我怕不怕？”

“噤声吧。”郑袖嗔道，“你今日去了哪里？”

“小子秦意外夭折，大王责令追查，我便也去看看。”子尚随意道，又凑近郑袖深深一嗅，“夫人今日用的什么香？”

郑袖直起身来，看向子尚直言道：“可查出什么结果？”

“不甚明朗。”子尚凑近郑袖耳边轻轻道，“夫人还想知道什么？”

“子秦可是为人所害？”郑袖问。

“这何须说，现在却要看，是一个凶手，还是两个。”

郑袖大惊失色，霍地站了起来：“两个？如何有两个凶手？”

子尚被她这一惊，从刚才那色迷心窍里醒过来，起身正色道：“你如何这般吃惊？”

郑袖掩去眼中异色，笑道：“可叹道高一尺魔高一丈，受罪都是那个小崽子。”

子尚似乎明白过来，直直看向郑袖道：“其中有你？”

郑袖不看他，自语道：“是又如何？”

子尚大惊，指向郑袖斥道：“你如何这般大胆？大王追查下来，你还如何保得活路！”

郑袖轻轻一笑道：“后宫之事，你懂多少？你们男人以兵戈铁马争夺功名，我们女人不过以恩宠和子嗣争夺地位。那嬴盈分明是墙头之草，我几次三番给她暗示，她亦不肯效忠于我。上次南后借她那子秦差点儿害死我，这次我便借那子秦害死南后罢了。”

子尚一时难以回神，身边的郑袖仿佛变成一头妩媚的母兽，随时伺他以血盆大口。

“你说两个凶手是怎么回事？”郑袖抓过子尚问。

“就是除了你，可能还有另一个人。”子尚叹道。

郑袖轻蔑地一笑，又拎过子尚的耳朵轻声道：“咱俩可在一条船上，大王那边，你得替我好言几句。”说罢将子尚轻轻推倒在榻上。

昭和府。屈伯庸与昭和对坐博弈。

昭和清点完棋盘上的最后一颗棋子，缓缓一笑道：

“屈大人，一盘和棋。”

屈伯庸微微一惊，看那黑白棋子已整理干净，各归其位，拱拱手笑道：“昭大人棋艺高明，老夫回回都输，今日能和局，真是破了先例。”

“和自然好。国和则天下太平，家和则万事昌荣。”昭和缓缓道。随即令人收了棋盘，端上醴浆与酒具。

“屈大人，我心中有一桩美事，想与大人商议。屈昭两家世代为楚国大业尽股肱之力，素来和睦有加，若能更近一层，岂不更好？”

屈伯庸一怔，心领七分，仍问道：“昭大人何意？若是美事，老夫自当配合。”

昭和一笑道：“我素闻屈家二公子博闻强记，实乃栋梁之材，冒昧一问，灵均可曾婚配？”

屈伯庸摇首道：“不曾。”

“屈大人可曾见过昭家小女？”昭和饮一口醴浆，又一笑道。

屈伯庸一笑：“令爱琴艺天成，闻名遐迩，昭大人何愁夫婿？”

昭和开怀笑道：“小女不止琴艺，诗词歌赋亦无不通，不过正因如此，一般男子难入她眼。我对这独女，万千疼爱，近年来，也愈发想为她寻一门好亲事。”

屈伯庸摇摇头道：“唉，大人不知，灵均生性顽劣，不遵法理，我恐日后辜负令爱。”

“我看未必。八斗之才，桀骜何妨？灵均诗名天下，与霞儿正可琴瑟和谐！”

屈伯庸略一思忖，正色道："我看亦好。只是灵均如今在权县，我亦要与荆妇商议。昭大人且等我音信。"

屈伯庸回到府上，天色已暗。柏惠过来为他更衣解发，轻问道："今日昭大人找你可有要事？"

"嗯，他想让屈昭两家联姻。"

柏惠意外道："和谁？"

"原儿！"

柏惠皱眉问道："昭大人为何突发奇想？"

屈伯庸轻轻一叹道："王族三户，屈景昭。他不过想联合屈家，以期争夺令尹之位时多一筹胜算。"

柏惠思忖片刻，沉吟道："两家联姻倒不是坏事，我们本来也和昭家更亲近些。只是我担心，原儿未必配合，他自小便有主意，这等事怎会任人摆布。"

屈伯庸拍案道："若是别家女子便罢了，昭碧霞是郢都第一琴师，才貌俱佳，这竖子还要多嫌，真是不知深浅！我看这门亲事可定，早些成亲，他还能收收性子！"

柏惠两边为难，从屈原长成一个少年以后，她就经常面临这种局面，谁也不肯让步。正无奈，只听门外传来一声高亢的"我回来了"，屈由大步流星而入，随意坐下，端起父亲的陶盏一饮而尽，又看向他俩问道："说说，又遇到什么难事了？"

屈伯庸正色道："昭家欲与屈家联姻。"屈由闻言笑道："那昭碧霞看上我了？"

柏惠轻叹道："是你还好了。"

"是我自然好，她看上的若是原弟，恐怕这昭家算盘要落空了。"

屈由哈哈笑道。

“为何？”柏惠诧异道。屈由冲母亲诡秘一笑，低声道：“原弟喜欢的女人，可不是昭家闺秀这般。”说罢转身离去。

甲之蜜糖，乙之砒霜。

沛罗江边，昭碧霞与仓云临水而立，衣袂飘飘，一片残阳如血。

“爹今天去请了屈伯父来。”昭碧霞轻声道。

“我知道。”仓云冷冷道。

“云哥，我等了很久，想看到你至少有心去争取。”昭碧霞淡淡道。

仓云微微一怔，只轻叹一声，良久后道：“碧霞，你告诉我，我拿什么去争取？”

昭碧霞心下一沉，她并非不知道仓云确实出身寒门，凿壁偷光，苦读数年，才成为她父亲的门客。

先秦时养士之风盛行，诸侯王的贵族子弟皆门客众多。齐孟尝君、魏信陵君、赵平原君、楚春申君，为广聚人才，豢养上千门客。门客中勇力文武者俱备，主人一旦有事，士不外索，取于食客门下足矣。

门客根据才能分为三等，仓云不过是三等门客中区区一员。是的，他拿什么去向父亲争取？

仓云心下复杂，被昭和的女儿钟情自然是好事，他说不清自己对碧霞的感情几分真假。她天真、直接、坦率，她天生拥有一切，没有接受过这世界给她的恶意，他起初接受这份感情的时候还在犹豫，他出生在卑微低贱的草棚，为过略为体面的生活而受尽白眼。当这个姑娘不顾一切地爱上他要与他私定终身的时候，他的自尊心和虚荣心天人交战，她确实是让人心动的姑娘，然而他一文不名。面对这份感情，他只能站在原地。

“碧霞，我原来想，等我考取功名，有了官职，便去向昭大人提亲，现在看来，不知是不是来不及了。”仓云黯然道。

昭碧霞心里一痛，握住他的手道：“云哥，你有没有功名，我不在乎。我知道爹可能在乎，我其实想去和爹说，给你谋个官职，但爹为人清正，我想他会要他的女婿凭一己之力立于世。”

仓云听得眼中光彩一闪，但待她说完又重新黯淡下来。他知道，只要昭和轻轻一点，他立刻能比别人少熬数年。然而昭碧霞不得要领，也许是时机不到。仓云叹道：“只怕那时你已是屈夫人了。”

昭碧霞扶过他的肩，微微笑道：“云哥可是知妒了？这总比无情令我欣慰。你且放心，我断然不会同意的。”说罢从随身锦袋中取出一对玉佩，拿一只递给仓云，补充道，“我在宫中认识一名匠人，玉功极好，我正好有一块碧玉原石，就请他雕了一对玉佩，这只给你。”

那一只剔透的玉佩，上面刻着一个“霞”字，精美夺目。昭碧霞柔声道：“我这只是‘云’字。我们各自收好，愿不相负。”

仓云揽过昭碧霞的肩，共望江水。远山连绵一片，昭碧霞倚在他肩上，柔声笑道：“云哥，我总想在琴声之外，找到另一个知己，上天让你到了我身边。”

说罢轻声唱道：“泛彼柏舟，亦泛其流。耿耿不寐，如有隐忧。微我无酒，以敖以游。我心匪鉴，不可以茹。亦有兄弟，不可以据。薄言往诉，逢彼之怒。我心匪石，不可转也。我心匪席，不可卷也。威仪棣棣，不可选也……”

歌声在风里散开，飘忽不定，仓云抚过昭碧霞的头发，给她以恰到好处的沉默。

此时，婵媛早已令人寻了几次昭碧霞，侍人回来皆面露难色，原来他们素知昭家小姐的脾气性情，此时只敢对婵媛低声道：“小姐和仓云仍在江边。”

昭和怒道：“一个不知名的门客，怎么打起我女儿的主意！明日便将他逐出昭府！”婵媛忙劝道：“不可鲁莽，你素知女儿的性情脾气，只可曲道而行啊！”

昭和愤道：“这么多年只知教她诗词琴画，却从未教她识人，老夫之过！”

婵媛一听，心中安定几分，只柔声道：“良人看他有异？”

“我自诩阅人无数，仓云这类人见得亦多，是我妄念，以为门客应广收其类，各有所用，才会招他入室。不过夫人放心，老夫心中有数，万不会使碧霞误入歧途。”昭和沉吟道，心中亦暗暗部署。

夜色深沉，星光之下，有人甜睡，有人难眠，少年人都不知道，有一只看不见的大手，正在随意摆弄他们以为操于股掌之间的命运。

第十八章 · 试药

朝饮木兰之坠露兮，
夕餐秋菊之落英。
——《离骚》

“青蒿一握，以水二升渍，绞取汁。尽服之。”

放下《素问》，屈原怔了一怔，确实不知“一握”是多少，只好先取了满满一把，用山泉水置于陶罐内，以松柏枝点火来煎。

莫愁片刻不离地守着。自从山上下来，两人就有了许多不可言说的默契，此时坐在一起，已比从前更自然亲近。

松枝在火中噼噼啪啪地响，松脂的香气弥漫开来，莫愁笑道：“待乙儿好了，我带你们去后山捡松果可好？”说着看那药盅道：“应该成了。”就拿木勺撇出药汁盛在陶盏内。

“我这便去喂他药。这下乙儿不怕了。”莫愁欣喜道。屈原看到那乌黑药汁，突然有些迟疑，便一把拉住她道：“先等等。”不想这一拽，那陶盏内的药汁洒出些许，淋在草叶上。两人只听滋滋作响，见那碧绿的叶子被药汁烧得焦灰皱起。

“不想这药性如此烈！”屈原大惊，夺了那陶盏道，“先别给乙儿。”

莫愁又惊又急，眼圈一红道：“那是不可用了？难道我们找错了药？”

屈原仔细回忆整个过程，皱眉道：“不，应该是它，翻遍了医书也只有青蒿，只是这个量是不是有用，还需得试过才知。”

两人还在犹豫，却见朱耳惊慌失措地闯进来叫道：“大人，可找到您了。县署又被百姓团团围住，感染瘟疫的人都被抬到门口，说三日已满，要您给个说法！”

屈原眉头一紧，当下肃容对朱耳道：“勿慌，我这便去。”说罢又转向莫愁道，“这药我先带走，你别急，我必会救乙儿。”

仲夏雨潇潇，马车停在门口，屈原正欲上去，却听身后传来一声：“等一下。”

“我跟你一起回县署！”莫愁看向屈原，微微含泪道。

屈原心里一动，见她站在细雨中，双瞳剪水。这些天的经历，让他对自己有许多怀疑，他略有些疲惫，甚至难堪，很想在一个人身边阖目歇息一刻，然而现在他必须坚持，给所有人以希望。他看着一样疲惫的莫愁，心疼道：“不行，群情激奋时，不一定会有什么危险，你就在这里等我。”

“不，即使有危险，至少我们在一起。”莫愁静静道，说罢将屈原轻轻推进车里，“别啰唆了，快走吧。”

朱耳一挥鞭，马车在雨中疾驰。狭小的车厢里，屈原与莫愁并肩而坐，心中一直想着她说的“我们”。

多不容易。

一路无话。直到县衙附近，两人都听到一片撞天倒地的哭喊，屈原握住莫愁的手，轻拍了几下，什么也没说。还没下车，就听到师甲喊：“屈大人不在县署，大家早些回去安歇可好？”

然而众人早将县署围得水泄不通，都高声喊道：“让我们进去！”“屈大人说三天就有消息，如何还不出来！”“我家人都快死了！

屈大人救命啊！”

马车靠近人群，屈原一掀车帘，高声道：“我在这里！”

乌泱泱的人群循声望去，齐齐安静下来，让出一条道让屈原和莫愁进来。

莫愁一眼就看到人群里的刘歪嘴和招远，当下就明白几分。果然刘歪嘴阴阳怪气地说道：“还以为您不回来了，权县百姓都等着您哪。”

这一声起，人群立刻又骚动起来，有人高声嚷道：“屈大人说三天为限，现在能否给我们个说法？”接着无数人跟着叫闹，刘歪嘴的声音尤其刺耳：“屈大人如今才露面，根本就是置权县百姓死活于不顾！”

莫愁早就按捺不住怒气，听到这话，一把将刘歪嘴扯到屈原面前，捋起屈原的衣袖愤然道：“屈大人为了治瘟疫，彻夜查医书，上高山采药，为了解病性而去亲近病人，自己也被传染上了，而你们除了聚众喧闹，可做了什么实事！”

刘歪嘴一时愣住，屈原手臂上的疱疹触目惊心，也惊得许多人不再说话。屈原抽回手臂，看向众人静色道：“我知大家心急如焚，我屈原感同身受。药已寻到，只是这味药毒性亦大，剂量必须谨慎，我还需几日来确定。请大家静待佳音。”

他的声音平静、有力，仿佛有神奇的安慰的能力。招远见喧闹平息下来，便又喊道：“我们如何相信你？你别忘了，你可能才是这瘟疫之源！”

屈原一叹道：“自古皆有死，民无信不立，我身为县尹，怎会失信于民！流言止于智者，我权县百姓眼睛雪亮，必不会再为你蛊惑！”

莫愁亦斥道：“屈大人一心为民，众人皆看得清楚，招远你煽风点火，蛊惑人心事小，耽误屈大人配药，误了大家性命，你可敢担当？”

招远一时理亏，又见众人已各自抬起病人欲走，便支支吾吾道：“既然屈大人有良方，大家不如留下等吧。”

“我们在这亦帮不上忙，还是回家去吧。”百姓虽易被煽动，但也并非是非不分，说罢便纷纷散了，三三两两口中念念道：“屈大人到底是好官，我们信他。”

暮色渐起，屈原送走了莫愁，独自跽坐于案前。那盏乌黑的药汁无声无息，奇异的青蒿味散在空气里，让人有一点儿胆寒。屈原想起今天莫愁说“我们”，那声音动听得像微风吹动琴弦，不禁莞尔。他想起这世上的许多留恋之事、美好之事。

“大人……”师甲不知何时进来，见屈原怔怔地看那盏药，担心道，“我听莫愁姑娘说，这药性极烈，大人千万不要贸然尝试。”

屈原苦笑道：“好，如果我能想出别的办法。”

师甲听这话，更放心不下，他当真不愿这年轻人如此悍勇，权县的瘟疫早晚会过去，但他的路还长。

“大人，天下之大，何处不能安身？又何必定要执念于此是非之地！”

屈原听得话有深意，便直言道：“先生何意？”

“瘟疫肆虐权县，百姓大闹县署，大人以为这真是天灾？”

屈原一怔，皱眉道：“依先生之见呢？”

“这次瘟疫来得蹊跷，恐怕不只是天灾。大人自来权县以后，已触犯不少权贵的利益，他们一向睚眦必报，且手段毒辣。”

“先生说的是刘歪嘴？”

师甲摇头叹道：“大人看到一直滋事的刘歪嘴、程虎，其实他们不过是台上的提线木偶，真在背后操纵这一切的，应该是景连。”

“景连？”屈原隐隐想起这个人。

“对，景连。他朝中有人，后台极大，权县历任县尹，皆被他控于股掌，或蛇鼠一窝，或有不愿同流合污的，不出多久，要么辞官隐退，要么家破人亡。大人，我这绝不是危言耸听，全是亲眼所见！”

屈原手指轻叩案几，良久摇头道：“他们是他们，我是我。”

师甲急道：“大人啊，老夫是真心不想看到大人也有这天，不值当啊！刘歪嘴他们现在不过逼迫你离开权县，再这么僵持下去，就不知他们还会做出什么更歹毒的事情！大人何必置自己于险境呢！”

“师甲，权县瘟疫不管是天灾还是人祸，此时百姓受病痛折磨是真的，我怎么可能置他们于不顾！如此说来，权县瘟疫很可能因我而起，我走容易，去宫里找最好的医者治愈自己也容易，但把一个瘟病肆虐的权县留在身后，此生我心何安……”

“大人——”师甲几乎含泪，“您是我见过的唯一心系百姓的官，也正因为如此，我才不忍看到大人为奸人所害。”

屈原轻笑一笑道：“屈家从未有过临阵脱逃之辈。”

师甲看着屈原，也看到自己年轻时的一点影子，只是不用太久，他就变成现在这样，凡事因循苟且，聊以塞责。他无力再劝，便对屈原说：“大人，老夫多言了，您早些歇息，保重身体为要。”当下施礼告退。

“请等一下。”屈原突然道，说罢拿起一卷竹简，“请先生替我交给莫愁姑娘。”

“大人？”师甲不解，并且有种奇怪的预感。屈原此时的冷静令他不安，这是一种奇怪的静，是要把自己从这世界抽离出来。师甲犹豫一下，接过竹简道：“好的，有什么事大人再吩咐便好。”

门在身后轻轻关上，屈原回到案边坐下。身上的疱疹痛痒难忍，他知自己尚是轻症，再想今日在县署所见被重症折磨的百姓，遍体生疮，目不忍睹，若再不确定药方，只怕有更多人性命堪忧。

药之烈，屈原自然明白。草药之源在上古，传说炎帝遍尝百草，创中医中药，后因体内聚毒太多，不治身亡。药材剂量需准，名医皆以身试药，后世《本草纲目》记“八月采此花，七月采火麻子花，阴干，等分为末，热酒调服三钱，少顷昏昏如醉。割疮、灸火，宜先服此，则不觉苦也”，即是说李时珍试曼陀罗的麻醉作用，分次服药后令徒弟刺其手，不断加量，至自己昏厥过去，徒弟可用小刀割开手臂而无痛觉。

屈原看着眼前这盏乌黑药汁，心中默念了父母兄弟，转头看到那幅《山鬼》图，一时心下复杂。来权县数月，经历了他认识之外的世界。这里有善良愚钝的庶民百姓，有泼皮无赖，亦有穷凶极恶想置他于死地之人，但是每当他想到山鬼，心中便一片温柔，她是这不甚美的世界里最重要的慰藉。但他不确定自己带给她的，究竟是伤害更多，还是甜蜜更多。如果，如果上天能再多给他一些时间，他必好好偿还；如果不能，那权当为她做了一点儿徒劳的尝试吧。

屈原眼眶一湿，端起药，一饮而尽。

师甲从屈原这里出来，便径直去了卢家。此时卢乙仅一息尚存，只靠莫愁每天灌些粟汤度日。莫愁接了竹简，见师甲并不走，当下有几分明白，她铺开竹简，看到上面一排清逸的鸟篆，顿时失声。

“仰天长叹兮，苦楚自埋；但求来生兮，连理同在。”

莫愁抓过师甲急道：“快带我过去！”两人一同冲上马车疾驰而去。

他们见到屈原的时候，他已脸色煞白地靠在榻边，额上一层细汗。莫愁一眼看到案上那仅有残药的陶盏，冲到屈原面前摇着他失声道：“痴儿！痴儿！快醒来！如何这样傻！”

屈原看着莫愁，只嘴角轻轻一扬，却是说不出任何话了。师甲亦在旁边急道："这可如何是好！"莫愁抓过屈原的手腕，刚试了一下脉息，以她浅薄的经验便知何其凶险，于是向师甲泣道："先生快去请郎中！"

师甲疾步出去，莫愁费尽力气将屈原扶至榻上，握住他的手垂泪道："你不许有事！如何痴愚至此！" 屈原的双目已似睁非睁，只用手轻轻回握她一下，便阖上眼睛，不再动了。

莫愁一时心如刀绞，握住屈原的手大哭道："你醒醒啊！再坚持一下，郎中马上就到！"

她无法相信屈原会这样离她而去，他曾是她最倾慕的才华盖世的诗人，她不知什么时候就原谅了他的轻薄，如今看他全是风光霁月；她习惯了他打不走，也骂不走，可以任她嗔怒。他们几天前还遇到杀手死里逃生，就在一天以前，他还那么清朗、明净，说起话来不疾不徐，让人如沐春风。然而现在，他躺在这里，双目闭合，气息似有若无。

"快！快！"师甲带着郎中冲进来，莫愁急忙让到一边。郎中抬起屈原的手腕诊脉，又看他面色，皱眉问道："屈大人这是吃了何物？"

"是青蒿，满满一握的青蒿。"莫愁泣道。

郎中沉面把脉。这脉急促而凌乱，是麻促脉，多见于中毒者或濒死病人。郎中摇摇头道："不大好。"

"如何不好？先生请帮我们配药救大人啊。"师甲恳切道。

莫愁泪眼婆娑，直直地跪倒道："求先生救救屈大人……"

那郎中亦是动容道："我敬屈大人，若我有办法，怎会不尽全力？只是这青蒿亦药亦毒，就看分量。医书有记载，却没人敢搭上性命去试。如今，屈大人能不能醒过来，真要看造化了。"说罢，看向屈原又深叹道，"如今这乱世，恶贯满盈的人还在欺行霸市，清正严明的人却生死未卜，命运不公啊。"

"我不相信……"莫愁泣道。

那郎中刚刚走出两步，又回头叹道："再等三日，若三日后还未醒来，便是再不会醒了。"说罢一顿首，转身离去。

不觉已半夜，师甲先回去睡了，莫愁默默地守在屈原榻边，怔怔地看他。

是病容，但依然好看，她似乎从未这么仔细地端详过他，看他苍白的脸、疏朗的眉、鼻若悬胆，唇色因毒性发作，比平日更赤。他穿的是素缟色的长袍，莫愁想起他穿的常是艾绿或松柏色，是那种多一分轻佻少一分寡淡的颜色，他穿着，却正正好。

今天之前，她怎么没有这么细细看他？莫愁不知道自己要守到什么时候，每一刻都过得煎熬。

曙色未明，师甲过来，递给莫愁一卷竹简，沉声道："姑娘，这亦是屈大人以前写给你的。"

莫愁起身接过，缓缓展开，一字一句吟道：

"菖蒲茫茫兮，郢水之滨。美人之降临兮，芳馨自弥。我寄情兮问艰，托明心兮梦回。莫怜兮绝尘相逢，愿兰心兮常青。"

绝尘相逢，兰心常青。莫愁只觉得万箭诛心，悲伤饮泣。

屈公子，你醒过来好不好？我不要什么来世连理，我要你醒过来，拿我的性命去换，我亦愿意。

莫愁坐在榻边，握住屈原的手，喃喃为他祝祷。

昭和府上，昭碧霞跽坐案前习琴，且抚且吟：

"雉朝飞兮鸣相和，雌雄群兮于山阿。我独伤兮未有室，时将暮兮可奈何，嗟嗟，暮兮可奈何。"

琴音几度凌乱，昭碧霞暗自恼怒。

"琴为心声，碧霞今日似是心神不宁。"仓云缓缓道。

昭碧霞抬头望去，仓云倚在门口，静静看她。

“《雉朝飞》本是齐宣王时处士泯宣，行年五十而无妻，因出薪于郊，见雄雉挟雌而飞，不觉意动心悲，仰天而叹曰：‘大圣在天，恩及草木禽兽，而我独不获。’碧霞此时，怕是体会不了这心境，自然心气浮躁，游离弦外。”仓云似笑非笑，眉目间淡淡阴云。

“不，这是我熟悉的曲目，只是近来常常不安，神色能掩，琴音却泄尽心事。”昭碧霞无奈一笑，起身柔声道，“不过看到云哥，便好了七分。”

仓云轻轻一笑，想上前揽过昭碧霞，不想门外有脚步声传来，便赶紧退了一退。

“仓云公子，大人有请！”昭府家丁进来，冷冷道。

昭碧霞一怔，对家丁正色道：“我同去。”而那家丁一拱手道：“小姐，大人特意嘱咐，只请仓云公子一人过去。”

仓云静色看着昭碧霞，嘴角一扬，便转身阔步出去。

昭府后园，花苑流水，草木葳蕤，一只只竹篾鸟笼挂在树上，昭和饶有兴趣地看着一只稚黄莺鸟。

“大人！”仓云叫道，见昭和明知他在身后而不动，只好暗叹一声，上前一拜。

昭和并未转身，仓云拱手恭敬道：“敢问大人召我何事？”

“仓云最擅察言观色，怎会不知我召你何事？”昭和冷笑道，“刚刚你在哪里？”

“碧霞琴室。”仓云沉默半晌，黯然道。不等昭和开口，又肃然道，“我与碧霞两情相悦，还求大人成全。”

“成全？”昭和霍然转身，怒道，“碧霞不谙世事，你以为老夫也玉石不分吗？”

仓云一凛，正色道：“是玉是石，还是碧霞说吧。”

昭和冷冷一笑道：“竖子，你别以为碧霞钟情于你，我就奈何不得。碧霞是我爱女，她的婚事，自然由我做主。”

“大人对碧霞婚事的考虑，想来也不是那么简单吧。”仓云静色道。自从他被昭和叫来，已知自己随时会被逐出昭府，与其卑躬屈膝，不如反其道而行。昭和爱女心切，碧霞对他的情意，是他唯一的筹码。

“这不关你事。”昭和冷冷地说，又看向那笼中鸟继续道，“黄鹂声音悦耳，绿莺俏丽，鹩哥会学舌，各有所长，因此每天能得金粟米、山泉水。但若有天它们觊觎不属于它们的东西，你可知我会如何对它们？”

“大人，就算大人将我逐出昭府，我对碧霞之爱依然不移，相信碧霞亦是如此！”仓云看向昭和，一字一句，波澜不惊。

昭和一时有些犹疑，竟怀疑自己是不是错看了仓云，但不论如何，他都不能和碧霞在一起，于是他缓和口气道：“你说得对，碧霞的婚事，不只关系她一个人。你是明白人，不如当断则断。你在昭府已有数年，我自不会亏待你，你但凡开口，不论多少，我必给你。”

仓云心里一动，面色仍是不改。正思忖衡量，余光却看到昭碧霞从远处走来，他见昭和亦是目光一柔，立刻明白碧霞这枚筹码应该拿得更持久。

“大人当我仓云何人，何必出言辱我！我与碧霞真心相爱，即使她不是昭家小姐，我一样爱她如初。”仓云正色道。

正说着，昭碧霞已走过来，仓云对她淡淡一笑，施礼而退。

“爹，你对仓云说了什么！”昭碧霞愠怒道。

昭和看着仓云的背影，摇头喃喃道：“险些骗过老夫。”

“爹，女儿和仓云真心相爱，非他不嫁！”

“糊涂！”昭和斥道，“碧霞，怪爹不曾教你识人，你怎么会喜欢上这等人！他居心不纯，与你交往亦是看重昭家权势，你速速与他断了交往！”

“呵呵，爹将我嫁入屈府，便是居心纯良了？”昭碧霞冷笑道，“我的婚事自由我做主，爹娘若拦我，休怪女儿做出不敬之事。”说罢愤然拂袖而去。

“你！”昭和气得顿足，此时只叹对女儿太过宠溺，无法解释即使不将她嫁与屈原，他也断然不会接受仓云。刚刚与仓云谈话时他险些信以为真，但仓云听到他财物相诱时眼角那微微一动，已将他的隐晦心思暴露无疑。他不禁感叹，仓云确实连他都险些骗过，再骗碧霞不过易如反掌。而此时碧霞认定自己是被用以权势交易，更有一股失去理性的逆反，无法再心平气和地听任何劝诫。昭和连连摇头，心中亦暗下部署。

昭碧霞适才远远见到父亲逼问仓云，已是满腔怒气，她全然接受仓云穷困潦倒的过去，此时更想保护他。

她径直来到仓云的住所，见仓云已拿一只旧箧箱，一件一件地收拾衣物，她惊呆了，失声问道：“云哥，你要去哪里？”

仓云怔了一怔，并不出声。

“云哥，父亲对你说了什么，和我没有任何关系。你这么走，将置我于何地？”昭碧霞不觉泣道。

“碧霞，我如何舍得离开你。如今并不是我要走，是我无法再留了。”仓云黯然道，“我不过是一个三等门客，能得小姐厚爱，仓云已此生无憾了。”

昭碧霞不禁怒道："你胡说什么，我何时在意过你的身份。如今你说走便走，可有一丝一毫在意过我的感受？"

"碧霞，我何尝不想考取功名，能在令尊面前堂堂正正地向他求亲，却是我时运不济，努力数年也未得一官半职，我有何颜面再纠缠于你？即使令尊大人不叫我走，我亦是无法留了。"

夏、商、西周的人才选拔，多是世卿世禄制，天子或诸侯国君之下的贵族，世世代代，父死子继。至春秋、战国，逐渐发展为察举征辟制，地方官可通过考察查证推荐人才，再由朝廷专人经过考核任用。但因尚无选拔标准，有举荐权的官员常徇私舞弊，因此依然是权贵子弟多以人事得举，贫约守志者常以穷退见遗。寒门难出贵子，仓云心中早已明白。

仓云看向窗外，远山连绵，在江那边，是一片灯火昏黄的草棚。他用尽十年出来，怎么可能回到那里，可如今昭和虽未开口，谁都知道，他是无法在昭府久留了。他看向昭碧霞，她那炙热的情感应该是他的最后一个筹码了。

"碧霞，我恨自己无能，我们以后不要再见了。"仓云转身低声道。

昭碧霞只觉得一片心碎，过去扳过他的肩失声道："云哥，这怎么可以？父亲那里我去和他说明，假以时日，他总会答应的啊。"

这是她喜欢上的第一个男人，他有才华，他眉宇间若有若无的落寞，使他显得更落拓迷人。他说话时盯着人的眼睛，常常让她感到一阵眩晕，她不能失去他。父亲一心想叫她做争令尹之位的筹码，她厌恶这些官场交易，她看着仓云的眼睛哽咽道："云哥，你可爱我？"

"碧霞……"仓云忽然迟疑。面前这个梨花带雨的姑娘，他有什么理由不爱，然而他如何爱得起？从陋室到高堂的路上，爱早就是太奢侈的需求。他不知碧霞何时就倾心于他，他欣然接受，像曾经接受任何一个对他有益的选择一样。他甚至幻想过以后成为昭和的女婿，他就可以永永远远不再回到那陋室草棚，与那些丑陋的、屈辱的、不堪的过去永远告别。他亦知昭和不会轻易答应，也只想从长计议，不想这突然出现的屈原，不费吹灰之力打败了他的全部筹划。他长叹一声道：

“造化弄人，我再爱你，又能如何！”

昭碧霞却握住仓云的手道：“云哥，我只要你这句话，其余的由我去做。”

仓云心里一颤，亦闪过一丝不忍，但仍抽出手来将碧霞抱住，动情道：“碧霞，我心匪石，不可转也。”

当下昭碧霞离开，求见父亲，昭和闭门不理，她亦知母亲不会站在她这边，只得回房。这一夜辗转反侧，不能安眠。

天光渐亮，昭碧霞来到仓云门外，听到一阵琴声，仍是《雉朝飞》。

“雉朝飞兮鸣相和，雌雄群兮于山阿。我独伤兮未有室，时将暮兮可奈何。嗟嗟，暮兮可奈何。”

仓云琴艺自不如她，但此时因和心境，也弹得颇为动人。昭碧霞站在门边听了一会儿，轻声道：“昨日云哥说我不谙世事，弹不出真意，今日听云哥抚琴，方才明白。”

说完进来与仓云对坐良久，道：“云哥，我想了一夜，如果你真的不能留在昭府，那我便和你一起走。”

琴声骤停，仓云惊诧地抬头，错愕道：“碧霞，这是私奔，不可玩笑！”

“云哥，不是玩笑，爹现在确实不会同意我们在一起，和屈府的婚事也迫在眉睫，现在只有私奔一条路。”

仓云皱眉道：“碧霞，我尚无官职，离开昭府即无俸禄，我一人且好过，如果你也一起，我能带你去哪儿安身立命？我万不愿看到你跟我受苦……”

“不碍事，我有许多体己的珠宝玉器，足够我们用些时日，再说我可授琴，云哥可教书，总比在这四方院内强。待朝廷今年招考，云哥再去便是。”昭碧霞笃定道。

仓云略一思忖，自知被逐出昭府只在朝夕，比起一无所有，这似乎还不是最坏的结果，于是镇定心神，握住昭碧霞的手道：“不想上天待仓云甚厚，只是碧霞当真愿意？”

昭碧霞轻轻一笑道：“宜言饮酒，与子偕老。琴瑟在御，莫不静好。云哥，这才是我朝思暮想的生活。”

私奔一事，在后世被道德制约，但在先秦礼制中，是被允许的。《周礼·地官·媒氏》称：“仲春之月，令会男女。于是时也，奔者不禁。”贾公彦《周礼义疏》亦记：“此月即是娶女之月，若有父母不娶不嫁者，自相奔就，亦不禁之。”除了允许私奔，女方亦可自由离婚。《管晏列传》说，晏婴马夫的妻子窥见丈夫为晏婴驾车时意气扬扬，即主动提出离婚。《孟子》中记录某人被妻妾看到其偷吃祭物，竟被联合休夫。

昭碧霞神采奕奕地看向仓云，低声道：“云哥略略收拾一下，就明晚。”

昭碧霞又是一夜未眠，她紧张、兴奋，还有很多期待。仓云亦是辗转反侧，他忧虑、焦躁，而愦懑不安。

这四方院内，昭和亦嗅出了一种蠢蠢欲动的气息，他觉得再不干预，事情就将向他不可控制的方向发展。夜长梦多，不如速速定论。

一早起来，昭和即对婵媛说：“我要去趟屈府。夫人速去备些聘礼，除去五两入币纯帛，亦将那垂棘之璧、玉磬一同送去。”

婵媛惊道：“碧霞是嫁，如何要我们备聘礼？即使备聘礼，自古规定人币纯帛不超十端，再无其他，如何要将昭家传家之宝送去？”

昭和摇头道：“妇人之见！如今碧霞甚是忤逆，她和屈原的婚事必要尽快定下。屈府尚无回音，老夫即使丢弃颜面，舍弃家财，也要与屈伯庸商定此事，否则碧霞做出什么极端之事，又将陷我们于被动。”

婵媛一时不解，便问道：“碧霞会做什么？”

昭和暴躁道：“夫人且去准备聘礼，我若能完全预见，何必如此焦躁！”说罢转身欲走，到门口又顿了一顿，转头对婵媛低声道：“今日，要人看住那仓云。”

第十九章 · 回魂

魂乎归徕！
凤皇翔只。
——《大招》

早秋，楚宫依旧花苑流水，百草繁盛。一座座宫帏间的复道回廊上，娇笑声声，木屐迭响。小乔匆匆掠过一众宫女，往华英宫疾步而去。

“可问到了？”一见小乔，郑袖立刻放下蜜汁，急切地迎过来。

“我叫人细细打听过了，子秦的事未见明显动静，也未有人再去追查。或许，这事就此过去了。”小乔轻声道。

郑袖眉毛一挑，蔑笑道：“这是有人想引蛇出洞也未可知。”

小乔轻轻惊道：“那我们当如何？”

“自然是静观其变。”郑袖面色一沉，回身斜倚在榻上，“嬴盈是秦国公主，料大王也不敢声张。我本想除了那子秦并嫁祸给南后，不想南后亦有一手准备，如此一来，我和她都不好闹着深究此事。”

小乔亦沉吟道：“当日奴婢拿着南后宫中的巾帛盖在子秦脸上，料想此番南后必百口莫辩，不想子秦同时中蛇毒，这追查起来，也只有夫人宫中私藏，罪责更大。”

大楚建国已七百多年，后宫这波诡云谲、各世累积的下作手段，都不再新鲜，女人为宠爱、地位而起的争斗，只能变得更血腥。

郑袖妙目一沉，深叹一声道："算了，这事就此作罢。那嬴盈可恢复了神志？"

小乔微微摇头："没有，依然疯傻，一步也不肯出门。"

郑袖隐秘一笑："那便好。大王近来还去江篱宫吗？"

"听说起初还常去，后来也去得少了。"小乔轻声答。

郑袖霍地坐起身，愠怒道："不去江篱宫，为何也不来华英宫！难道又是去南后那儿了？"

"也不是，听说大王最近一直在兰台宫安寝。"

"大王宁愿独自在兰台，也不愿来我这儿……"郑袖哀叹，不禁皱眉道，"看来大王对我还是心有芥蒂。莫不是大王察觉到了什么？"

"夫人，不知为什么，我一直有点儿怕……"小乔怯怯迟疑道。

郑袖斜睨她一眼，缓缓道："怕什么，我们并未留下直接把柄，再说这秦楚联姻，子嗣夭亡，大王断不会大肆声张追查，若传到秦国影响邦交，便不是后宫中惩治几人这么简单。"说罢饮一口蜜汁，沉吟道，"这深宫里，几百年也没变过，明争暗斗，不争则退。这一退，轻则时时如履薄冰，如临深渊，重则性命不保，更别提荫及子嗣。你如今怕，若不争，恐怕连怕的机会都没有。"

郑袖说得对，小乔自然也明白。自古主仆如丝萝倚乔木，蒲草系磐石，跟什么样的主子，便有什么样的命运。主人得势，她们俱荣；主人失势，她们便命如草芥。所以成为主人的心腹，誓死效忠，几乎是唯一的选择。

两人又说了一会儿闲话，郑袖乏了，小乔便伺候她歇息去。

今日江篱宫，正是秋桂最佳时，然而冷冷清清，不复往昔车辇人流。

南后带着秋露，与虞娘站在廊下，看嬴盈长发散乱，随便穿一件素袍，赤足四处追一只幼兔。

那小兔已孱弱不堪，仍奋力惊惧地奔跑，好容易找到一处角落停住，嬴盈向前一跳，将它扑入怀中，柔声道："秦儿，别跑，叫娘好忧心。"说罢便将那兔子越抱越紧，眼神直直道："有娘在，谁也不会伤害你。"那幼兔在嬴盈怀里拼劲挣扎，忽然反身一口咬在她臂上，嬴盈惊叫一声松手，兔子方跳脱出来。

南后几人疾走过来，虞娘捧起她的手臂道："竟咬破了，我去找药粉敷上。"

嬴盈看着她们直直笑道："是你们，来看我和子秦吗？子秦……这孩子淘气，又不知跑哪里去了……"

南后不忍再听，便扶她坐到榻上。虞娘边为她敷药边垂泪道："娘娘一直这样，可如何是好？"

南后一叹，问道："太医馆的人可来用药了？"

"医者说娘娘这是轻癔症，没有太对症的药，只配了一些安神的在吃，不见太大起色。"虞娘拭泪道。

"我看嬴妹妹只是轻症，也许养一段时日便好。"南后恻隐，说罢又肃颜道，"虞娘，此事万不可传到秦国。"

虞娘心中一颤，点头应下。

南后走后，虞娘心下十分复杂。公主初嫁到楚国，为人行事皆是步步为鉴，小心谨慎，承恩之初也是亦喜亦惧，起初一直默许虞娘和秦国通信，直至子秦出生，才将心安在楚国。只是子秦突遭变故，大王开始还信誓旦旦要追查凶手，后来见嬴盈亦疯亦傻，每次来江篱宫，只是随意一坐就匆匆离开，更不提追凶之事。嬴盈后宫失宠，已是不争的事实。

虞娘从秦国来，自然也知道后宫之是非起伏，更深知一个没有母国支持的失势姬子，其未来将会是多么惨淡。

她心中天人交战，片刻之后，即去阁楼上，再次引来那信鸽。

而百里之外的权县，县署又被百姓围得水泄不通。这次却不是声讨，乃是屈原试药引发中毒的事传开，大家心中不忍，纷纷来县署外等待消息。

“已是第三天了，屈大人还是昏迷不醒……”勇伢子垂头道，“屈大人本可以回郢都好好治病，却为了我们连性命都不顾，这恩情我们此生难报啊……”

“好容易盼来了一位好县尹……”百姓纷纷哀叹。勇伢子眼睛一酸，向那大门扑通跪下泣道：“屈大人，您千万要醒过来，看看我们这些权县百姓啊……大司命，我给您磕头，求您保佑屈大人快快醒过来……”百姓见状，也纷纷跪下。夜色中，一片跪倒的身影，那男男女女、老老少少，低沉的祝祷声汇成一片。

然而那衙门之内，屈原仍在榻上昏迷不醒。莫愁茶饭不思，只怔怔地守在榻边，寸步不离。青儿也早就赶来，只在一边抹泪。

师甲端着案食过来，见莫愁看也不看，便叹道：“姑娘，多少吃些东西，屈大人若在，一定看不得姑娘这般……”只见莫愁双肩抽动，良久回头哽咽道：“先生，您不怨莫愁吗？”

师甲一愣，莫愁已泣不成声：“如果不是我，屈大人怎会为了救乙儿染上瘟疫，更不用亲身试药中毒昏迷。屈大人这样，完全是我害的……”

师甲轻轻一叹，安慰道：“是屈大人性情所致，和姑娘何干。”

莫愁摇头泣道：“不，不是。他好端端的人，现在怎么会成这样……”

“第三天了……”师甲也不忍再说。榻上的屈原脸色苍白青灰，毫无生气。师甲虽未上过战场，却也见过不少死人，如今屈原这面色，真是凶多吉少了。

更声响起，已是丑时。所有人都微微一怔，青儿低声泣道："那郎中所说可是真的？"无人应答，一片死寂。莫愁忽然起身道："你们都出去可好？让我在这里陪陪他吧。"余人当下明白，青儿过去抱了抱莫愁，便和师甲出去。

关了房门，莫愁只觉得万千哀恸涌上心头，难道真是过了今夜，就要与他天人相隔了吗？她完完全全不能面对。这种感情，蒙远死时她尚有体会，但无论如何也没有此时强烈。她不禁扑到屈原身边，握住他的手悲泣道：

"我们说好了三天，三天……少一个时辰也不算。"

那是没有任何温度的手，是冰冷的。她从前握过他的手，又宽厚又温暖，那时那双手可以牵引她走向未来，她亦开始愿意将未来一点点交给他，如今，他却是连回握一下都无可能。莫愁紧紧握着他的手泣道：

"你快醒来……你还有那么多事情没有做，你说要救乙儿，要救权县百姓，要改变权县，让农奴都过上好日子……你还都没有做，你不能这样走……快睁开眼睛看看我……求你醒过来，哪怕你醒过来变成一个恶棍，哪怕你醒来打我骂我或者根本不记得我……你快醒来……"

莫愁心如刀绞，哭倒在他身上，喃喃道："你要怎样才能醒来？我给你念诗可好？等我，等我……"

她跌跌撞撞地跑到几案边，抽出一摞竹简，不想旁边一幅卷轴落地，滚开一半呈出画面。莫愁捡起铺开，见那画中女子和她竟有九分相似，画边题词道：

"若有人兮山之阿，被薜荔兮带女萝。既含睇兮又宜笑，子慕予兮善窈窕。乘赤豹兮从文狸，辛夷车兮结桂旗。被石兰兮带杜衡，折芳馨兮遗所思……"

这时莫愁看到题词处的年月，大吃一惊，忽然想起他们初见时的情景和对话——

“这位姑娘，很像我认识的一位故人。”

“呵，公子看似儒雅，怎地说话如此轻薄，莫不是觉得我们乡野戏班的戏子人微品贱，好欺负不成？”

“姑娘，在下所言非虚，姑娘确与我一故人形神俱似，只是这位故人只在我梦中出现，所以并未得知名讳。今得见姑娘姿容清丽，并身带异香，正恰如梦中情状，灵均真三生幸甚！”

他当真在梦里见过她，而她却一直以为他是轻薄纨绔，以至于时时奚落他、骂他赶他。莫愁一时懊悔恨极，更如万箭穿心，哭倒在他身上。屈原，为何现在才让我知道，而连原谅的话都不能听你说。

一阵疾促的马蹄声传来，屈由翻身下马。当他远远看到这跪了一地的百姓，就心生疑虑，这时见门口出来一位衙役，便把缰绳向他一甩道：“你们大人呢？”

朱耳见这人气势逼人，只得恭敬道：“这位公子，县衙不可乱闯。”

屈由一把推开他道：“我来看我兄弟，你却挡我？”

朱耳心中一惊，素闻屈由将军性烈，一时不知如何作答。这时青儿闻声出来道：“屈由？你终于来了！”

“屈由将军？”师甲一听，惊得跳了起来。

屈由见几人皆神色慌张，立觉有异，高声吼道：“我兄弟在哪儿？”

师甲无奈，颤声道：“将军，屈大人他……恐怕不能见您。”

屈由一惊道：“为何？”

“大人中了毒，至今昏迷不醒。”师甲沉痛道，说罢为屈由引路。

房门“哐”地被踹开，莫愁一惊，泪眼朦胧中只见一道魁梧的身影俯过来喊道：“灵均！灵均！你怎么了？我是大哥啊！”

只是任他摇晃叫喊，屈原动也不动，屈由见他竟面如死灰，心中大恸，霍地拔剑站起，嘶吼道：“是谁害了他！”

那剑寒光闪闪，在场人皆一惊，青儿哀声道：“拿什么剑，怎会有人害他！”莫愁却直面那剑前道：“他是为了救乙儿，染了恶疾，又以身试药，不想药性太烈……是我害了他……”说罢已泣不成声，颓然掩面。

“郎中呢？郎中怎么说？”屈由难以置信地握紧双拳。

师甲颤声道：“郎中说，如果屈大人昏迷三日不醒，怕是，怕是再难醒过来了。”

“这是第几日？”屈由沉着脸道。

“……第三日。”师甲颤巍巍地回答。

屈由双手颤抖，冲师甲嘶吼道：“再去请郎中！”

“卑职已派人去请了……”师甲几乎要哭出声来。正在这时，见阳角带着郎中疾步进来，几人忙让开地方。郎中踞坐在榻边，搭了屈原的脉，又翻看了眼睑、口唇，反复检查后叹道：“屈大人……已经去了。”

“这不可能！”屈由颤道，唰地拔出刚刚收回的剑，指着那郎中道，“不可能！你必须马上把他医好，马上！”那郎中早听说屈由来了，已是战战兢兢，这一下更是扑通跪下拼命磕头：“将军饶命，屈大人这是天命，不是人力能为啊！”

“天命！何为天命？”屈由泣道，手一松，那剑咣当落地，郎中落荒而逃。

屋里的人跪倒一片，只有莫愁和屈由怔怔站着。

一时寂静得可怕，良久，屈由低低吼道：“你们都出去！”

这一声不怒自威，透着寒意和杀气。朱耳一猫腰跑了，师甲和青儿欲走，却看到莫愁还站在原地，便过去低声劝她道：“姑娘先出去吧，留将军和大人在这里。”

莫愁跪倒泣道：“别让我走，让我陪着他。”

“出去——”屈由嘶吼一声。师甲一震，不由分说和青儿将莫愁架出去，几人皆垂泪。

屈由关上房门，静静地坐在屈原榻边。他无法相信只是数月不见，心爱的弟弟竟要和他天人相隔。榻上躺着的屈原，看起来虽然苍白无力，却也不过是睡着了一样仪容未变，他要如何接受他不会再醒来？他想伸手触一下他的脸颊，却又颤颤将手缩回，眼圈红成一片。

“当初都不让你来，你谁的话也不听，我真恨自己那时没把你锁在家里，又恨自己没跟着你一起来……如今，说这些又有何用……”屈由闭目痛心道。他悲恸难忍，满腔激愤无处发泄，忽然霍地站起来，提剑直冲门外去。

“莫愁在哪儿？”屈由吼道。师甲和青儿一见这杀气腾腾，皆是一惊，只听莫愁正在一间屋内拼命拍门泣道：“让我出去！我要去陪他！让我去陪他！”屈由提剑过去沉声道：“好，我便成全你！”

青儿见状，冲过去挡住他，嘶声道：“你做什么！”屈由看那门已从外面锁住，便对青儿吼道：“开锁！若不是这女子，我兄弟怎会有今日！”

“你别胡来，关莫愁姐姐何事！”青儿亦吼道。

屈由眼睛血红，一剑指向青儿脖颈冷冷道：“再不开门，我连你一起杀。”说罢又看向师甲厉色道，“过来开锁！”

师甲重重一叹，不禁老泪纵横，颤道：“将军，容我说句公道话。屈大人是为救我们才试药中毒，他为的不仅是莫愁，也是外面跪着的成百上千的百姓。屈大人对莫愁姑娘的情意将军亦知，这几日莫愁姑娘昼夜守着大人，茶饭不思，寸步不离，见者无不动容，若将军一怒杀了莫愁姑娘，屈大人在天之灵，怎会不心痛！”

师甲哀痛道：“谁愿意看到屈大人今日，我亦劝过他，可他性情太清正，哪儿经得起权县这趟浑水。”

屈由一听，觉出这话中有玄机，皱眉道：“难道这瘟疫不是天灾？”

师甲摇头，哀叹道：“我在权县几十年，看得明白，只是此事说来话长，日后若有机会，我和将军细说。当下还请将军平息怒气，免得错杀无辜。”

青儿亦冷冷看向他，垂泪道：“要杀你便杀，不能相信，你这般鲁莽，竟是屈大人的兄长。”屈由一愣，自知是悲恸无处可泄，才将剑指向这小女子，不由心生愧意。又听莫愁还在那屋内拍门悲泣：“放我出去，我要陪他这最后一程……你们放我出去……”

屈由缓缓放下剑，默然片刻，闭目垂手道：“放她去吧。”

莫愁跌跌撞撞走到屈原边上，握住他的手，失声道：“你带我一起去了可好？”说完已悲悲切切哭得不能言语。她不知自己哭了多久，最后，竟是哭昏了过去。

远方，晨光微曦，秋山可望。莫愁抬起头，看清清冷冷的江水上方氤氲弥漫。恍惚间，忽有一片枯黄大地蔓延铺开，一条宽阔河流呼啸奔涌，直流上远方山峦，那点点粼光在河面闪动，片刻竟跃过山巅，潺潺流向更高的天际。

莫愁如初生般懵懂，四处张望，见遍地开一种赤红的花，花瓣细碎，花香奇异，便喃喃道：“这是什么花？如火如血，竟未见过。”

有声音从深远处传来：“此花是彼岸花，亦称荼蘼花，只开在忘川河边，成一片火照之路。开花时不见叶，有叶时不见花，花叶生生世世不相见，情不为因果，缘注定生死，花与叶缘尽不散，缘灭不分。”

莫愁听得恍恍惚惚，忽见远处一个模糊又熟悉的身影，在向那河流缓缓而行。“是屈原！”莫愁忽然认出，也不顾那声音，就在那幻境中拼命追赶。

眼看屈原一步步向那悬河走去，莫愁拼尽气力奔跑，一踉跄跌倒在乱花从中，只有用力嘶喊道：“屈原，不要过去！”

屈原似是听到，缓缓回头，望见是莫愁，竟惊喜又无限哀伤地一笑，接着怔了一怔，转身而去。

莫愁悲痛欲绝，哭喊道：“屈原——你不能这么离开我……你回来……”

那眼泪如江水般滔滔涌出，蔓延了整个画面，那枯黄大地、血红花枝、山峦、悬河，都模糊成一片，待她再看清时，屈原已消失不见。

莫愁泪眼婆娑，绝望至极，忽然听到空中一声嘶鸣，一只金光流溢的凤凰腾空而起，浴火而生，那麟前鹿后、蛇头鱼尾、龙纹龟背、燕颌鸡喙，让莫愁一时看呆，它巨大斑斓的羽翼肆意舞动，所及之处皆成一片炫目的强光。

莫愁感到一阵晕眩，身体倏忽失去重量。那巨翼将她瞬间卷起，在失去意识前，她恍惚听到：

“欲救灵龙，必先为凤。悲欢无常，踪影无觉……”

屈原闭着眼睛，黑暗中忽然感到一片明亮刺眼的光，他睁眼望去，见窗棂上竟停着一只翎光熠熠的凤凰，静静地看着自己。

他惊异地伸手去探，那烈焰之光忽地刺得他眼睛剧痛。待他重新睁开双眼，见那凤凰轻腾飞起，到空中就倏忽变得巨大，翩然一旋，向西方天际飞去。

他的手无力地放下，突然触到了什么，是温热的。

他低头一看，胸口竟伏着莫愁，他惊异极了，身子一震。莫愁迷迷蒙蒙地醒来，看到屈原正怔怔地看着她。

莫愁使劲揉自己的眼睛，依旧恍惚，怔住，呆呆地看向屈原道：“这不是梦吧？”

屈原亦迷蒙道：“你怎么了？”

莫愁只看着他，不能说话，眼泪止不住地无声落下，莫愁摸着他的手、他的脸、他的发，喃喃道：“是真的吗？”

屈原握住她的手，放在自己的脸颊上，微笑道：“我自然是真的，你这是怎么了？我这一觉睡得太久，是吗？”

莫愁狠狠一拳打在屈原胸前，哭喊道：“你为何才醒来！”屈原“嗷”的一声，捂住胸口道：“只是晚醒了几时就至于此，以后可怎么办！”

这一叫，屈由他们皆冲进来，惊异地看着屈原道：“你醒了！你竟醒了！”

屈原渐渐清醒过来，皱眉问道：“这是怎么了？”

“你昏迷了三天三夜，脉息全无，看了几次郎中，都说怕不会再醒来了。”师甲激动地哽咽道。

屈原看看四周尽是白绫烛火，惊异道：“难道这灵堂是为我而设？”

莫愁边拭泪边笑道：“你再不醒来，恐怕不过几日，就要被拉去埋了。”

屈由喜极泪下：“谁敢！我先埋了他！”众人皆带泪而笑。青儿仍为屈由拔剑之事耿耿于怀，便揶揄道：“是啊，刚刚几番要杀莫愁姐，若不是师甲拦住，这灵堂亦用得着了。”说罢不依不饶地看向屈由。屈由一时尴尬，见屈原亦看着他，只讪笑道：“唬她而已，何必当真。”情急之下又对屈原道，“是她一直叫着要陪你去。”边说边指了指莫愁。

莫愁大窘，脸颊羞红，屈原心中一阵甜蜜，笑道：“你们如此好，我如何舍得走？”

当下屈原仔细回忆之前发生之事，只记得药性发作，昏昏沉沉间元神涣散，再醒来便看到那只奇异的凤凰。他问：“你们刚刚可看到凤凰？”那几人一愣，皆笑道：“那是幻象，如何会有凤凰？”唯有莫愁一怔，又隐隐想起那奇异的似梦非梦的境地。她没有说，她还看到大片大片赤红的彼岸花，听到有人说：“花叶生生世世不相见，缘尽不散，缘灭不分。”她为这话感到不安，但无从说起，眼前屈原醒来，已是比天下一切都要好的消息。

他们不知，不久之前，刘歪嘴在县署稍稍停留，便匆匆跑去景连府上报喜。

“景爷，屈原死了。”

景连大喜道：“消息可确切？”

刘歪嘴点头道：“千真万确，阳角亲口告诉我的。郎中去看过，人已经死了，这会儿，怕是灵堂都设好了。”

景连阴沉一笑。“真是不经折腾，这才不过几个月。”他淡淡说道，说罢便跽坐于案前，又厉色道，“和我们斗，他屈原还太稚嫩。历届县尹，都没有这么不识趣的。今日当真尝到了教训，只可惜爷还有太多招式，他都没机会领教了。”

刘歪嘴心里略紧，低声道：“这人说没就没了，又是屈大司马的儿子，必然会追究下来吧？”

“怕什么，畏首畏尾！那汤药是他自己喝的，与你何干？”景连将杯一掷，击案道。

“可这瘟疫……”刘歪嘴不安道。

“噤声！楚地暑季湿热，厉气鬼毒相注，这瘟疫与我们何干！”景连斥道。一边的程虎亦笑道：“你竟忘了他如何对你吗？这会儿倒兔死狐悲起来。”

“他若真是狐倒也好了。”景连斜睨刘歪嘴一眼，不再理他。

这刘歪嘴到底不是恶毒无忌和杀人如麻的角色，这夜回去，总也不敢阖眼，怕夜半有冤鬼索命。好容易横下心来睡，却陷入鬼影幢幢的梦魇。

梦中屈原披头散发伸手朝他走来，满脸血污喃喃道：“还我命来……”刘歪嘴惊惧万分，却动弹不得，只拼尽力气喊道：“不关我事……不关我事啊！”忽然，黑暗中有昏昏的烛火移动，一个冰凉的手指碰到他的脸。他惊骇得就要昏厥过去，魂飞魄散间，却听到招远道：“刘爷，您怎么了？”

刘歪嘴睁开眼睛，看到招远正谄笑道：“您做噩梦了？”刘歪嘴坐起来，怒道：“你吓死我！”稍平息一会儿，往榻里面挪一挪，拍拍床道：“你上来。”

招远一愣，苦笑道：“刘爷……您……您几时有了这癖好？”

刘歪嘴想想也觉得不妥，便皱眉道：“想些什么！搬一床丝被，睡地下去吧。”

招远舒一口气道：“好。”

后半夜刘歪嘴总算能入睡，虽然还是噩梦连连，但也不至于惊骇失色。待天亮醒来，精神胆气都回来了几分，便更衣往县署去。远远看到众人已白麻披身，刘歪嘴暗暗得意，想起昨夜种种，不免嗤笑自己竟怕个死人。

百姓皆默默垂泪道：“我们听说屈大人去了，就赶来送他最后一程。”“苍天无情，带走了屈大人，这权县的瘟疫必要蔓延下去了。”刘歪嘴挤进人群，心中暗笑，却依然装作痛惜状，抹泪道：“老天无眼，屈大人竟真这么去了……我权县可怎么办……”

“大家莫慌。”衙门忽然打开，屈原稳步出来，静色道。

百姓皆惊得说不出话，见屈原虽不十分精神，但已是常人气色，师甲一众人跟在身后，俱面露喜色。

“厉鬼——”刘歪嘴惊骇叫道，连连后退。

师甲笑一笑道：“屈大人昨日五更时已醒，我见大家都席地而眠，就未惊扰。”

这时已有郎中匆匆赶来，见屈原亦是惊喜交集，搭上他的脉，片刻惊道：“竟已完全恢复，我行医半生，当真闻所未闻，见所未见！”

屈原亦笑道：“让大家忧虑了。我此时也觉得疫病痊愈，想来只是那药剂过猛，但功效可行。我们若将药量减半，日后逐次增加，小儿老人酌减更多，瘟疫或许由此可愈。”

百姓们恢复神色，纷纷叹道：“极好极好！”“屈大人真有天佑，我权县百姓亦有救了。”

刘歪嘴久久才缓过神来，向屈原赔笑道：“屈大人竟好了，好叫小的担心。”

“多谢你挂念。”屈原淡淡一笑道，当下就去安排各项事务。

秦国丞相府。张仪席地而坐，案前竹简高高堆起，几张羊皮地图随意铺开。

“大人，有楚国的消息。”侍者捧来一只信鸽，帛书已解下，呈给张仪。

张仪接过翻看，稍一思忖，对侍者低声道：“那孩子如何殁的？”

侍者轻轻摇头道：“还未查清，熊槐只查了几日便封闭消息，我们全都打听不出。”

张仪轻蔑一笑道：“他即使查，也不会大张声势，你们自然探不到消息。”说罢又用手指轻叩几案，自语道，“这不过是姬妾争宠，殃及子嗣罢了，七百多年的大楚，后宫也不安宁。不安便好。自古游侠策士，最怕天下安宁。”

那侍者不解，朝向张仪恭敬道：“虞娘飞鸽传书，说子秦夭折，盈公主几近失势，还希望丞相帮帮公主。”

张仪摇头沉吟道：“如今公主失智，已是一颗废棋，秦国再帮她，也是鞭长莫及，枉费力气，倒不如悉心调教月吟，重开棋盘。”说罢对侍者道：“只需告诉大王子秦早夭之事，其他一略带过。”

侍者应声，行礼而退。

惠园。明月当空，芈八子独吹陶埙，呜呜咽咽，几分动人。秦王在一边静静看她，良久道：“季芈可是想家了？”

芈八子放下陶埙，冲秦王微微一笑：“心安处是家，臣妾早已视秦宫为家。”说罢默然片刻，哀婉一笑，“楚国虽是我母国，却从未带给我温暖和安全。母亲去后，我曲意隐忍，如履薄冰，那熊槐和我父王，从不像兄长和父亲。”

说到此处，芈八子突然想起什么，便问秦王：“听说盈公主的小公子，竟意外夭折了？”

“是。”秦王黯然颔首，“想必是后宫不靖，祸及子嗣。”

芈八子苍凉一叹：“可怜了那孩子。这些后宫女人，为宠爱权力和地位而争执不休，当真血腥，不择手段。”

秦王将她揽入怀中，轻吻其额道：“季芈为何不争？”

“我争不过，不如与大王坦诚相见，直道而行。”芈八子莞尔一笑，挽住秦王手臂道。

秦王会心一笑：“后宫前朝，莫不如此。”

“盈公主可好？”芈八子不禁问道。嬴盈出嫁前，两人素有交情，她知嬴盈性情柔弱，不免担心。

“不大好。”秦王黯然道。

芈八子不再多言，她深知此事对秦楚邦交之影响，心中竟有一丝暗暗的期待，她相信秦王亦在暗中布局。这时，秦王忽然问道：“上次张仪派去的女戎，已走了多少时日？”

芈八子细细一算，答道：“已近两月。若路上顺利，应到临淄了。”

第二十章 · 心意

亦余心之所善兮，
虽九死其犹未悔。
——《离骚》

齐国，都城临淄。齐王与苏秦负手立于梧台，待寺人将一只只浴桶抬入，整齐置列于一道霜色纱幔后。

临淄是战国时代最大的都城，其繁盛为后世记：“车毂击，人肩摩，连衽成帷，举袂成幕，挥汗成雨，家殷人足，志高气扬。”齐曾尽东海之利，富甲一方，在春秋时为五霸之首，其后数代君王更替，至战国末期，为防秦国独大，齐楚即结成联盟。这梧台之下木桶之中，便是此次精心备给楚王的礼物。

“大王，这是民间选送的百名美人，请大王选出一名，送往楚国。”苏秦一抬手道，“众女起。”

帘纱之后，水烟弥漫，百名女子浴水而立，薄纱贴身，曼妙尽现。

齐王一阵眩晕，几乎迷了神志。苏秦见状心中轻叹，微微正色道：“请大王为楚君选出妃嫔。”

齐王似未听见，仍直呆呆地看眼前盛景。这齐王，便是那位对孟子称“寡人有疾，寡人好勇”“寡人有疾，寡人好货”“寡人有疾，寡人好色”的齐王，鲜有君王像孩童一样直言自己之软弱。苏秦既知，便低声道："大王选出最佳者，其余皆留大王后宫可好？"

齐王回过神来，摇头道："罢了罢了，女人多，后宫不靖。"

侍人过来，捧一盘写好名字的木牌。众女出浴桶，依次领牌从齐王面前走过，由齐王定夺去留。此时他已收回神智，依细作所报的楚王喜好评定，丰韵娉婷者去，风尘作态者去，愁眉啼妆者去，几轮下来，只剩两位绝色美人。

两位皆是腰如约素，明艳动人。

齐王又细看几回，皱眉摇头道："当真都是尤物，各有其绝美之处，这可如何定夺？"

苏秦见这两名女子确实难分高下，便建言道："其貌相当，不如比才艺。对弈如何？"

齐王颔首道："妙！寡人素爱下棋，妙！"当下令人布置棋盘。两位美人身披帛袍，施礼后在案前对坐行棋。

苏秦细看那棋局，见一女波澜不惊、细致缜密，另一位气势凌厉却不失机智，当真棋逢对手，胜负难辨。原来这二女听齐王爱下棋，尚不定会将败者送楚还是胜者送楚，于是俱不动声色，暗暗制衡对方。不多时，一局毕，两位美人相视一笑，抬头对齐王嫣然道："回禀大王，平局。"

齐王大笑，拊掌道："我大齐佳人果真貌美才高，这可如何是好？"说罢近身去翻看一女身上的名牌。

"燕云？"

"是，大王。"那女一拜，袅袅婷婷。她见齐王刚刚看她已色目迷离，暗忖留齐宫毕竟强过背井离乡去楚，便低首娇声道："燕云今日得见大王，真是毕生幸事。"

齐王心中甚悦，只绵绵道："抬起头来，让寡人看看你。"

燕云看向齐王，冲他嫣然一笑而百媚横生。齐王心中一颤，托住她的下巴，摇首叹道：“那楚王何来福分，要享我齐国美人。”苏秦见状，只得上前拱手道：“大王，还当为大局计。”

燕云楚楚看向齐王道：“燕云若去了楚国，却是再无可能服侍大王了。”

“大王，”另一女忽行礼道，“奴家斗胆请愿，为大王分忧。奴家自知才色俱在燕云姑娘之下，不敢和燕云姑娘争分圣恩。奴家生在齐国，愿看我大齐国强民盛，虽为女儿身，亦想为大王和大齐效力。奴家愿赴楚，有朝一日，大齐荡平楚国一统天下，若蒙大王不弃，奴家愿再回故土侍奉大王。”

齐王和苏秦甚惊。齐王看向她，亦是清水芙蓉的美人，那脸孔似比燕云更多一丝明睿。齐王静色道：“你叫何名？”

“奴家田姬。”

苏秦对齐王低声道：“臣看此女更机敏。”齐王颔首，看向田姬道：“我齐女尚有此志，大齐兴矣。”

寺人端来朱砂笔，齐王在田姬额上轻轻一点，缓缓道：“寡人等你。”

田姬跪拜谢恩，燕云亦长舒一口气。

美人既定，齐王便将余事交与苏秦，自己拥燕云回宫。不出几日，苏秦已将田姬赴楚之事安排妥当，并在家中设宴，将田姬及随从家人一同请来。

当日，苏秦、田姬南向而坐，其兄长李元、李一陪同，田姬父母亦在上座。家庖将菜肴一一端至案上，有炙肉、鱼脍、瓜葵，及各类苴菜、梅桃豆酱，甚是丰富。田姬及那些假扮家人在秦国早训练有素，食异地菜肴不露异色，操临淄方言亦能以假乱真。席间言笑晏晏。酒过三巡，苏秦看向田姬道：“姑娘明日将启程，还有何挂虑，尽可与我直言。”

田姬起身向苏秦款款一拜道："田姬别无所求，只求大人照料田姬爹娘。"

此时她着赤色文锦长裙，缟白纹绣镶边，乌发挽成圆髻，当真端庄典雅，仪态万方。苏秦心中暗许，温言道："你且放心，大王已令将你父母安置宫中，享王爵之礼。李元与李一可随你入楚，有亲人在，不至于思乡太切。"

田姬再施礼道："田姬谢过大人。"

齐国名为与楚国结好而献女，实为安排内奸于楚宫。内奸之事，起于尧舜，至春秋战国，各国内奸之多、行事之高效，已令后人惊叹。所谓"美人膝，英雄冢"，昔越王勾践得苎萝山鬻薪之女西施、郑旦，饰以罗縠，教以容步，习于土城，临于都巷，三年学服而献于吴，致使吴王夫差惑乱沉湎，不领政事。

以美人惑其心而乱其谋，杀伤之力不下兵戈铁马，田姬自然明白。

"望田姬姑娘此番赴楚，不负君王与我重望。姑娘父母在齐宫，我自会好生照顾。"苏秦看向田姬道，这一语亦意味深长。

"大人放心，田姬将尽己所能送回政要军情。"田姬肃然道。

苏秦会心一笑，拍手道："叫听桐进来。"

一位碧裙女子轻巧走来，苏秦道："这是听桐，为你侍女。远路艰险，有女子相伴，好为照应。"

听桐对田姬曲膝一礼，轻声道："听桐见过小姐。"田姬扶起她微笑道："不必多礼。"又转身谢过苏秦。

待宴席结束，苏秦送田姬一众至府外，就此话别。

田姬知这听桐是苏秦安在自己身边的眼线，便在路上只与几人说些无关紧要之事，当夜便收拾停当，只待翌日出城。

遥远的楚国，权县。

屈原自昏迷中醒来，已迅速安排得力衙役重新采来青蒿，再以医书参照，此次药方加入柴胡、苍术，以几位轻症者服药，皆有好转。此时便开始大量制药。

中医自炎帝始，素讲辨症施治因人而异，煎药法亦随病异，仅煎药水即以病种分井花水、潦水、浆水、泉水等数十种。屈原叫来阳角与朱耳，欲将药分三类来煎，一类予重症青壮年，一类予妇孺老人，一类予轻症病人。屈原细细说了一会儿，两人不明就里，屈原一叹，只得亲自到庖屋中配水配药。

刚将下一批材料备好，屈原就听得那陶罐内咕咕作响，俯身一看，原是陶灶内的火太旺。屈原喃喃道："凡煮汤，欲微火，令小沸。"他左右看看一时无人，只得自己俯身调整火候，然而三两下火未转小，反引出一大片灰烟，一时咳得狼狈不堪。

莫愁闻声跑来，一把将屈原扯出来，嗔道："你才好几日，就来这里添乱。"屈原猛咳一阵，抬头还未说话，就见莫愁指着他大笑，阳角、朱耳亦笑起来。莫愁转身淋湿绢帕给他，笑道："赶紧擦净，不知道的，还以为你钻了烟囱。"

屈原这才明白自己熏花了脸，且擦且乐道："快来教教我如何调炉火。"

"这哪是你做的事。"莫愁娇斥道，看烟已散尽，便爽利走进庖屋，屈原紧跟道："火要小。"

"啰唆！一边坐着去。"莫愁嗔道。屈原就欣然坐在旁边，静静看莫愁手脚麻利地挑拨几下灶底，又换粗壮的桑树枝进去。火即刻转小，药罐亦恢复平静。

炉火一映，她的脸颊一片赤红。她那侧颜依然好看得能让他原谅这世上一切丑恶，他想起自己醒来之后见到的她，头发凌乱，眼睛红肿，可非但不丑，反而动人得让他心疼，再想到莫愁是因他才悲伤至此，他十分甜蜜。

他痴痴看她。其实那炉火早已调好，莫愁感到了他的目光，竟不知如何起身，终于忍不了回头问道："这火势可合适了？"

屈原并不答，只看着她笑，缓缓道："桃之夭夭，灼灼其华。之子于归，宜其室家。"

莫愁一愣，便狠狠瞪他道："你才好几分，便又复了习气！"

"什么习气？这火候合适了，过来坐吧。"屈原笑道。

莫愁刚想脱口而出"轻薄气"，忽然想到那《山鬼》图，不禁又一脸红。这轻薄若只是对她，其实，倒也很好。

莫愁净了手，在屈原身边坐下，却有些紧张，便扯东扯西地说些闲话，譬如"权县多亏了有你，百姓都有救了"，或者"入秋以后，县衙这老银杏都泛黄了"。

"莫愁，从见第一面你就说我轻薄，可知我冤枉？"屈原才不接那些闲话，直直问道。

莫愁脸颊一热，低声道："你昏迷那日，我在你书房内见了那《山鬼》图……那画中女子，确实和我有几分相似。"

"所以是你先来梦中轻薄我才是。"屈原大笑。时至今日，其实两人间情愫早已无须遮掩，屈原也不想再等，他毕竟是死过一次的人，重生之后，只想早早将心愿全都了结，生时也不留遗憾。

莫愁大窘，双颊赤红，怒道："胡说些什么！"

"莫愁。"屈原握起她的手，直直看向她。

他那面孔在大病之后竟依然动人，此时离她那样近，她紧张到几乎窒息，看他的脸慢慢靠近，直到听到他呼吸的声音，甚至心跳的声音。

“大人，药可煎好？”师甲刚进来，就知不是时候，但也得硬生生地将话说完，“若是好了，我这便拿去分给众人。”

屈原心中一叹，坐正道：“刚调了火候，再等一刻便好了。”莫愁亦赤红脸尴尬起身道：“师甲，我随你去准备药钵。”

“好好，我看这火候，确实合适。”师甲暗暗笑道，转身和莫愁出去。

乙儿的药，屈原更是寸步不离地守在灶前，煎好之后，又看莫愁一滴滴给他喂下。乙儿此时意识不清，每喂一次都吐出大半，但莫愁耐心照料，他吃过几次药之后，脸色恢复了些许。

卢茂且喜且叹，青儿抚住胸口道：“感谢老天！”

屈由皱眉道：“难道不该谢我兄弟？”

青儿白他一眼道：“对，谢屈大人，亦谢你不杀之恩。”

屈由尴尬道：“又旧事重提，你们女人……”

莫愁笑道：“你们能不能见面别吵？”

“谁稀罕跟他吵！”青儿不依不饶。

两人一来一回地拌嘴，屈原和莫愁看得热闹，无意中对视一笑，莫愁又脸一红低下头，轻轻抿嘴。

卢茂默默看在眼里，心下复杂难言。这时朱耳敲门进来道：“大人，外面来了许多百姓，要面谢大人。”

屈原落落走出，见外面已人欢马叫，大病初愈的农奴相互搀扶着，满面喜气。勇伢子一见屈原，立刻与母亲俯身跪倒道：“谢屈大人救命之恩。若不是屈大人，这瘟疫必已夺去老母性命。”

屈原连声道：“快快起来。”却见越来越多的百姓齐齐跪下感谢屈大人。

勇伢子喜色道：“大人，我勇伢子无他本领，唯独力气大。以后若有什么用到之处，采药劈柴，刀山火海，您尽管吩咐。”

屈原扶起勇伢子，又对众百姓道：“请快快起来，不过是县尹分内之事，请大家静听我说。楚有七泽，夏季尤其湿热。此次瘟疫，多因暑热时出现大量动物腐尸，生出瘴气。现在请诸位切勿再近此类腐尸，如果见到，立即上报，自有衙役去悉心处理。以后暑热之时再遇此事，亦同处理。”

百姓纷纷点头称是，又与屈原说了许多热络体己话，才欣然散了回去。

卢茂独自回屋，掩上房门，静静看那桌案上亡妻的灵位。

这老人亦有许多不可言说的孤独，妻子走后，就再没有人可与他说话。他倒了一盏酒，独坐于案前喃喃道：“素芩，乙儿如今好过来了，要不我真不知如何向你交代。”

屋外有卢乙平稳的鼾声、屈原莫愁几人的笑语，卢茂轻叹一声道：“素芩，我该怎么办？”

他的思维闪回十五年前，在那个惊惧万分的暴雨之夜，他的素芩被关在囚屋内，伸手对他无力地喊道：“我已难逃一死，求你答应，将我们的两个孩子抚养长大。千万要记得，莫愁不能和生于端午的人在一起。那人可为人中之龙，或可拯救楚国，但对莫愁，将是令她万劫不复的灾难。”

他只拼命点头，听那声音越来越微弱，暴雨越来越狂烈，他就这么见了她最后一面，这个大楚巫即被昭和派人处决。

每想到此时，卢茂便老泪纵横，心里默念：

“素芩，我万万没想到，你那预言竟要实现。我本想这世上哪有如此巧合之事，端午之外有三百五十五天的人可与莫愁相爱，却为何偏偏这人就生于端午。”

他原是无意与几个远房来的乡亲话旧，不想其中一人竟是过去屈府退下的家仆，闲话道，那屈原其实生于端午正午之时，家人嫌不祥才为他改了生辰。这话如晴天霹雳，卢茂只得暗暗镇定心神。

“素芩，那孩子很好，莫愁对他一片深情，我亦看得到。”卢茂轻叹一声，决意道，“我不会让他们在一起，你且安心。”

夕阳之下，屈原和莫愁坐在江边。

一片静谧，莫愁想说些什么，却未找到语言，难道说这些天她那肆意生长无法控制的情感？说看到他将死之时她那猛烈得无处躲藏的爱恋？她不由脸一红，却听屈原道：“你在想什么？”

“我，我没想到，你竟真为权县做了这么多事。”莫愁搪塞道。屈原却笑：“这有什么，但凡有心，就必能做到。”

莫愁斜睨他一眼嗔道：“又要忘形。”

屈原大笑道：“哪里。你不知自小我爹如何拦我，起初我只会怨，大一些就明着暗着反抗，也总能达到目的。”

“当真狡猾。有何趣事？说来听听。”莫愁正襟危坐，饶有兴趣。

屈原略一思忖，笑道：“便给你说说我如何考得文学侍从。”

那个少年又出现在屈原眼前，稚嫩的脸孔上满是倔强和委屈。

“爹，不让我练剑也罢，为何连考文学侍从也不允？”

他拼命拍门大喊，并无回响，一转头看到有扇极小的窗未锁，便狡黠一笑，不多时，已气喘吁吁地出现在考文学侍从的考场。

屈原不顾满座皆是比他年长之人，只领了竹简找了位子坐下。

“你多大了？”考官问道。他太稚嫩的脸让人疑惑。

“可有年龄限制？”屈原反问道。

考官无奈摇头，又回台上，宣布考题为一首咏物诗。

考场鸦雀无声，许多人还在冥思苦想时，屈原落落站起，将竹简向考官一递道：“已作好。”

“当日所作何诗？”莫愁好奇地问道。

“《橘颂》，就是……” 屈原微微一笑，两人都想起这是初见时莫愁且舞且吟的那篇。

“后来呢？”莫愁脸一红，赶紧岔开话题。

“后来我一路小跑回家，神鬼不觉地爬进屋子，倒头便睡。晚上娘端了案食给我，我便照样吃喝。翌日过了考期，他们便将我放了出来。不想几天之后，一张王榜就送到我家。”

莫愁捧腹笑道：“那你爹娘如何？”

“自然是惊呆了。然而王命难违，家法伺候之后，便送我去宫中做文学侍从。”屈原得意之情溢于言表。

莫愁却是有些迷惑，皱眉问道：“你爹为何不许你入朝为官？”

屈原亦皱了眉，叹道：“我真不知，不过自有他们的考虑吧。我争过多次，后来已不争了，凡事衡量取舍便是。”说罢又笑笑，继而接着说，“比如来权县做县尹，家里亦是几无宁日，不过我自知这对我重要，便不会为愚孝而随他们。”

说罢，屈原以手作枕，仰身躺下。夕阳散去，头顶是清凉如洗的蓝色夜空，一月如钩。莫愁看看屈原，心里微微一笑，亦在他身边轻轻躺下。

她身上有淡淡的香气，那是清澈、明快、带着山野自由的香气，比那些名门千金不知高贵多少。屈原最初为这气息魂牵梦萦，然而现在他突然发觉，这香气中亦多了许多亲近，已成了让人熟悉、安稳、依恋的气息。

远远传来浣衣女的歌声：

“今夕何夕兮？搴舟中流。今日何日兮？得与王子同舟；蒙羞被好兮，不訾诟耻。心几烦而不绝兮，得知王子。山有木兮木有枝，心悦君兮君不知。”

两人默默听着，屈原忽然轻声叹道：“心悦君兮君不知，我真替她苦。”

莫愁轻轻一笑，道：“自古有情人难成眷属，那诗里歌里，无不是哀思离别，你可苦得过来？”

屈原握住她的手轻轻道：“君子作歌，唯以告哀。那是别人，与你我无关。”

星光碎碎，夜色温柔如水。

翌日，屈由一早便到县署，看屈原细致将政务分交给衙役，便笑道：“原，食时与我去外面可好？”

屈原道：“好，哥哥是要回郢都了吗？”

屈由点头道：“正是，不过就请原一人可好？”

屈原揶揄道：“莫是贝币不够？”当下安排了县署事务，两人一路说笑来到一家酒肆坐下。

客家端来陈年的桂花醴浆，又摆好炙肉鱼脍。屈原看屈由神色不安，亦知他这兄长心中藏不住事，便为他斟好酒直言道：“哥哥所为何事？”

屈由一愣，闷头喝下一杯酒道：“灵均，我今日便回郢都了，却是十分放心不下，你辞了县尹，和我一同回去可好？”

屈原一惊，放下竹箸正色道：“这怎么可能？哥哥又为何事忧虑至此呢？”

“灵均，此次瘟疫，必不是暑热天灾这么简单。”

屈原默然片刻，又听屈由提了一堆问题：

“瘟疫之前，农奴家前门后院都出现野兔尸体，且数量众多，必不是偶然。

“那个自称云中弟子的巫师又是什么来历？灵均可知？

“我听青儿说，你与莫愁采草药途中遇山贼索命。你们素与人无冤仇，若是一般山贼，多是劫了财物便走，何至杀人灭口？

“农奴几次三番到县署闹事，背后难道无人指使？”

屈原听屈由一件件数来，心中略略一紧。他起初并非没有疑心，后因处理瘟疫琐事极多，便先搁置一边，此时细细想来，确实疑点极多。

屈由放下酒杯，沉沉道：“灵均，权县与郢都百里之隔，多年恶霸盘踞，关系复杂，这次是有人欲借瘟疫之事除掉你。”

“我是大王亲命的县尹，他们也会这么恶毒无忌？”屈原皱眉道。

屈由轻轻一叹：“灵均，这便是我最忧虑的。你涉世不深，又太清正，这几个月其实步步惊险，你若还不离开，此后怕很难全身而退啊。”

屈原一愣，随即一掷酒杯，轻蔑地笑道：“果真如此，我便更不能走了。”

屈由深深一叹，他其实深知弟弟脾气秉性，今日不过抱一丝希望能将他劝回郢都，现在看来，是绝无可能了。

“哥，我若为恶势逼迫而走，与你在战场的逃兵有何区别？”屈原淡淡一笑，“哥哥多虑，我正是涉世尚浅，才向大王请命来权县砺炼。短短几月，已有不少长进，哥哥请放心。”

屈由心中一叹，会心笑道：“罢了，我亦知劝不动你，然而你来权县，难道只为砺炼？”

屈原听出这话中别意，微微窘道：“自是以磨砺为主。”

屈由大笑，举杯道：“灵均，你和我还有何遮掩？你们莫不是要私定终身？”

屈原不想兄长直言相向，又窘道：“以后……应该会吧。”

屈由笑笑，冲店家高声道：“加酒菜来！”

“哥你少喝些吧。”屈原看屈由只顾灌酒，不免担心。

“啰唆。”屈由笑道，但总有些许不自然。屈原心中起疑，按住酒壶道：“哥，我还没问你，你这次突然来权县，所为何事？”

屈由像是决意一般，将酒杯向案上一掷，看向屈原道：“父母之命。”

屈原一惊：“所命何事？”

“回去定亲。”

“定亲？”屈原惊诧失语，怔极反笑道，“我如何平白无故地有了一门亲事？”

屈由叹道：“昭府千金，昭碧霞。”

昭碧霞……屈原心中一沉，缓缓道：“爹这是要昭示天下，屈家与昭家联合结好。”

屈由不答，只黯然道：“所以，此事恐怕难由你了。”

“我娶妻，竟不由我？”屈原霍地站起，怒道，“当我是他的一颗棋子吗？”

“灵均，哥说句世俗之话，当下昭和与景颇争令尹之位，若是成了，你便是令尹之婿。你日后若想立足朝堂，这亦是极必要有利的人脉。”

“别与我说这些！我清清正正，要借什么令尹之婿上位，岂不可耻！”

屈由见他即要发作，只能按下耐心劝道：“昭碧霞为楚国琴师，才貌皆是一等。”

“哥！”屈原喝一声，“她再好，与我何干？与我无干，她纵是王女又如何！”

屈由亦喝道：“慎言！若是王女，你早被拖去成亲，还由你在这里使性子！”

两人僵持不下，气氛凝滞。屈原叹一口气，恳切道：“哥，你素知我，可否去和爹娘说情，取消这门婚事？”

屈由摇头叹道：“实在为难，爹那性子，你亦知道。”说罢又看向屈原道，“灵均，你可是为了莫愁姑娘？”

屈原不语。屈由又道：“若有成全，恐怕只有曲道而行。”

“如何？”屈原抬头道。

“先娶了昭碧霞，日后再迎莫愁姑娘为妾……”

“你说的这是什么！”屈原气急拍案道，“我如何能这般负她！”屈原气得胸前起伏。虽然屈由说的不过是官府男人日常之事，于他却是万万不能，他的莫愁岂容这般玷污？而他想付的真情，又何必拖上另一个无辜女子的一生？

“哥，这不可能。”屈原静静道。

他语气平缓，不容辩驳，竟有种既知未来不测也依然前行的决意。

屈由亦静默。他其实早知这一切建议都很无力，在这个坚守着自己的诗意王国的兄弟面前，所有世俗的、可行的、趋利的，都是可耻和可憎的。

屈由慢慢坐下来，缓缓道：“灵均，我其实羡慕你有这样的感情，也羡慕爹娘对你的严苛。我们自小在一起，若淘气犯错，他们打你，对我只是训斥几句。我和爹娘，一直就没有你们那种亲近。”说罢自嘲一笑，补了一句，“毕竟我不是爹娘亲生的。”

“哥……”屈原轻声道。屈由却摆摆手，继续道：“爹娘越是这样，我就越是驯服，我不会对他们反抗，因为我知道反抗的必会得到，反而不安。我羡慕你，大概是羡慕你可以常与爹娘争得面红耳赤，因为你们之间毫无嫌隙，不用小心翼翼。”屈由说得有些动容，大概也因几分醉意，颓然掩面道，“小子你且惜福。”

屈原亦动容，看向屈由道：“哥，你却不知，我多羡慕爹娘对你的宠爱，亦羡慕他们给你的自由。”

两人皆一笑，屈由拿起酒杯道：“灵均，我明日即回郢都。爹娘那边，我会尽量帮你拖延，但爹的性情你知道，我料此事你是争不过他。还有，哥哥我行武之人，不谙蝇营狗苟之事，但亦存防人之心，灵均在这是非之地，切记事事留心，即使身边人也不可尽信。”

屈原郑重道：“哥哥，灵均谨记。”说罢举杯一饮而尽。

他们不知此时，这条街另一家酒肆之内，景连正与程虎一众围坐案前。

几人神色或阴鸷，或狂躁。程虎时坐时立，踱步道：“怎么灵堂都设好的人，还能活过来？”

“他到底是人是鬼？还是有什么神仙护佑？”刘歪嘴讪讪道。

“景爷，这屈原没死，日后还得给我们添麻烦。”程虎沉着脸道，“如今农奴的供尝减了大半，爷几个的日子往后还怎么过？”

唯景连悠悠饮酒，冷笑道：“什么供尝减半？我竟不知。”

众人一愣，刘歪嘴直直道：“景爷，您糊涂了？这事整个权县，竟有人不知吗？”景连轻蔑一笑道：“我不知又如何？过去如何收，现在分文不少。”说罢将杯狠狠一掷，厉声补上一句，“那屈原竟不知，此举无异于与虎谋皮？”

余人皆一震，程虎也掷下酒杯道：“好！景爷如此，我更不怕了。”刘歪嘴略略犹疑道：“咱们朝中有人，那屈原难道就没有？咱们这样，会不会得罪大王……”

景连嫌恶地看他一眼，并不言语。程虎切齿道：“刘爷，你如今再瞻前顾后，且等着屈原将你的家底倾翻吧。”

图书在版编目（CIP）数据

思美人．第一卷，山鬼／梁振华著．-- 北京：新世界出版社，2017.5
ISBN 978-7-5104-6215-3

Ⅰ．①思… Ⅱ．①梁… Ⅲ．①长篇小说—中国—当代
Ⅳ．①I247.5

中国版本图书馆 CIP 数据核字 (2017) 第 047883 号

思美人（第一卷）山鬼

作者：梁振华
项目策划：邓婧
责任编辑：邓婧 董晶晶
特约编辑：颜西
封面插画：呼葱觅蒜
出版发行：新世界出版社
社 址：北京西城区百万庄大街 24 号 (100037)
发行部：(010)6899 5968 (010)6899 8705（传真）
总编室：(010)6899 5424 (010)6832 6679（传真）
http://www.nwp.cn
http://www.nwp.com.cn
版权部：+8610 6899 6306
版权部电子信箱：nwpcd@sina.com
印刷：北京中印联印务有限公司
开本：710mm × 1000mm 1/16
字数：266 千字 印张：21.75
版次：2017 年 5 月第 1 版 2017 年 5 月第 1 次印刷
书号：ISBN 978-7-5104-6215-3
定价：36.80 元